翻译前沿研究系列丛书

中国当代文学外国译者的认知实证研究

How Foreign Translators Think About Contemporary Chinese Literature: An Empirical Study

王岫庐◎著

U0330313

中山大学出版社
SUN YAT-SEN UNIVERSITY PRESS
· 广州 ·

图书在版编目（CIP）数据

中国当代文学外国译者的认知实证研究/王岫庐著. —广州：中山大学出版社，2023.8
（翻译前沿研究系列丛书）
ISBN 978 - 7 - 306 - 07870 - 4

Ⅰ. ①中… Ⅱ. ①王… Ⅲ. ①中国文学—当代文学—文学翻译—研究 Ⅳ. ①I046 ②I206.7

中国国家版本馆 CIP 数据核字（2023）第 148269 号

ZHONGGUO DANGDAI WENXUE WAIGUO YIZHE DE RENZHI SHIZHENG YANJIU

出 版 人：王天琪
策划编辑：熊锡源
责任编辑：熊锡源
封面设计：林绵华
责任校对：丘彩霞
责任技编：靳晓虹
出版发行：中山大学出版社
电　　话：编辑部 020 - 84110779，84110283，84111997，84110771
　　　　　发行部 020 - 84111998，84111981，84111160
地　　址：广州市新港西路 135 号
邮　　编：510275　　传　　真：020 - 84036565
网　　址：http://www.zsup.com.cn　E-mail：zdcbs@mail.sysu.edu.cn
印　刷　者：广州市友盛彩印有限公司
规　　格：880mm×1230mm　1/32　9.75 印张　243 千字
版次印次：2023 年 8 月第 1 版　2023 年 8 月第 1 次印刷
定　　价：40.00 元

教育部人文社会科学研究青年基金项目"中国当代文学外国译者群的认知实证研究"（18YJC740105）资助

目　录

引论　中国当代文学外译概况

　　自 20 世纪 80 年代以来，中国文学作品在"走出去"的道路上不断取得突破。新世纪"大中华文库""中国文学海外传播"等各类大型译出与传播项目稳步推进。近年来，中国出版业也更为积极、有效地助力中国文化对外宣传和中国文学外译的热潮，一方面积极推进版权输出和图书出口，另一方面也拓展海外业务的范围与形式，建构有效的图书对外翻译、出版、销售的系统。据中国出版行业的调查数据，"2016 年，我国新闻出版企业在海外运营的各种分支机构及销售网点多达近 500 家：资本'走出去'已成为出版'走出去'的升级版"（谢刚，2018：190）。中国出版业不但在海外设点，甚至还直接收购海外出版社。例如，法国菲利普·毕基埃出版社（Editions Philippe Picquier）曾出版过莫言、阎连科、曹文轩、余华、王安忆、阿来、苏童、韩少功、毕飞宇等重要中国作家的作品，堪称中国当代文学海外传播的重镇。2016 年，新经典文化股份有限公司将其收于麾下，这一举措为中国文学进入西方主流文化市场提供了极大的便利。在政府倡导、出版业推动乃至资本助力与市场化运作的合力下，中国当代文学作品"走出去"的传播和译介准备工作以积极与务实的态度稳步推进。

总体而言，中国文学外译研究的范围主要包括中华文化典籍外译与现当代文学作品外译。典籍翻译研究是中国文学外译研究目前最成熟的领域。迄今业已翻译出版的中国典籍数目相当可观，有从古典学、文献学、语言学、人类学等不同进路开展的典籍译本研究（王宏印，2015），也有典籍翻译理论模式化研究（黄忠廉，2012）。相对而言，现当代文学作品外译研究较为薄弱。其中很大一部分是介绍特定时期文学外译状况的综述性文章（倪秀华，2012；马会娟，2013）、中国当代作品的传播和接受（刘江凯，2012；崔艳秋，2014；姚建彬，2016），以及鲁迅、沈从文等重要作家作品的外译研究。2012年莫言获诺贝尔文学奖之后，莫言作品翻译研究成为一大热点（许方、许钧，2013）。

目前，中国文学外译研究主要议题包括翻译的文化政治意义和文学外译策略模式研究。早在20世纪90年代初期，就有学者提出外译工作和中国的国际形象密切相关，必须高度重视。贺崇寅（1991：43）指出，随着我国对外开放的深入发展，我国的翻译史也掀开了新的一页："我们不但要引进各种有益的文化理论知识，引进先进科学技术，我们还要从各个方面广泛地、不失时机地宣传自己祖国的进步，宣扬中华优秀文化，在世界民族之林展示自己的形象，为与各国人民的友好交往做更多的工作。"新世纪以来，许多学者对文学外译的作用进行了更为深刻的论述。周宁从跨文化形象学的视角出发，指出乌托邦化与意识形态化这两种意义原型，分别指向了两种不同的"东方主义"，也为我们诠释西方视野下的中国形象、理解中国形象在西方的历史演变提供了解释的框架。在周宁看来，两种东方主义代表着西方对东方两种不一样的态度，一种是崇拜和向往，另一种则充满鄙视与敌意。而两种极端态度形成的张力，恰恰是西方文化发展与扩张的活力之源，"如何充分对之加以辨别与利用，这恰是我们在'文化自觉'大命题下应该认真思考的问题"（周宁，2011：4）。王宁（2013：7－13）则从霍米·巴巴的文化翻译理论出发，强调当今时代翻译对全球化时代的不同文化进行重新定位的作用。他回顾了中国20世纪上半叶大规模的文学和文化翻译活动，也比较了近二十年来中国文学和文化翻译的实践，指出目前翻译的重点应该从外译中转向中译外，从而使翻译以一种积极的姿态参与建设国家话语体系以及世界文学版图的重新绘制。谢天振在《中国文学走出去：问题与实质》一文中，指出长期以来文学外译的认识误区，提醒学界注意文学外译并不是一个简单的翻译问题，而应该认识到中外语言之间的"文化差"与"时间差"等多种元素对译介效果的影响。谢天振（2014：3－5）根据莫言作品外译的成功，总结出中国文学和文化的外译的研究重点，应该放在"谁来译""作者对译者的态度""谁来出版"，以及"作品本身的可译性"等问题上。陈伟（2014：21）则将中国文化外译看作提高国家软实力的优选手段，从文本选择、策略选择及译者选定三个维度，在软实力这一参数张力下，探讨了中国文学外译所涉的学科范式、逻辑前提及方法论，并提出在当下中国文学外译研究中采用"译介学"与"翻译学"的双核学科范式。

纵观近半个世纪中国文学外译历程和接受效度，学界总结出几种主要的对外翻译模式，包括国家机构模式、汉学家模式、合作模式等。其中，国家机构模式指的是以中国政府为主导，从汉语向外语的主动译介。1981年由中国外文出版发行事业局支持翻译出版的"熊猫丛书"，就是这样的一个例子（耿强，2014）。近年来，习近平总书记先后提出共建

"丝绸之路经济带"和 21 世纪"海上丝绸之路"（简称"一带一路"）的倡议，打造政治互信、经济融合、文化包容的利益共同体、命运共同体和责任共同体。文化交流与合作是"一带一路"倡议的重要内容，习近平总书记在不同场合多次强调"文化互鉴"，开展跨国界、跨时空、跨文明的交流互鉴活动，为"一带一路"倡议全面推进提供人文基础和民心保障。随着"一带一路"倡议的提出和实施，我国与"一带一路"沿线国家文化经典互译的规划性、规模性都有了进一步提升，大型经典互译合作项目全面提速。国家新闻出版署牵头组织了许多大型国家级经典互译项目，各大出版机构积极参与合作，这一系列项目都大致可以被视为国家机构模式的文学译介。国家机构模式的译介活动往往规模大、投入多，尤其需要充分调研，根据海外市场规律，从选本、翻译，到发行传播和市场运作，充分兼顾专业读者与普通读者的需要。

从国际范围来看，汉学家一直是中国文学翻译的主力军。国外汉学家对中国文学翻译的讨论，主要集中于古典作品和近代作品的翻译，他们关注的议题包括翻译策略和技巧、译史梳理、译介 – 影响研究等。目前已经出版的颇有影响力的中国文学作品选集主要有倪豪士（William Nienhauser）等人编写的 *The Indiana Companion to Traditional Chinese Literature*（《印地安那中国传统文学手册》，1986），梅维恒（Victor Mair）编写的 *The Columbia Anthology of Traditional Chinese Literature*（《哥伦比亚中国古典文学文选》，1994），宇文所安（Stephen Owen）编写的 *An Anthology of Chinese Literature：Beginnings to 1911*（《诺顿中国文选：从先秦到 1911 年》，1996），闵福德（John Minford）等人编写的 *Classical Chinese Literature：From Antiquity to the Tang Dynasty*（《中国古

典文学：从古代到唐朝》，2000）等。

近年来，英美学界对中国现当代文学的兴趣逐渐浓厚，推出了不少以中国现当代文学作品为主的选集，其中较为重要的有刘绍铭（Joseph S. M. Lau）与葛浩文（Howard Goldblatt）合编的 *The Columbia Anthology of Modern Chinese Literature*（《哥伦比亚现代中国文选》，2007），邓腾克（Kirk Denton）编写的 *The Columbia Companion to Modern Chinese Literature*（《哥伦比亚中国现代文学读本》，2016），黄运特编写的 *The Big Red Book of Modern Chinese Literature：Writings from the Mainland in the Long Twentieth Century*（《中国现代文学大红宝书》，2016）等。这些文选中收录了不少中国现当代文学作品篇目的翻译，大多作为汉语教材以及中国文学专业学生和老师的研究参考书，在国际汉学界有较大影响。一般情况下，读者会将这类材料看作能够提供关于中国社会、文化及文学知识的权威来源，翻译更多成为一种透明的文本操作，大多数研究者即便注意到翻译在文学经典建构中的作用，也往往只停留在对篇目遴选标准的反思上，而极少从文本的角度去追问译文与原文之间的关系到底如何。

海外汉学家翻译也有不少结合自己的翻译实践，从概念建构、翻译技巧、效果评价等不同角度对中国文学翻译进行了反思。欧阳桢（Eugene Chen Eoyang）和林耀福（Yaofu Lin）编撰的 *Translating Chinese Literature*（《翻译中国文学》，1995）收集了包括白芝（Cyril Birch）、William H. Nienhauser、奚如谷（Stephen H. West）、John Minford 等译者对翻译中国古典文学作品的挑战和困难的反思，同时也记录了张错（Dominic Cheung）、Joseph S. M. Lau、Victor H. Mair、王德威（David D. W. Wang）等编者在进行中国文学文集编撰过程中的思考。顾明栋（Gu Mingdong）和 Rainer Schulte 编撰的

Translating China for Western Readers（《为西方读者翻译中国》，2014）一书，回到翻译实践的源头，以语言学和诠释学为基础，从阅读和阅读理论的角度探讨了翻译的艺术和技巧，并对翻译政策和实践以及形式和美学问题进行了批判性评估。香港学者陈德鸿（Leo Tak-hung Chan）编写的 *One into Many：Translation and the Dissemination of Classical Chinese Literature*（《由一至多：中国古典文学的翻译与传播》，2003），深入探讨了将中国文学典籍多语翻译的历史，其中包括英语、法语、德语、荷兰语、意大利语、西班牙语、瑞典语、希伯来语、斯洛伐克语和韩语，并从文化主义的角度（the culturalist perspective）来讨论中国古典名著的翻译。尤其值得一提的是汉学家杜博妮（Bonnie S. McDougall），她以中国文学研究者和译者的双重身份，思考中国文学英译与政治权力之间的复杂关系。她在 2011 年出版的 *Translation Zones in Modern China：Authoritarian Command Versus Gift Exchange*（《现代中国翻译界：权威命令与礼物交换》）一书中，根据自己在外文出版社的工作经历，提出了中国文学翻译的两种模式：国家支持的"威权命令"模式（authoritarian command）与个人间的"礼物交换"模式（gift exchange）。其中，前者是由国家主导的、以树立国家形象为目标的对外译介机制；而后者是一种建立在作者和译者之间的互相信任基础之上的双方互惠（reciprocity）的个人翻译模式，主动寻找翻译机会的一方，将自己的作品如小说、诗歌交给译介者，译介者把自己的翻译作为礼物，免费回赠给寻译者（McDougall，2011）。

讨论中国当代文学的外译，翻译的选题是一个首先需要关注的问题。这就是要回答"译什么"的问题。纵观半个多世纪以来中国当代文学的海外传播，翻译出来的作品数量不少，但接受效度始终不尽如人意。20 世纪八九十年代，中国在对外译介当代文学作品方面，曾组织翻译出版过"熊猫丛书"，前后翻译出版了小说 145 部，诗歌 24 部，民间故事 14 部，寓言 3 部，戏剧 1 部。这套丛书由著名翻译家杨宪益主持，翻译质量很高，但除去个别译本之外，大多并未在英美读者群中产生反响。再如，进入新世纪后中国文化"走出去"工程中，规模浩大的汉英对照的"大中华文库"的翻译与出版。这套书的选题几乎囊括了中国古典文学名著和传统文化典籍，但到目前为止，除少数选题被国外相关出版机构看中，实现了版权输出，其余大多数已经出版的选题都被局限在国内的发行圈内。当然，中国文学海外传播的效果不够理想，和受众群体与传播渠道也有一定的关系。中国文学与典籍作品在西方的读者大多局限于学术圈的小众群体中。中国当代文学进入西方的渠道，除了学术出版机构发行的选集和单行本之外，还有《中国文学》、《译丛》（中国香港）、《当代中国文学杂志》等学术期刊与杂志。但无论是选集、单行本，还是期刊、杂志，主要都是针对专业读者群体，难以进入普通西方读者的视野。在现实中，国家机构译介模式虽然确实可以投入大量人力、物力和财力去确保译本质量，但却也不能保证传播渠道的畅通，因此，"合格的译本"并不保证"一定能获得海外读者的阅读和欢迎"（耿强，2019）。从海外接受的角度出发，有学者分析过中国当代文学引起海外读者的关注、使海外读者产生兴趣的因素，并将这些影响力因素归纳为几大方面，如政治、文化、性、人文主义和艺术表现等。其中，"政治是中国当代文学特定的内容构成，也是海外读者看取中国当代文学的惯常视角"；文化既包括历史层面的民族传统文化，也包括现实层面的当下中国经验；"性"之主题作为文学交流中的润滑剂，成为海外读者观察当代中国社会的一个特殊窗口（熊修雨，2013：131－136）。以上三者——政治、文化与性——在一定程度上体现了海外读者对中国当代文学的兴趣。他们大多是将这些作品作为一种资料、文献来阅读，读者从中可以窥见中国当代社会状况，满足对他者文化的猎奇心态，而文学本身的价值并没有得到充分重视与凸显。这种翻译"中国"而非翻译"文学"的取向，在某种程度上导致了对文学作品"政治化"与"伦理化"的解读，而在文学作品译介的表象之外，深藏的是各类赞助人体系之间的互动与博弈。

如果我们认同"普世性的人文价值"和"真实的当下本土经验"是评价当代文学两个不可分离的标准（张清华，2010：43－45），那么这两个标准同样也应该是中国当代文学海外传播的重要基石。如何让中国文学在外译过程中回归文学之本源，是我们在文学"走出去"进程中必须思考的问题。正如莫言所说，"我知道有一些国外的读者希望从中国作家的小说里读出中国政治、经济等种种现实，但我也相信，肯定会有很多的读者，是用文学的眼光来读我们的作品，如果我们的作品写得足够好，我想这些海外的读者会忘记我们小说中的环境，而会从小说的人物身上，读到他自己的情感和思想。一句话，好作品能让海外读者摘下'眼镜'"（莫言，2010：6－7）。中国作家希望让海外读者摘下"眼镜"的愿望，离不开文学译介工作的努力。Norman Shapiro 认为"好的翻译像一块玻璃，只有当玻璃上有一些小小的瑕疵和擦痕时，你才会注意到它的存在，而当然，理想的翻译最好什么也没有"（转引自 Venuti，1995：1）。但实际上，译介的过程——从译介选材的遴选到翻译策略的斟酌——不可能像透明的玻璃，而更可能是在多种因素作用下的特殊透镜。

　　为了兼顾本土经验和人文价值，在对外译介中国当代文学作品的过程中，必须要注意选材的时代性、多元性，同时兼顾趣味性、文学性。麦家的长篇小说《解密》（2002 年初版，获国家图书奖）在海外的传播，就是一个比较成功的案例。《解密》在国内初版 12 年后，才有英译本 *The Decoded* 上市，由英国汉学家米欧敏（Olivia Milburn）和克里斯托弗·佩恩（Christopher Payne）合译、企鹅兰登图书公司旗下的艾伦·莱恩（Allen Lane）出版社和美国法劳·斯特劳斯·吉罗（FSG）出版公司联合出版，在 21 个英语国家和地区同步发行。英译本出版首日，便创造中国作家海外销售最好成绩；当年，《解密》被英国《经济学人》（*The Economist*）杂志评为 "2014 年度全球十佳小说"。《华尔街日报》（*Wall Street Journal*）评价 "《解密》一书趣味和文学色彩兼容并包，从一种类似寓言的虚构故事延伸到对谍报和真实的猜测中，暗含诸如切斯特顿、博尔赫斯、意象派诗人、希伯来和基督教经文、纳博科夫和尼采的相互应和"；《经济学人》书评称其为 "一部伟大的中国小说"，并强调该书的魅力源自其 "节奏、活力和它所讲述的故事的新颖、曲折" 以及 "生动流畅的文字"。《出版者周刊》（*Publishers Weekly*）认为，"麦家对节奏的细心把握和对民俗风情的叙述，与复杂的数学理论整齐地交织在一起，使得故事引人入胜"。《泰晤士报文学副刊》（*Times Literary Supplement*）的书评人弗朗西斯·伍德（Frances Wood）则将《解密》看作 "对密码学、政治、梦及其意义的微妙而复杂的探索……但归根结底，人物的复杂性才是《解密》恒久的乐趣"。有研究者通过对《解密》英文版上市一年内的英文书评的分析，发现在 "作品主题、故事情节、叙事方式、作者背景与小说主题及情节的契合、与西方类型小说的关联、中国元素" 等方面，英美书评家都对《解密》给出了相当正面的评价，并进一步指出"是《解密》世界性与本土性并存的特点使西方读者有了既陌生又熟悉的阅读体验，为作品赢得了好评"（缪佳、汪宝荣，2018）。可见，《解密》的成功与该书的题材与写法均有密不可分的关系。

讨论中国当代文学的外译，除了关注翻译的选题，即回答"译什么"的问题，同时也需要关注翻译的模式和策略，也就是回答"谁来译"与"如何译"的问题。目前，有不少研究者都关注中国文学外译中的翻译模式问题，但依然缺乏基于当前中国文化"走出去"战略语境的有效翻译模式和策略的实证研究。译者模式的遴选原则以及翻译策略的理性选择，是目前翻译决策者尚疏于考虑的两大议题。决策者在这方面的疏漏，很重要的一个原因在于学界对这两方面思考还不成熟，目前的研究成果无法提供合理有效的决策建议。有学者认为，"既熟悉中国文学的历史与现状，又了解海外读者的阅读需求与阅读习惯，同时还能熟练使用母语进行文学翻译，并擅于沟通国际出版机构与新闻媒体及学术研究界的西方汉学家群体，是中国文学'走出去'的最理想的译者模式选择"，而"着眼于'准确性''可读性'与'可接受性'的归化式译法"应该成为翻译界的共识（胡安江，2010：15）。诚然，由国外知名汉学家主导的翻译，接受效度较好，然而基于个别学者自己研究或文学趣味而进行的个人翻译模式，无法满足中国文学"走出去"战略的大规模部署。因此，更有必要深入了解从事中国文学翻译的外国译者群体，充分发挥本族语译者优势，探索多样化合作翻译模式，强化中国当代文学外译译者的培养和储备，从而保障中国文学海外传播的效果。

据不完全统计，中国当代文学已有超过 1000 部作品被翻译介绍到国外，特别是新时期以来，大量中国当代文学作品——包括中国内地、港澳台和海外华文作家以中文创作的文学作品——被陆续翻译成其他文字，被译介的作家在230位以上。从事中国当代文学翻译的外国译者大致可以分为两部分：学者型译者与专业型译者。学者型译者主要是海外汉学家，他们大多有学院派背景，长期从事中国问题研究，对文学作品有较为深刻的理解，也是最早译介中国当代文学的译者群体，他们在中国当代文学外译的过程中做出了重要的贡献。我国译界非常熟悉的葛浩文（Howard Goldblatt）、蓝诗玲（Julia Lovell）、陶忘机（John Balcom）、白睿文（Michael Berry）、石江山（Jonathan Stalling）等学者，大致可以被归入这一个群体。他们在挑选文学作品进行翻译的时候，往往以自己的学术志趣或者能否代表中国文学的水平作为标准，因此，译介的重点一般是中国现当代著名作家作品。随着中国对外交往向纵深发展以及海外汉语教学的兴起，近年来也出现了一批活跃在世界译坛上的专业型译者。他们大都是中国文学爱好者，一般是英语国家大学或研究院近年的毕业生，相对比较年轻，有在中国生活和学习的经历，其中不少人接受过文学和创意写作的训练，有英文写作才华，以文学翻译和创作为志业。这些新晋译者的惯习不同于传统学者型译者，他们更注重选取自己感兴趣的作品，与出版界经纪人、出版商保持联络，通过民间自发组织的平台，把翻译当作一门事业经营起来。这些新生翻译力量已经在网络上形成了几个翻译圈子，比较著名的 Paper Republic（纸托邦）会聚了包括徐穆实（Bruce Humes）、韩斌（Nicky Harman）、陶建（Eric Abrahamsen）等人在内的超过100名活跃在中译外领域的本族语译者。这类民间力量的集结和资源共享，已经为中国文学"输出"打开了更广阔的渠道。这一群体目前译介中国当代文学的工作已经颇具气候，他们的译作已经得到一些西方主流文学奖项，受到不少西方读者的欢迎。

本研究结合文献梳理、深度访谈和案例研究，从这两部分外国译者中，根据其翻译活动影响力和中国学界关注度的双重考虑，遴选出目前活跃的、影响力较大的、尚未得到中国学界充分重视的外国译者进行对话，采用渐进聚焦式半结构深度访谈，了解中国当代文学外国译者群体语言学习、文化接触等与翻译相关的体验式经历，试勾勒出当前活跃在国际译坛上的中国当代文学外国译者群体的动能与生态。在访谈中，对具体文本和译本开展回顾式阅读讨论，通过本族语读者和外国译者的互动，尽可能还原译者在"译前—译中—译后"不同阶段的认知思维活动及其在译文中的表征，了解外国译者翻译中认知域转换和映射机制；尤其关注外国译者对文学中当代中国话语元素的理解及转译，对译作中所体现的文本策略开展互动式反思。需要说明的是，在原文和译文的对比研究中，我们的出发点并非传统的"原文中心主义"，而是秉承这样一种预设：文学翻译起源于译者对异质文化文本的个人解读，经由理解基础上的语码转换，达到概念、语言和表达的创新。因此，研究将从文体、语言、形式、意象、隐喻等构成要素出发，进行原文译文描述性对比研究，重点关注语码转换过程带来的变化，并基于在访谈基础上对译者认知框架的把握，解读文本差异背后的原因，结合具体译介情境，对不同翻译方法的利弊及译文得失进行分析，思考当前西方世界的文化价值、审美标准和阅读习惯与中国当代文学译介的相关性，提出有针对性的中国当代文学外译策略。从事中国当代文学翻译的外国成功译者，往往能够发挥母语及其文化意识的优势，凭借多元的域外经验，联合各方行动者形成高效运作的翻译网络。本研究以国外译者为入口，勾勒该翻译网络中诸多行动者的关联，了解翻译网络运作机制和动力，能为更有效地在世界想象中建构中国话语、打造中国国家形象、讲述中国故事提供参考和洞见。

第 1 章　聚焦译者

1.1　何为译者：身份与认同

1.1.1　从隐喻说起

翻译的英语单词 translate，其拉丁词根 translatus 的意思有迁移、传递、搬运等。而中文"翻译"这个词中的"翻"字，根据《说文解字》的解释，是"飞"的意思。佛经翻译家释赞宁在《高僧传三集》卷三《译经篇·论》中把"翻"比喻为把绣花纺织品的正面翻过去的"翻"："翻也者，如翻锦绮，背面俱花，但其花有左右不同耳。"可见，无论是英语还是中文，翻译的活动都多少意味着一种"从……到……"的动作：从一处到另一处，从正面到反面，从源语到译入语。

不同文明之间的交往，催生了"译者"这个行业的出现。中国很早之前就有"译者"了。《礼记·王制》中说："中国、夷、蛮、戎、狄……五方之民，言语不通，嗜欲不同，达其志，通其欲，东方曰寄，南方曰象，西方曰狄鞮，北方曰译。译即易，谓换易言语，使相解也。"我国著名翻译家严复曾在《天演论·译例言》中将"译者"称为"象寄之才"，就沿用了《礼记》的说法。译者通过"换易言语"，使不同文化、语言中的人在交流中能够"相解"。这个任务看似简单，但实际上并非如此。翻译是两种语言和文化之间的沟通和调解，尤其是当源语和译语之间的时空距离比较遥远、原文的信息比较复杂、表述风格比较独特的时候，翻译就更容易陷入左支右绌的窘境。正因此，严复才会感慨："海通已来，象寄之才，随地多有。而任取一书，责其能与于斯二者（即"信""达"）则已寡矣。"（严复，1984：136）海通以后，晚清士人开眼看世界，学习外语乃至留洋海外的人越来越多。严复却敏锐地指出一个问题：这些懂外语的"象寄之才"，译书的水平往往不敢恭维。在翻译这项工作中，外语能力是一个必要但不充分条件。译者知识结构和译学修养的欠缺，往往是造成误译的根源："浅尝，一也；偏至，二也；辨之者少，三也。"（严复，1984：136）浅尝，指译者的学问做得不深；偏至，指译者懂的知识比较专门，翻译专业之外的文本就很难处理好；辨之者少，指懂得辨别"译事三难"的人不多。换言之，好的翻译既要是个专才，也要是个通才，还得有相当丰富的翻译经验，深知其中甘苦。

翻译是一个古老的职业，我国有文献记载的翻译活动，可以追溯到 3000 多年以前。据《后汉书·南蛮传》记载："交趾之南，有越裳国。周公居摄六年，制礼作乐，天下平和，越裳以三象重译而献白雉。"古越裳国大约位于今天越南和柬埔寨的部分地区，越裳国派使臣来中原向周公献赠珍禽白孔雀。由于两国"道路遥远，山川阻深，音使不通，故重译而朝"，经过"三象重译"，连续翻译了三种语言才实现交流的目的（转引自马祖毅等，2006：4）。用今天翻译学的术语来说，这可能是历史上最早的一个"转接传译"（relay interpreting）的例子。自古以来，翻译也是一个极其严谨的职业。汉代的法律就已经对译员的工作进行了严格的立法规范，在审理涉及少数民族的案件时，译员必须为翻译中出现的虚假和错误承担法律责任。张家山汉简《二年律令》所见："译讯人为非（诈）伪，以出入罪人，死罪，黥为城旦舂；他各以其所出入罪反罪之。"（张家山二四七号汉墓竹简整理小组，2006：24）唐朝也明令要求参与司法过程的译员必须提供符合事实的供述，否则要承担相应的惩罚："诸证不言情，及译人诈伪，致罪有出入者，证人减二等，译人与同罪。"关于"译人诈伪"的定罪量刑，疏议中有非常详细的说明（转引自刘晓林，2017：87）。

对于翻译或出现失误，甚至是"诈伪"的疑虑，并不只出现在司法程序的翻译中。无论在中国还是西方，对译者工作难以完全信任的态度，可谓由来已久。17世纪法国翻译家阿布朗古尔（Nicolas Perrot d'Ablancourt）翻译了许多希腊语和拉丁语经典作品，出于风格的考虑，他将原文较为古雅的表述改写为当代语言。尽管阿布朗古尔的译文不乏优雅微妙之处，但当时评论家吉尔·梅纳日（Gilles Ménage，1613—1692）语带讥讽地称其译文是"les belles infidels"，即"不忠的美人"（转引自 Chamberlain，1992：58）。这句话后来常常被用来批评文学翻译：忠实的译文不优美，优美的译文不忠实。意大利有一个类似的谚语——"traduttor traditore"，翻译为英语"translators，traitors"，意思是"翻译者，反逆者也"。如果要求译文百分百忠实于原文，那么所有的翻译都不可能得到满分，因为译者再怎么努力，也不可能在译文中恢复原作的原始状态。如果一开始就对译文预设了这种不切实际的要求，那么自然就会出现怀疑、贬斥乃至敌视译者的倾向："译文的措辞与句法若太像原文，虽有可能被赞为忠实，但更可能被说成生硬不通、食'外'不化的直译、硬译甚至死译；反之，译文若太像标的语言（target language）般流畅通顺，则又可能被质疑为了迁就本国语言而牺牲了原文的特色以及失去了可能丰富标的语言的机会。"（单德兴，2016：5）

与创作相比，翻译常常被认为是没有原创性与独立性的工作，译作始终只能处在派生的、次等的、被动的地位。正因为这个预设，历史上许多最重要的译者并不情愿以"译者"的身份自居。例如，西塞罗（Marcus Tullius Cicero，公元前106—公元前43年）是古罗马历史上最重要的文学家和翻译家，"常常被认为是西方翻译理论的奠基人"（Robinson，1997：7）。西塞罗翻译过阿拉托斯（Aratus）的著名天文天象长诗《物象》（*Phaenomena*）、色诺芬（Xenophon）的经济管理著作《经济论》（*Oeconomicus*），以及柏拉图的对话录《普罗泰戈拉篇》（*Protagoras*）等，并一直致力于对希腊哲学的译介（Jones，1959：23 – 24）。虽然西塞罗在翻译事业上倾注了毕生心力，但他却拒绝给自己贴上"译者"这个身份标签。在《论最佳演说家》（"De Optimo Genere Oratorum"）一文中，西塞罗解释了自己对于翻译方法的理解：

> 我不是作为一名译者，而是作为一位演说家来翻译的。我保留了相同的思想和形式，或者说"思维方式"，但使用的却是符合我们讲话习惯的语言。在翻译过程中，我认为无须做词语对词语的翻译，而是保留了原作语言的总体风格和力量。因为我认为不应该把它们像数钱币似的数给读者，而应当把它们的分量交付给读者。

（Cicero，1949：365）

西塞罗认为自己并不是一名"译者"，而是一名"演说家"，因为他并没有采取字字对应的"硬译"，而是以目标语的习惯来传达原作的总体风格和力量。在西塞罗之后，著名的翻译家贺拉斯（Horace，公元前65—公元前8年）同样表达了对"词语对词语的翻译"的不满，并称用这种方法翻译的人为"奴性十足的译者"（slavish translator）（Horace，1929：460）。贺拉斯强调自己的《长短句》（Epodes，公元前29年）和《颂诗》（Odes，公元前23年）虽然借鉴了希腊的诗歌格律，但并不是对希腊作品鹦鹉学舌般的简单模仿，而是充满了原创精神的作品：

> 啊，模仿者，你们这群奴隶，你们的喧哗时常让我恼怒，也时常惹我发笑。我是在一片处女地上留下自由足迹的第一人，我走的是他人未曾踏足之地。人若相信自己，必能统领苍生。是我最先将 Paros 的短长格诗（iambics）展现给罗马人。我追随的是 Archilochus 的节奏和精神，而非他辱骂 Lycambes 的题材或言语。……此前的他，无人诵读，而我，一名拉丁姆的诗人，却让他声名远扬。我的快乐就是带来了前所未闻之事，让贵人们捧在手中，看在眼里。（Horace，1929：383）

认定翻译应该完全忠实于原文，就意味着将原文和原作者置于主导的、支配的、原创的地位，而将译文与译者看作是从属的、顺从的、不劳而获的。这一观点在文艺复兴时期依然十分流行。法国文艺复兴时期的重要学者艾迪安·帕斯奎尔（étienne Pasquier，1529—1615）就曾将译者看作是

"绞尽脑汁地追随他所翻译的作者的脚印"的"奴隶";雅克·佩勒提尔·杜芒(Jacques Peletier du Mans,1517—1582)也将翻译看作"一种并不值得称颂的劳作",而译者必须"服从于他人的创造、安排甚至是风格"(转引自Robinson,1997:112、106)。17世纪英国古典主义文学评论家、戏剧家、诗人德莱顿(John Dryden,1631—1700)同时也是一名伟大的翻译家。他翻译的维吉尔、奥维德、薄伽丘等人的作品,对整个英国的文学发展都产生了重要的影响。即便是这样一位重要的翻译家,他依然将译者比作"奴隶"(slaves):

> 我们是奴隶,在别人的种植园里劳动;我们给葡萄园穿衣,但酒是主人的:如果土壤有时是贫瘠的,那么我们肯定会受到鞭挞;如果土壤是丰收的,我们的照顾成功了,我们却不会受到感谢;因为骄傲的读者只会说,可怜的苦力已经完成了他的职责。(Dryden 1697:175)

虽然译者这份在语言的夹缝间的工作看起来吃力不讨好,但对于促成两种文化的遇合际会,却是不可或缺的。德国文豪、世界文学最重要的代表人物之一歌德(Johann Wolfgang von Goethe,1749—1832)曾提出过一个著名的比喻:他将译者比喻为"忙碌的媒婆"(a busy matchmaker),其工作就是将"犹蒙面纱半遮面的美人渲染成楚楚动人的样子,以激起人们对原作无法抵御的渴望"(Goethe,1977:39)。我国著名作家、学者钱锺书在《林纾的翻译》中,也有一个"做媒"的比喻。他将翻译看作"居间者或联络员","介绍大家去认识外国作品,引诱大家去爱好外国作品，仿佛做媒似的，使国与国之间缔结了'文学因缘'"（钱锺书，1984：268）。

关于文化居间的译者身份，还有许多更实际的、功用化的比喻。18世纪法国著名翻译理论家夏尔·巴托（Abbé Charles Batteux，1713—1780）曾将译者比作游走在不同文化之间的"旅行者"（traveller），将翻译的任务比作旅途中不得不进行的银两交换："译者就像一个旅行者，为了方便起见，他有时用一枚金币换几枚银币，有时用几枚银币换一枚金币。"（1761：56）萨沃里（Theodore H. Savory，1896—1980）在《翻译的艺术》（The Art of Translation）一书中则将译者比成"商人"（merchant），将翻译的过程比作一种交易。一个诚实守信的商人如果发现最终自己提供的商品短斤缺两，一定会赠送一些额外的东西给顾客，正如一个译者如果在翻译中不得不省略一些东西的话，也应该想方设法弥补读者的损失（Savory，1968：85）。有关译者的类似隐喻还有很多，例如，将翻译看作是沟通不同文化的桥梁，将译者看作是"筑桥人"（bridge-builder）；或是将翻译看作是文化间的协商与贸易，将译者看作是"文化掮客"（cultural broker）；等等。作为在两种文化之间游走的文化使者，无论是让读者接近作者，还是让作者接近读者，译者所做的是一种连接与沟通的工作，而连接与沟通的过程，也是一个发现新鲜事物、了解未知世界的祛魅化过程：

> 文学翻译家不仅像桥梁，也像邮政服务：他将人与人相连。他就像一个向导，他弥补了交流中的差距，并提供了机会和途径，让我们得以发现和欣赏那些原本将一直保持蒙昧、未曾发现和未被了解的东西。简而言之，文学翻译家拆除了无知和失聪的墙。（Abioye，

1988：185）

通过翻译与"他者"相互沟通与了解，实现自我的启蒙
与生长，这也是浪漫主义文学思潮的重要主题之一。赫尔德
（Johann Gottfried von Herder，1744—1803）是德国狂飙运动
的先驱，对浪漫主义思潮影响深远，他也将浪漫主义的主体
性精神融入翻译讨论中。对赫尔德而言，翻译不仅是一种文
学活动，还是一种主体性的哲学思辨行为，因此，译者也不
是跟随作者亦步亦趋的模仿者，而是一名跟随时代变化的语
言革新者和哲学思辨者。他充满热情地将译者比作"启明
星"（morning star）：

> 一个理想的译者首先是一颗启明星，照亮着新文
> 学。理想的译者就是哲学家、语言学家，也是诗人。一
> 个理想的译者还能找出原作特有的基调，把握住原作创
> 作风格的灵魂所在，使译作的措辞、润色都能起到画龙
> 点睛的作用。（Herder，2002：207）

在赫尔德看来，译者不仅要将原作的意义译入目标语，
还要呈现原作独特的表述，进而期待翻译能够改进德意志民
族的语言、丰富并完善德语文学。歌德也将语言看作是民族
精神的重要载体，而跨越语言的译者则被视为"精神贸易的
中介"（mediator in this general spiritual commerce），让那些
从未涉猎国外事物的读者能想象、感受到国外的风土人情。
深受赫尔德影响，后来被视为德国浪漫主义之父的歌德，曾
引用《古兰经》中的话"神让每个民族都有自己语言的先
知"（"God has given every nation a prophet in his own
language."），并以此引申，将译者看作每种语言中的"先

知"（Goethe，1977：39）。

将译者比作"启明星"或"先知"，其实也就是希望译者能够引入先进文化，助力"启蒙"进程——这本身是一个带有普遍性的文化诉求。中国近代思想家们同样曾寄"启蒙"的希望于翻译。我国伟大的文学家、思想家、革命家鲁迅也是一个杰出的翻译家。他一生600多万字的作品中，超过一半是译作。鲁迅翻译介绍了俄国（苏联）、英国、法国、德国、奥地利、荷兰、西班牙、芬兰、波兰、捷克、匈牙利、罗马尼亚、保加利亚、日本等14个国家100多位作家的200多部作品。鲁迅曾将自己翻译的工作比作窃火自煮：

> 人往往以神话中的 Prometheus（普罗米修斯）比革命者，以为窃火给人，虽遭天帝之虐待不悔，其博大坚忍正相同。但我从别国里窃得火来，本意却在煮自己的肉的，以为倘能味道较好，庶几在咬嚼者那一面也得到较多的好处，我也不枉费了身躯。（鲁迅，1981：209）

鲁迅本人以希腊神话中从奥林匹斯山上盗取火种，传给人间的普罗米修斯设喻，将译者视为牺牲自己、造福人类的文化英雄。鲁迅对于外国作品的译介活动，背后有强烈的启蒙愿景。他曾将自己的翻译看作"从外国药房贩来一帖泻药"（鲁迅，1981：251），希望通过输入外来的精神文明，治疗国民精神痼疾，使读者从中摄取进步的思想营养，从而最终实现艰辛的民族救赎。译者不再被简单地视为原作拙劣的模仿者或是不忠的背叛者，而是通过引入异质文化，成为启蒙并改造本族语言、思想与文化的先驱。

无论是充满贬斥地将译者看作"奴隶""仆人"，还是持中地承认译者的文化间性而将其称为"旅行者""商人"

"文化掮客"，抑或充满热情地将译者赞美为"启明星""先知""窃火者"，从这些隐喻中，我们都可以看出译者这份工作看似简单、重复，甚至枯燥、卑微，但实际上是一项极为艰巨、复杂、细致的工作。文学作品的译者在承担诠释者角色的同时，也承担了原作者的合作者、译文创造者的责任，甚至还是译作读者的启蒙者，并推动目标语言文化的进化与发展。"译者"这一在传统翻译及文学研究中相对沉默的主体，是实际翻译史的书写者，也是翻译学研究范式更替最直接的推动者与见证人。

1.1.2　译者与翻译范式

在翻译研究中，不少学者讨论过翻译研究的范式。"范式"一词，中文有"榜样、规范、法则、范围"等意。"范式"的英文 paradigm，从词源学看是"排列、展示"（exhibiting side by side）的意思。20 世纪 50 年代，美国著名的科学史学者库恩（T. S. Kuhn）在《科学革命的结构》（*The Structure of Scientific Revolutions*）（Kuhn，1963）一书中，使用"范式"对科学史进行解释和描述，"范式"一方面用来指代某一特定学科成员所共享的信条信念、价值观念、方式方法等体系，另一方面也可以指该体系中的具体研究方法。

人文学科的范式更替，更具有演化和传承的特点，而非革命和取代。因此，翻译研究中不同范式的研究方法往往是动态共存、相互兼容的。翻译学研究中，不同学者对"范式"界定的标准有不同，有些学者按照时间的顺序，将翻译研究范式划分为古典译学范式、近现代译学语言学范式及当代译学文化整合范式（杨乃乔，2002），或是分为前语文学时期、语文学时期、语言学时期以及后语言学时期（文化学时期）（姜秋霞，2008）；也有学者根据翻译研究的理论背景，划分为语文学范式、结构主义语言学范式、解构主义范式和建构主义范式等四种研究范式（吕俊，2006）；还有学者按照翻译研究整体话语体系的特点，划分为语文学研究范式、语言学研究范式、文化研究范式、哲学研究范式（杨平，2009）。道格拉斯·罗宾逊（Douglas Robinson）则从"译者"这个关注点出发，提出翻译学发展历程经历了两次重大的范式转换：一是路德对中世纪翻译理念的冲击，让翻译学从"奥古斯丁范式"（the Augustinian paradigm）转为"路德范式"（the Luther paradigm）；二是歌德、赫尔德、施莱尔马赫等人为翻译注入的浪漫主义思潮，使得"路德范式"向"浪漫主义范式"（the romantic paradigm）转变（Robinson，1991）。

罗宾逊在《译者登场》（The Translator's Turn）中将聚光灯亮眼地打在过去被长期忽略的"译者"身上。在该书开篇的序言中，罗宾逊便开宗明义地指出传统西方翻译理论的特点："翻译理论，正如大多数西方语言和其他人类行为的科学研究一样，一贯的特点是非实体研究（an immaterial business）：是译者要追求的译作理想模型；是一种人类译者应该遵循的理想程序图或流程图，有可能，今后机器翻译也应该终将据此操作。"（Robinson，1991：ix）这种抽象化、简约化、理性化的倾向，使得研究者较为看重翻译过程中的客观因素，而忽视译者的主观感受与个人体验在翻译中的作用。罗宾逊所说的奥古斯丁范式，就是这样一种结合了二元论、工具论和完美主义的复合体。奥古斯丁（Saint Aurelius Augustinus，354—430）生活在古罗马帝国末期与中世纪初期，是对后世影响深远的神学家和哲学家，他最广为人知的翻译思想是字字对应的翻译原则。奥古斯丁虽然是中世纪翻译理论史上最重要的理论家，但他并没有翻译过《圣经》，而是从一位神学家、思想家和释经者的立场，以"信仰"为基本前提去思考和理解翻译。罗宾逊认为，中世纪学者——无论是擅长于循环论证的奥古斯丁，还是热衷于推演论证的阿奎那——都致力于设立科学的范式，认定人们有可能客观、正确地理解事物的全部，对其进行"稳定的，有层次的、逻辑的、系统的、客观的描述"（Robinson，1991：67）。在奥古斯丁的年代，古希腊哲学社会倡导的理性与中世纪奉行的神学信仰相互交织，翻译被认为是一种理解和阐释上帝智慧的方式，而译者对上帝的绝对信仰则是翻译原作的前提："因而，就拿《圣经》来说，它作为人的意志这种可怕疾病的治疗药方，最初是用同一种语言写的，使它能在适当的时候传播到整个世界，但后来被译成各种各样的语言，传播到四面八方，万民都知道的救人药方。人研读它，就是要找出那些作者的思想意志，并通过它们找到神的旨意。"（奥古斯丁，2004）在奥古斯丁看来，作为符号的语言文字具有丰富内涵，不能随意阐释，译作和原作都只是上帝意旨的载体，因此，"字对字"翻译才能尽可能接近语言之外的神圣真理。

16 世纪，德国宗教改革运动将圣经翻译带入了新的时代。罗马教会为了控制民众的思想，禁止用拉丁语以外的语言翻译《圣经》，宗教改革家马丁·路德（Martin Luther，1483—1546）却主张普通民众都应拥有用自己的语言直接阅读《圣经》的权利，他在伊拉斯谟（Desiderius Erasmus）的《圣经》译本的基础上，将《圣经》译成通俗的德语。罗宾逊认为，路德范式在一定程度上继承了中世纪的二元论、工具论和完美主义，但却并不将描述的客观与稳定奉为圭臬，而是从人文主义思想出发，看到了科学的盲点之外，存在着权力、价值、人的尊严，以及日常普通生活的重要性

（Robinson，1991：67）。路德坚持认为，信众与上帝的关系，并非一定要通过外在的教会与等级制度来沟通，而应该由个体内在的力量与信念来决定，因此，他希望每个人都能亲自阅读并理解《圣经》。在长文《论翻译的一封公开信》（"Open Letter on Translation"，1530）中，路德这样解释他翻译中的语言策略："人们不应该问拉丁语文学该如何用德语表达，而必须向家中的母亲、草地上的孩子或市场上的普通人提问，并观察他们是如何说话的，再据此进行翻译。这样他们才会理解也会注意到人们是在和他们说德语。"（Luther，2006：61）路德的翻译观推进了语言民族化的进程，最终打破了教庭和上层社会从语言层面对宗教作品解释权的控制，使得各民族从语言和思想层面得到了解放，对德语乃至欧洲语言的发展做出了巨大的贡献。在翻译理论方面，路德确立了影响深远的"读者导向"（reader-orientation），即译者必须关注读者的阅读诉求，从语言到表达方式，都要考虑到读者的可接受性。此外，路德翻译的《圣经》也证明，翻译在文化的深层意义上具有不可替代的价值。正如贝尔曼所言："路德翻译《圣经》的过程，无疑也是德意志文学语言首次决定性的'自我确立的过程'。"（Berman，1984：47）

罗宾逊所说的第三种翻译学范式是浪漫主义范式，歌德是这一范式的代表人之一。歌德关于翻译的论述散见于他的著作《诗与真》（*Dichtung und Wahrheit*）和《西东诗集》（*West-östlicher Divan*）。其中，《西东诗集》第二部分的附记（"Notes and Queries for a Better Understanding"）中关于翻译的论述，被认为是"德国出版的有关翻译理论的最好评论"（Schulte & Biguenet，1992：60）。歌德设想了一种以三个层次组成的翻译方案，但这三者间并非线性演化、前后取代的关系，而是可以同时出现、相互共存的。其中第一个层次是平实的散文化（prosaic）翻译，用朴素、谦逊的散文，以目标读者司空见惯的方式介绍异域他者的奇特之处，读者几乎不会意识到他们读的是一篇翻译作品，这种译作却会产生真实的、振奋人心的感觉。歌德认为路德的《圣经》翻译就是这一效果的最佳例证。其实，歌德在其早年的作品《诗与真》中就曾比较明确地表达过对散文化翻译的赞同，他认为应用浅显明快的德语来改编外国经典作品，因为这样的翻译"适合每个人阅读，可以迅速流传，效果很好"（转引自Robinson，2002：222）。歌德所说的第二个层次是模仿式（parodistic）翻译，也就是一种文化挪用式的翻译。译者以自己的风格再现外国的思想、感情，甚至事物，译文中的本土味道迫使外来的东西与熟悉的东西相适应，为大多数目标读者带去愉悦的阅读体验。歌德所说的第三个层次——或者说"最高级的和终极的"翻译层次——是近似于"逐行对照的"（interlinear）翻译，其目的在于"使原作等同于译作。这样，人们在评价时，译作不再是代替（anstatt des anderen）原作，是取而代之（an der Stelle des anderen）"。这样的译作将异域与本土、已知与未知真正融为一体，引导甚至迫使读者向原作靠拢，极大促进了读者对原作的理解，但目标语受众可能并不会很容易接受这样的译本："这种方法一开始会遭遇强烈的阻力，因为译者如此紧紧地依附于原文，便或多或少放弃了自己国家的独创性，并创造了一个大众还没有准备好的'第三种'（文本或空间）。"（转引自Robinson，2002：223）贝尔曼认为，歌德翻译思想的终极指向是他所提出的"世界文学"（weltliteratur）。歌德所说的"世界文学"是一个历史概念，也是一个空间概念，世界文学的出现并不意味着国别文学的消失，而是"后者进入一种时空之中"，互为影响，并且"所有同时代文学的积极共存"（Berman，1992：55－56）。翻译的最高目的，就是要建构这一让不同国别的文学共存、互动乃至最终相互融合的"第三种"精神时空。

除了罗宾逊，翻译学"文化转向"（the Cultural Turn）的发起人安德烈·勒菲弗尔（André Lefevere）和苏珊·巴斯奈特（Susan Bassnett）也曾以译者的翻译观与翻译实践为标准，提出西方翻译史上的三种主要翻译模式：哲罗姆模式（the Jerome Model）、贺拉斯模式（the Horace Model）和施莱尔马赫模式（the Schleiermacher Model）（Bassnett & Lefevere，2001：1－11）。虽然他们并没有采用"范式"这一术语，但同样勾勒出翻译学发展中的一些得到广泛认可的观念与价值。

哲罗姆模式以罗马神父圣·哲罗姆（约342—420）为代表。在哲罗姆的时代，最权威的《圣经》译本是公元前3世纪前后，由希伯来文译成希腊文的"七十士本"（Septuagint）。奥古斯丁曾认定，"他们的作品拥有如此神圣的象征意义，所以无论把希伯来《圣经》译成什么文字都必须与七十士本一致，否则就不算忠实的翻译"（Augustine，1890：ⅩⅤⅢ，43）。在罗宾逊眼中，奥古斯丁代表了一种传统二元论、工具论及完美主义的翻译学范式；而在勒菲弗尔与巴斯奈特看来，奥古斯丁的身份更多是教士而非译者，和奥古斯丁同时代的哲罗姆才是真正意义上从翻译而非神学的立场去考虑问题的人。在哲罗姆用通俗拉丁文翻译的《圣经》（*Vulgate*）序言中，他明确指出，"做先知是一回事，做翻译是另一回事。前者通过圣灵预告未来，后者以学识与语言能力翻译他所理解的事物"（转引自 Rebenich，2002：103）。作为一个既虔信又讲求实际效用的译者，哲罗姆虽然认同《圣经》至高无上的地位，"连词序都显得神圣而玄妙",但在翻译实践中他并不拘泥于"字对字",有时也采用"意对意"的方法(谭载喜,2006:24)。对哲罗姆而言,对原作"真义"(substance)的绝对忠实并不单纯由译者的信仰来保证,也要依靠译者在翻译中对原作意图、风格、词序等各方面内容反复斟酌。哲罗姆模式的核心体现了翻译史上最为普遍的一种理念,即翻译应该以原作为导向、以忠实为标准。

　　从时间上看,贺拉斯模式出现得更早,可以追溯至古罗马诗人贺拉斯,但是由于西方翻译学的发展最初源自圣经翻译的理论与实践,贺拉斯的相关理论反而更晚才被翻译学界注意到。在贺拉斯所处的时代,拉丁语是一种"特权语言"(privileged language),罗马帝国对希腊文学经典的大规模译介有强烈的功用主义倾向,其目的是推动拉丁文学的发展及民众的素质教育。贺拉斯在《书信集》中坦诚地承认了希腊与罗马文化之间的高低:"被征服的希腊人将艺术带到了粗鄙的拉齐奥①,以此征服了他们野蛮的征服者。"(Horace 1929:409)贺拉斯看出希腊文化的优美,主张罗马从中学习,取长补短,建立更为强大的文化。这一罗马中心主义精神,使得他的翻译在意图模仿的同时,也不屑于亦步亦趋地跟随在原文后面,而始终怀有超越原作的野心,体现出明显的文化竞争意识。放在翻译学发展的整体脉络中去理解,贺拉斯模式代表了以目标语及其读者为导向、以文化竞争与超越为目标的翻译理念。

　　施莱尔马赫模式在一定程度上和罗宾逊所说的"歌德范式"或"浪漫主义范式"相近。施莱尔马赫(Friedrich

---

　　① 拉齐奥(Latio):亦称拉丁姆(Latium),另译拉缇姆、拉提雍,是意大利的一个大区,拉丁语的发源地。

Schleiermacher）的翻译思想前承赫尔德、歌德等人，后启本雅明、韦努蒂、德里达等人，对现当代翻译研究的整体版图有极其重要的影响。1813 年，在著名的演讲《论不同的翻译方法》（"On the Different Ways of Translation"）里，施莱尔马赫提出了两种翻译方法：译者要么尽可能地让作者安居不动，而将读者引向作者；要么尽可能地让读者安居不动，将作者引向读者。后来，韦努蒂正是在这一论述的基础上，提出了彰显源语文化的异质性的异化翻译法（foreignizing），以及回避语言文化差异，译文趋向流畅与透明化的归化翻译法（domesticating）。施莱尔马赫提出的这两种翻译方法，和歌德提出的三种翻译模式几乎处在同一个时代——普法战争即将以普鲁士的战败告终。施莱尔马赫对异化翻译的推崇，以及歌德关于世界文学之"第三空间"的设想，均含有民族主义的期待，将翻译作为一种民族复兴大业的方式，反对拿破仑式的文化同化和征服，希望以语言融合异质性，并以此发展自己独特的文化身份。施莱尔马赫深信德国语言及文化的包容性，认为德语是最适合"传承所有的外国艺术和学术成果的宝藏"的语言。从这个角度来看，施莱尔马赫所主张的"将读者引向作者"的翻译方法，"与其说是尊重他者的声音，不如说是要将他者的声音吸收到德意志民族的声音之中"（Robinson，2013：148）。勒菲弗尔与巴斯奈特从施莱尔马赫的翻译思想中看出了他对"文化资本"的重视，翻译使一种文化中的文本渗入另一种文化，并在译入语文化中发挥建构的作用。因此，施莱尔马赫模式所彰显的翻译本质并不是简单的信息传递，也不是对译入语的读者口味的迎合，而是要重建读者与作者、源语与译语之间的亲缘关系，背负着文化建构的重任。

施莱尔马赫之后，德国浪漫主义翻译思想的集大成者瓦尔特·本雅明（Walter Benjamin）在《译者的任务》（"The Task of the Translator", 1923）中进一步解构了哲罗姆模式推崇的忠实或意义对等的翻译理念，指出文学作品的基本功能并不是传递信息，更不是讨好、迎合或迁就读者："一部文学作品究竟'说'了些什么？它传达了什么？对领悟了作品的人来讲，它几乎什么也没有'讲'。文学作品的基本特性不是陈述或告知信息。而任何意在执行传递功能的翻译，所能传递的只能是信息——因此，这都是些非本质的东西。这是劣质翻译的标志。"（Benjamin，2000：15）德里达（Jacques Derrida）总结出本雅明的三点警告：翻译的目的不是接受、不是交流，也不是再现（1985：223－225）。他循着这一思路发展出了解构主义翻译理论，推动了译学基本范畴和研究范式的变革，使翻译理论得以从现代语言学研究路径转向后现代文化研究路径。

从罗宾逊提出的"奥古斯丁范式—路德范式—浪漫主义范式"，以及勒菲弗尔与巴斯奈特归纳的"哲罗姆模式—贺拉斯模式—施莱尔马赫模式"中，可以看出历史上对译者的角色的不同定位，而总体上呈现出一种"反仆为主"的趋向：过去的译者常常是夹在原文与译文之间左右为难的仆人，服侍着两位个性迥异、要求不同的主人，一边要对原文忠实，一边要让读者满意，结果往往进退维谷，动辄得咎；而翻译学发生"文化转向"之后，译作和原作的关系被重新审视，译文独特的文化、文学和语言功能得到充分认可，译者的文化身份也因此得到改写。

1.1.3　反仆为"主"的译者

如果说，"真正的语言文字是令人振奋的、创造性的、奇妙且不可预知的、迂回的、不守规矩的、相当令人难以置信的生产力"（Sinclair 1991：492），那么翻译自然和创作一样，是充满创造性的活动。但是，翻译中的创造性依然是一个难以捉摸的概念。创作是从无到有的工作，用写作将空白逐渐填满，而对于译者来说，总是有一个预先存在的文本必须被阅读、解码，译者不得不努力在目标语言读者的迫切需求和原文的限制之间保持平衡。传统语言学范式下关于译者主体性的讨论始终认定，翻译在一定程度上要受制于原文，"译者必须愿意通过别人的创造来表达自己的创造力"（Nida，1976：58），因此，译者的工作空间存在于创造性和再创造性之间充满张力的领域之中。

语言学范式下的翻译观或多或少暗示了一种隐含的等级秩序，即原创性写作是优越于翻译的。在翻译研究发生"文化转向"后，这一原作中心主义的立场已经受到不少翻译学者的批评。例如，巴斯奈特将原作的优越地位看作是一种"普遍的神话"（popular mythology）。和其他许多文化学派的翻译学者一样，巴斯奈特一直在呼吁大家承认这个事实，即翻译和写作的必要技能基本上没有什么不同：

> 拒绝将翻译看作是一种创造性的文学活动，是荒谬的观点，因为译者一直在与文本打交道，首先作为读者，然后作为改写者，以及该文本在另一种语言中的再创造者。事实上，鉴于翻译的工作必须受制于源文本，我们可以说，翻译需要一套额外的文学技能，并不比最初创作文本所需的技能差。（Bassnett，2006：174）

的确，翻译并不是一种机械的语言转换工作。最简化的翻译过程模型也包括阅读与写作两个步骤，这两步都对译者提出了很高的要求。译者的阅读与普通读者的阅读不同，并不能只看原文大意，而要对原文进行最亲近、最细致的解读；不但要看文本表面的意思，还要在文本之间的褶皱中寻找隐而不露的蕴意。尤其是文学作品的翻译，译者首先要有足够的文学文化素养、生活阅历，才能准确理解并把握原文的语言艺术、文学风格乃至原作所处的社会历史文化背景。对此，我国著名文学翻译家傅雷曾评说：

> 译事虽近舌人，要以艺术修养为根本：无敏感之心灵，无热烈之同情，无适当之鉴赏能力，无相当之社会经验，无充分之常识（即所谓杂学），势难彻底理解原作，即或理解，亦未必能深切领悟。（转引自陈福康，1992：392）

在深刻解读原文的基础上，译者也需要有与原作者旗鼓相当的创作表达能力，才可能在译文中重构原文形式和内容浑然一体的艺术意境。而译者的写作与原创式的写作也不同，原创的写作源于灵感，可以写得自由自在、肆意汪洋，而翻译始终要基于源本，如同戴着脚镣跳舞。罗伯特·韦克斯勒（Robert Wechsler）在《没有舞台的表演：文学翻译之艺术》（*Performing Without a Stage：The Art of Literary Translation*）中将翻译看作是一门"奇特"（odd）的艺术，因为表面上看，翻译家和作家的工作是完全一样的，翻译的工作完成以后，译著也是一本看起来和原著一样的作品。韦克斯勒将文学译者与音乐家相比较，以此说明语言水平本身并不足以保证译作的优秀，译者除了语言之外，还必须有评论家的眼光和作家的创造力：

> 我们常以为，文学作品的译者好坏在于他的语言能

力，这就好比说音乐家都很懂乐谱一样。音乐家们自然是会看谱的，但光会看谱并不代表你会是一位优秀的音乐家，它只不过是成功的诸多要求之一罢了。事实上，一些伟大的爵士乐手从来没有学过看谱，而有些伟大的译作，反倒是出自不懂原文的诗人之手。想要演奏出好音乐，除了通晓一样乐器，还必须能察觉音调的细微差别，了解音符的组成及其所代表的意义。同样的，一个译者也必须能像评论家一样去阅读，像作家一样去写作。（Wechsler，1998：6）

上文已经谈到，在翻译理论从现代语言学研究转向后现代文化研究的路径上，译作和原作的关系被重新定义，翻译的原创性（originality）、创造性（creativity）和作者身份（authorship）等概念也因此被重新审视。解构主义翻译研究的发展让译者和译作从原本的边缘地位走向中心，要求将翻译视为一种创造性而非派生性的活动，也直接导致了传统的作者-译者二分法的崩溃。正如罗丝·玛丽·阿罗约（Rose Mary Arrojo）所言，"后现代理论引发了对于原作与译作、作者与译者、译者与读者之间普遍建立的关系的彻底修正"（Arrojo，1997：30）。

后现代理论中，很大一部分是关于主体在话语权力之中如何得以形成的思考。米歇尔·福柯（Michel Foucault，1926—1984）运用考古学和谱系学两种方法，从历史和社会两方面解构了19世纪以来占据主导地位的主体哲学。在《词与物》中，福柯将人看作是"只有与一种早已形成的历史性相关联时才能被发现"的知识发明，是一种特定历史时期被特定知识体系形成、构建的对象（Foucault，2005：359）。这就颠覆了传统的主体与话语权力的关系，"人"便不再具有主体哲学所推崇的中心地位。话语却逐渐获得主体性特征，它高度自律，不受作者的制约，能自行其是。一旦传统"主/客"二分法被颠覆，建立在这一认识论基石上的许多概念都要受到质疑，一个首先浮现的问题是，如果话语自有规则，那么"作者"的身份到底意味着什么？写作这一行为又有何意义？在 1969 年的一次演讲中，福柯将写作看作一场话语实践的游戏：

> 今天的写作已经从表达中解放出来，只指向它自身却不受内在的限制，写作与它铺展开来的外在性相一致。这意味着写作成为一种符号之间的相互作用，其排列方式与其说是根据所指的内容，不如说是根据能指的本质。写作的展开就像一场游戏，不可避免地凌驾其自身的规则，超越其自身的限制。（Foucault，1984：102）

如果写作的行为并非为了表达作者的意图，而只是一种形成文本的话语实践，那么"作者"这一原先承担主体的角色也发生了本质性的变化，作者的主要功能"在于刻画出社会中某些话语存在、流通和运作的特征"（Foucault，1984：107)，而其创作意图则变得无关紧要。福柯不但将作者从传统写作观念中话语创造者的神坛上拉下来，更将写作看作是对主体个人特征的抹除："作者的痕迹被消解殆尽，唯一留下的痕迹是他的缺席。"（Foucault，1984：102）罗兰·巴特（Roland Barthes）对写作主体的解构表述得更为直接。在著名的《作者之死》（"The Death of the Author"）一文中，罗兰·巴特断言："读者的诞生必须以作者的死亡为代价。"（Barthes，1977：148）

作者权威的解构，对翻译研究产生了巨大影响。一方面，原文被视为独立于作者意图之外的文本。既然"文本之外别无他物"（there is nothing outside of the text）（Derrida，1976：158），文本内部存在话语规则的自我生成，文本之间又有繁复的互文关联，作者意图不再被奉为圭臬，那么翻译研究的关注点也更多转移到译者与译作上去，关注译作文本的历史语境及其话语生成的实践模式。另一方面，承认作者之"意图谬误"（intentional fallacy），也就意味着必须为悬而未决的文本意义找到新的解释。翻译不再被视为一种对原作意义的被动呈现，而恰成为原作生命力的源头活水。本雅明在《译者的任务》中指出，翻译"并不是服务于原作，只是因为原作而获得了自己的存在。原作的生命在译作之中获得了最新、最丰满的绽放"，这样的译作是原作的"后续生命"（afterlife），是"生命的一种独特而高级的形态，这种生命的绽放是被一种独特而高级的合目的的行为所支配的"（Benjamin，2000：17）。

德里达继承了本雅明的基本思路，指出"可译性"与"不可译性"的矛盾恰是所有文本都同时具有的特征，也是文本生命力之所在："文本只有具有生命力才能继续存活下去，而且只有它同时是可译的及不可译的，它才能继续存活下去……如果完全可译，作为一个文本、一种写作方式甚至一种语言，它就会消失；如果完全不可译，甚至是在同一种语言之内都不可译，那么这个文本即刻就会死亡。"（Derrida，2004：82）德里达还进一步从理论上说明翻译何以成为原作的后续生命。传统结构主义语言学假定能指与所指之间存在稳定的同一性指涉关系，认为人们见到了语言符号（能指）的时候，脑海里就必然能唤出该语言符号所指涉的事物。德里达挑战了这种假定，认为实际的事物其实根本就不可能因为白纸黑字的符号而栩栩如生地展现于读者眼前。为了说明能指与所指之间的关系，德里达自创"延异"（différance）一词，一方面将 différence 一词中的 e 改为 a，造了一个既非词语又非概念的词语，用作"在场"（the present）的替代物；同时，这个词的拉丁文词根 differre 表示时间的延迟（defer、temporization）与空间的差距（differ、spacing）。能指所指涉的那个事物只是一个抽象的概念、一个虚幻的在场、一个不在场的在场、一个在场的替代物，因此，能指与它所要体现的在场之间存在着一种时空延异的关系：既是时间的延迟，也是空间的距离。我们对文本的理解必须依赖于符号，而符号的流通指向真实，但同时也延迟了我们可以直面事物本身的时刻。因此，原创式的写作不啻为一种游戏，只留下书写的"痕迹"（trace），而"痕迹不是一个在场，而是一个自我错位、自我取代、自我指涉的在场的拟像（simulacrum）"（Derrida，1968/1986：132）。如果创作中的"延异"是隐而不彰的，那么翻译则是一种"延异"的显化。翻译是一个在时空延展中发生的，彰显话语形成过程中被排除、被遮蔽的不确定意义的过程。译者的工作虽然与作家的原创不完全一样——作家的专注力在于从流动的语言中，选择不可替代的语词，构建出自己的作品，而译者创作的原材料是已经被凝结在原文本中的语言——但这却让译者承担了更为艰巨也更为重要的任务。用诗歌翻译家奥克塔维奥·帕斯（Octavio Paz）的话来说，"译者必须首先拆除文本的元素，将符号释放到循环中，然后再将它们还原为语言"（Paz，1992：159）。拆解原文，释放符号，乃至从目的语言的洪流中寻找语词并将意义再次凝固起来，这恰是一个不间断的符号流通的过程，一个指涉与替代的"延异"过程，对应了文本生生不息的生命力之源。

后现代翻译思想家对翻译理论的拓展，推翻了传统翻译学对文本具有确定意义的认定，从而颠覆了以"忠实"为核心的翻译观，在原文和译文、原作者和译者之间假定的主从关系也就不复存在。一旦我们意识到符号只是具有历史性的意义的在场，那么将所有符号的时空可变性因素都考虑进去，意义的在场不过是幻觉。原创也好，翻译也好，都是派生性的（secondary）、临时性的（provisional），都从原先的在场中派生而来，又朝着正在失去的在场方向而去，是一种延续不断的过程，也是一项始终未完成的任务。既然能指无法固定在特定所指之上，那么似乎我们能做的，就是在符号的流动与转换之中，关注、发现甚至是拓展文本的意义。译者的工作，恰是对原文无止境的"调味（season）、升华（relève）与扬弃（Aufhebung）"（Derrida，2001：199）。也正是在这个意义上，译者得以"反仆为主"，推动文本在"延异"中不断获得新生。

1.2　译者何为：文学与政治

1.2.1　文学翻译与翻译文学

文学翻译（literary translation）与翻译文学（translated literature）这两个术语看起来似乎完全一样，但仔细琢磨，又多少有些区别。虽然两者都与文学及翻译有关，都涉及原文、译文、原作者、译者，但侧重点有不一样的地方：前者强调了原作的性质是文学作品而非其他类别——如自然科学或社会科学类的作品，而后者则强调了译品本身的性质，在其接受语境中被视为文学作品，具有一定的文学品质和美学价值。

在翻译学研究中，文学翻译是更常见的术语，因为这一表述的焦点落在翻译的过程上。在传统语文学和语言学的范式之下，译作应该尽可能忠实于原文，因此，文学翻译自然应该尽可能再现原作的文学性，但这个过程并不是简单机械的代码转换。罗新璋先生强调文学翻译艺术性时，曾如是说："文学翻译固然是翻译，但不应忘记文学。文学，从本质上说，是一种艺术；文学翻译，自然也该是一种艺术实践。文学语言，不仅具有语义信息传达功能，更具有审美价值创造功能。"（转引自谢天振，2011：178）文学翻译既是一种技巧，更是一种艺术；既涉及语言的转换，也是一种文学的再创造。这样的再创造，在本质上和文学作品的原创是有共通之处的：

> 正如生活与作品之间存在作家这一中介，原著与译作之间，也有译者这一中介在焉。作家运思命笔，自应充分发挥主体的创造力量，译者在翻译时难道就不需要扬起创造的风帆？须知译本的优劣，关键在于译者，在于译者的译才，在于译者的译才是否得到充分施展。重在传神，则要求译者能入乎其内，出乎其外，神明英发，达意尽蕴。（转引自谢天振，2011：179）

承认译者作为主体的创造力量，意味着译作也具备文学作品的特质。在世界文明史上，我们不难看到，几乎所有杰出的文学作品的保留、流传和广为人知的背后，翻译都是功不可没的。荷马史诗《奥德赛》和《伊利亚特》、埃斯库罗斯和索福克勒斯的悲剧和喜剧、亚里士多德和维吉尔的作品，都是用古希腊语或拉丁语写成的。这些语言现在都已经封存在历史的尘埃中了，如果没有英语以及其他语言的翻译，这些作品就不可能为后来一代代的读者所热爱。还有一些伟大的作家，他们使用的语言并不是主流语言，如波兰作家亨利克·西恩凯维茨（Henryk Sienkiewicz）、用意第绪语写作的美国犹太作家艾萨克·辛格（Isaac Singer），如果没有译作的传播，他们的作品就无法为世界其他国家或使用其他语言的读者所熟知。透过文学研究和媒介学的棱镜来审视，文学翻译可被视为文学创作过程重要的一环，而译作本身也即是文学作品的一种存在形式。如果想要强调"译作"本身的文学性和独立的艺术价值，那么"翻译文学"就是一个更为确当的术语。

20 世纪 80 年代末，中国文学界发起了一场关于重写中国文学史的辩论，主题是如何重新认识中国当代文学的历史。《上海文论》在 1988—1989 年间刊登了一系列有关"重写文学史"的文章。"重写文学史"专栏的最后一期（1989 年第 6 期）发表了谢天振的《为"弃儿"寻找归宿——论翻译在中国现代文学史上的地位》一文，明确提出翻译文学应该被看作中国文学的一部分。长期以来，以翻译形式存在的文学作品地位颇为尴尬。翻译学者们大多关注译作对原作的理解是否到位，语言是否清晰，而不关注它的文学地位；文学研究者承认它对目标文化和文学的贡献，但却迟迟不能确定其独立的地位，甚至直接将翻译的文学作品等同于外国文学。谢天振指出，翻译文学究竟属于本国文学还是外国文学，是一个值得重思的问题，因为将翻译文学等同于外国文学的做法既否定了翻译家的劳动价值，也对国别文学史研究造成混乱。承认"文学翻译这一跨越国界、跨越语言的传递相当复杂，其背后蕴藏着译者极其紧张而富有创造性的劳动"，我们就应该认识到翻译文学融入了所属国文学的发展进程，是所在文学体系的有机组成部分和独立系统（谢天振，1990：58）。在 1999 年出版的《译介学》中，谢天振进一步指出，翻译文学史究其实质是一部文学史，所以它应该与其他文学史一样包括三个基本要素，即作家、作品和事件。只是翻译文学史中的这三个基本要素与一般的文学史有点不一样：翻译文学史中的"作家"指的是翻译家和原作家，"作品"指的是译作，而"事件"则不仅指文学翻译事件，还包括翻译文学作品在译入国的传播、接受和影响等事件。因此，编写翻译文学史不仅要勾勒出文学翻译的基本面貌、发展历程和特点，还要在译入语文学自身发展的图景中对翻译文学的形成和意义做出明确的界定和阐释（谢天振，1999）。

　　关于"文学翻译"与"翻译文学"之辩的背后，其实是语言学翻译研究思路和文化学派研究思路的分歧。文化学派突破了对译本和翻译过程本身的关注，将翻译置于目的语的社会文化脉络之中，侧重译作的读者接受和社会影响，追问翻译事件发生以及影响翻译结果的语境因素，大大拓宽了传统翻译研究的范畴。这种目标语导向也是西方描述翻译研究的重要预设之一。在这一预设下，所谓"文学性"与"翻译性"都不再是先验的理念，而是目标语文学系统的建构。描述翻译学开创者之一吉迪恩·图里（Gideon Toury）将"文学翻译"定义为："在源文化中被视为文学的文本的翻译"，或者"被译入语文化接受为文学作品的译作"（1995：168）。图里的这个定义考虑了两种情况：一是在源语文化中被认定是文学作品的翻译，二是被目标语文化接受为文学作品的翻译，这两者都属于文学翻译的范畴。图里本人承认"文学翻译"的两种意义的表现形式可能重叠，但他坚持认为没有"内在需要"同时发生，因为它们代表了翻译研究在本质上两种不同的立场，即传统翻译研究中的源语导向（source-orientedness）与描述翻译研究倡导的目的语导向（target-orientedness）（1995：168 - 169；1999：170 - 171）。

这两种导向的并存，其实也暗示着图里这一定义中让人不安的可能性，即文学文本可以被翻译成非文学文本，非文学文本也可以被翻译成文学文本，而上述这两种情况都可以成为"文学翻译"这一概念所囊括的范围。然而，即便承认这些翻译活动属于"文学翻译"的范畴，也并不意味着我们应该将这些例子作为代表文学翻译领域的最佳实践。

在人类文学的交流和对话史上，源语文化中被视为文学的文本往往也会被译语文化翻译并接受为文学作品，尤其是所谓"严肃文学"（serious literature）如抒情诗歌、短篇小说、小说和戏剧的翻译更是如此（纽马克，1988：162 – 173）。荷马、莎士比亚或托尔斯泰的作品不仅在他们原先的语言和文化中备受崇拜，而且在整个世界范围内都被视为是最伟大的文学作品之一。世界文学的版图恰是通过文学翻译之手被慢慢绘制，渐渐变得清晰的。因此，我们不妨将源语导向和目标语导向看作是两种互补而非不可调和的视角，正如"文学翻译"与"翻译文学"这两个术语之间，不存在非此即彼的立场选择。相反，两者如果能真正合二为一，可能就会成为一种理想的状态。

讨论文学翻译也好，翻译文学也罢，"文学"便成为一个绕不过去的问题。什么是文学？文学是如何产生的？我们为什么需要文学？这些问题的答案对与文学相关的翻译研究也至关重要。除非我们弄清楚翻译的是什么、有什么价值，否则我们就难以进一步思考为什么要翻译，以及应该如何翻译。然而对于"什么是文学"这个问题，古今中外的不同学者给出的回答都各不相同。在西方，从古希腊罗马时期到19世纪初，文学都被认为是对外在世界的摹仿；19世纪浪漫主义兴起之后，文学又被看作是自我感情的流露，是对内心的表现。中国传统中，学术之文称"文学"，辞赋之文曰"文章"。到了近代，受西方各种文艺思潮与文学观念的影响，中国学者们也提出过各式各样对文学的理解，将其看做是摹仿、想象、虚构、情感、审美等。从文学书写内容的角度，很难得出一个兼容并包的定义，正如朱自清在《什么是文学》一文中所说：

> 什么是文学？……也许根本就不会有定论，因为文学的定义得根据文学作品，而作品是随时代演变、随时代堆积的。因演变而质有不同，因堆积而量有不同，这种种不同都影响到什么是文学这一问题上。比方我们说文学是抒情的，但是像宋代说理的诗，18 世纪英国说理的诗，似乎也不得不算是文学。又如我们说文学是文学，跟别的文章不一样，然而就像在中国的传统里，经、史、子、集都可以算是文学。经、史、子、集堆积得那么多，文士们都钻在里面生活，我们不得不认这些为文学。当然，集部的文学性也许更大些。现在除经、史、子、集外，我们又认为元明以来的小说、戏剧是文学。这固然受了西方的文学意念的影响，但是作品的堆积也多少在逼迫着我们给它们地位。明白了这种种情形，就知道什么是文学这问题大概不会有什么定论，得看作品，看时代说话。（朱自清，1981：1）

如果从文学表达形式的角度去定义文学，取得共识的可能性就大大增加了。周作人（1995：2）在《中国新文学的源流》中说，"文学是用美妙的形式，将作者独特的思想和感情传达出来，使看的人能因而得到愉快的一种东西"。文学所凭借的"美妙的形式"，就是语言文字。对此，朱光潜言简意赅地定义："文学是以语言文字为媒介的艺术。"（朱光潜，1987：157）传递思想也好，表达感情也罢，文学的本质在审美，是一种基于作者与读者共同审美之上的语言艺术。胡适在《什么是文学》一文中也表达了相似的观点："语言文字都是人类达意表情的工具，达意达的好，表情表的妙，便是文学"；然而关于达意之"好"或表情之"妙"的标准，胡适则表示"就很难说了"（1923：297）。确实，中国传统诗学文论倡导"文章本天成，妙手偶得之"。严羽在《沧浪诗话》里谈到："禅道唯在妙悟，诗道亦在妙悟。"这种讲究妙悟的美学观投射到文学翻译的活动中去，同样也蒙上了一层"可意会不可言传"的玄虚质感。张柏然把中国传统译论的美学特色归纳为"以中和为美，讲求和谐；尚化实为虚，讲求含蓄；重感性体悟，讲求综合"（2002：26），认为中国译学理论思维"感悟性强于思辨性，生命体验力强于逻辑分析力"（张柏然，2002：60－64）。

语言学的发展为理解文学语言的特质带来了更为系统的分析工具。形式主义者们将语言学应用于文学研究，他们"拒绝曾经影响过文学批评的、不无神秘色彩的象征主义理论原则，并且以实践科学的精神把注意力转移到文学作品的物质实在之上"（Eagleton，2011：3）。形式主义带来的洞见，是越过内容而将重点放在文学的"形式"之上，关注文学特殊的语言组织方式。文学的语言与日常语言的区别在于，前者突破了后者的俗套与陈词滥调，实现陌生化和疏离感的效果，迫使读者付出更多的思考和努力去应对语言。这一被"耽延"的理解恰是一种审美的过程，让读者能够改变滞顿而陈腐的眼光，更充分深刻地占有经验。形式主义研究将文学性与诗性落到了语言的实处，对文学翻译和翻译文学的启发意义重大。

对"文学翻译"而言，这就意味着"翻译就是译意"

的通用定义并不充分。如果说，非文学作品的主要价值在于表达信息（事实、数据、理论、观点、学术论证等），文学作品的价值则更多蕴含在语言组织的方式本身。本雅明在《译者的任务》中就明确指出，"文学作品的基本特性不是陈述或告知信息——因此，这都是些非本质的东西。文学翻译如果拘泥于此，那是劣质翻译的标志"（Benjamin 2000：15）。以非实用的、形式的态度看待语言，在一定程度上对译者提出了更大的挑战。译者必须有能力辨识原文语言对日常语言的强化、凝聚、扭曲、拉伸、颠倒，并且有能力在目标语中展示出同等程度的偏离。这样一来，原文语境中读者与作品发生联系的审美方式才有可能在译文语境中得到等效的再现。这里我们并不能轻易做出一个确定的论断，因为这涉及更为复杂的"翻译文学"的问题。一个译作是否能在目标语境中被视为文学作品，不仅仅是一个语言艺术的问题。作为不同文学传统、文化传统之间的交流和沟通，文学翻译的成品进入目标语境后，必然要面对某些特定的成见与预设。人们始终会从自身的关切（interest）出发，来阅读文学作品。这种关切并不应该被简单理解为一种偏见，相反，它是知识本身的一部分。特里·伊格尔顿（Terry Eagleton）指出，我们的感觉、评价、认识和信仰模式与我们所处社会的"权力结构"（power-structure）和"权利关系"（power-relations）紧密地联系着，我们关于文学的理解也并非仅仅是个人怪癖与偏见，也不是所谓的"亲身经验"（felt experience）、"个人反应"（personal response）或是"想像的独特性"（imaginative uniqueness），而是根植于更深层的社会意识形态之中（Eagleton，2011：13－15）。

　　探讨中国当代文学作品的翻译时，我们的思考也会在"文学翻译"和"翻译文学"两个层面穿梭。前者重点关注原作的语言艺术与文体特征如何在翻译中得到等效的再现，而后者则思考译作在英语世界的传播与接受；前者立足文学不可磨灭的内在价值，而后者则在现实的语境中追问文学的意义与位置。只有通过对当代中国文学的外译予以情境化、过程化的综合梳理，我们才可能在文学与政治、审美与功用的互动关系中，建构起文学翻译和翻译文学的多维批评空间。

1.2.2 文学的"朦胧地带"

2012 年，莫言获得诺贝尔文学奖。同年 12 月，在斯德哥尔摩瑞典学院所做的诺贝尔文学奖受奖演讲《讲故事的人》中，莫言用质朴的话语叙述了自己的写作历程，如何从一个具有"极强的说话能力和极大的说话欲望"的孩子，成长为一个"现代的说书人"（莫言，2012：4、11）。在演讲中，莫言专门谈到了自己对于文学与政治之间的关系的看法：

> 我在写作《天堂蒜薹之歌》这类逼近社会现实的小说时，面对着的最大问题，其实不是我敢不敢对社会上的黑暗现象进行批评，而是这燃烧的激情和愤怒会让政治压倒文学，使这部小说变成一个社会事件的纪实报告。小说家是社会中人，他自然有自己的立场和观点，但小说家在写作时，必须站在人的立场上，把所有的人都当做人来写。只有这样，文学才能发端事件但超越事件，关心政治但大于政治。
>
> 可能是因为我经历过长期的艰难生活，使我对人性有较为深刻的了解。我知道真正的勇敢是什么，也明白真正的悲悯是什么。我知道，每个人心中都有一片难用是非善恶准确定性的朦胧地带，而这片地带，正是文学家施展才华的广阔天地。只要是准确地、生动地描写了

这个充满矛盾的朦胧地带的作品，也就必然地超越了政治并具备了优秀文学的品质。（莫言，2012：10 – 11）

莫言此番话语，在一定程度上回应了此前诺贝尔委员会公布莫言获得当年文学奖后，国际文坛上部分作家和批评家对他的指责。以往诺贝尔文学奖公布之后，文坛也会有众说纷纭的看法，但大多都从审美的角度讨论该作家作品的文学水平，关于莫言获奖的争议却更多围绕政治与文学的关系展开。汉学家林培瑞（Perry Link）在为《纽约书评》所撰的《这位作家配得诺贝尔奖吗？》（"Does This Writer Deserve the Prize?"，2012）一文中，批评莫言对于深层文化中潜伏的重大事件乃至灾难往往避重就轻，将历史悲剧以轻佻的笔法平庸化，以致写作成为一种"愚蠢的调笑"（daft hilarity）而非诚实严肃的思考。他将莫言视为体制内（inside the system）的作家，认为他在实践中选择向体制让步和妥协，没有体现文学应有的反思和批评现实的立场。

当然，更多批评家并不认为莫言的作品代表了犬儒主义或道德勇气的缺乏。弗吉尼亚大学（University of Virginia）东亚学系主任罗福林（Charles Laughlin）在《莫言的批评者们错在何处》（"What Mo Yan's Detractors Get Wrong?"，2012）一文中指出，文学虽然与政治紧密联系，但并不应该服务于某种政治目的，并且每个作家都有自己讲述政治的方式；文学虽然应该铭记历史创伤，但是罗列统计数据或哀悼式叙事并非处理历史悲剧主题时最高明的文学手法。罗福林认为"莫言的小说揭示出传统政治在人性面前的污秽"，"以充满人性与良知的方式，描绘了中国社会的政治紧张局面"（Laughlin，2012）。刘再复也认为，认真读过莫言作品的读者应该不难感受到他笔下所呈现出的那种直面黑暗的浩然正气，面对苦难的悲悯之心，及其对苦难的同情理解：

> 这种判断所以浅陋，是因为它完全没有面对莫言的
> "根本"，即莫言的文学创作。莫言的深邃精神内涵和
> "莫言"这个名字所呈现的良知方向，全在作品中。只
> 要阅读一下莫言的作品，就会明白莫言在作品中表现出
> 当代中国知识分子最高的道德勇气和道义水平。（刘再
> 复，2013：161）

说到底，莫言的"根本"是他的文学作品。西方汉学界
对莫言获奖争议的背后体现了对莫言作品中蕴含的政治性、
道德感与审美性之间张力的不同理解。然而，无论是批评莫
言缺乏批判的勇气，还是赞美莫言书写了人道主义与道德良
知，其背后都有一个相似的预设，就是强调作品的思想与政
治性及其对现实的关联与批判。这也体现出西方文坛对"翻
译文学"的某种阅读姿态。歌德提出"世界文学"的理想
时，期待通过文学的翻译产生位移的力量，通过阅读翻译文
学激发文化异质性的非中心主义世界观。但这一理想评判尺
度在西方价值中心观念标准盛行的时代并没有发挥应有的作
用。文化之间的不平等关系直接影响了中国当代文学的传播
与接受：

> 欧美知识界对于第三世界和集权国家的文学的看
> 法，从来不纯是"经验的异质性"和"美学上的独异
> 性"——这种评判尺度名义上是一个所谓"越是民族的
> 就越是世界的"的包容性的定理，但从来就不能真正落
> 实；而从来都首先是出于其价值观的衡量和比照——是
> 否是本国文化的批判者和政治上的异见人士，是他们取

舍的首要依据。(张清华,2012:111)

　　西方评论家对莫言的批评很大程度上也是因为他们觉得莫言对现实的批判不够彻底,表现出的政治态度不够激进。暂且不论这个判断本身是否合乎事实,单看这一用政治性绑架文学作品的姿态,就已经很成问题了。诚然,任何关于文学的理解和讨论都不可能完全抛开政治,如何处理文学与政治的关系亦是西方文学批评的重要议题,但从根本上说,大部分西方文学评论家依然将文学看作是心灵活动和审美活动,主张文学艺术活动的本质是对美的追求和表现,可以而且应该超越一切功利和实用价值。从康德提出的"审美无利害性"原则,到唯美主义批评"为艺术而艺术"的纲领,再到浪漫主义诗学将艺术的本质界定为"乐趣"(柯勒律治)或"游戏"(席勒),文学的自足性、独立性和超功利性可谓得到了普遍的认可。换言之,西方文学评论家们在评价文学作品的时候,即便也会考虑它们的社会价值与功用,但始终将文学看作是立于超越功利的审美境界上审视,呈现社会功利活动时极少对创造主体、审美主体本身进行功利方面的评判。但是,这一对文学作品的公认姿态似乎并不适用于他们对"翻译文学",尤其是对当代中国文学作品翻译的评判。由于中西意识形态背景与美学价值取向的差异,西方评论家对中国当代文学的研究难免会采取简单、草率、傲慢、轻视的态度,在阅读中国当代文学作品前,往往就已经预设一层"政治的隔膜"。莫言的翻译者葛浩文曾说过,"美国人喜欢讽刺的、批评政府的、唱反调的作品"(罗屿、葛浩文,2008:120);也有中国学者在研究中发现,"中国的文学书写丰富多彩,但是一些西方读者总是偏好接受其中那些以政治对抗为主调的部分"(杨四平,2014:15)。

毋庸置疑，文学必须有时代性，同时也需要与时代保持某种紧张的关联并对时代的种种现象给予批判性解读。南北朝时期著名的文学理论家的刘勰在《文心雕龙》之《时序》篇中就曾点明文学与社会现实和政治气候之间的关联："文变染乎世情，兴废系乎时序。"（刘勰，1998：407）但是与"世情"和"时序"发生什么样的关联，以怎样的方式进行批判，都是需要思考的问题。批判并不意味着平面化的指责或否定，更不能将现实中的问题和历史中的教训绝对化，甚至概念化为某种可控诉的符号。否则，表面看似激进的批判背后，始终潜藏着一种淡漠的不介入主义。如果仅靠占据道德制高点去谈论历史或现实的"错误"，这样的作品即便能召唤读者的一声叹息或引起他们的某种怨愤，也并不具备感性的穿透力，更无法激发深层的生命之思。这也就是为什么波德莱尔在思考艺术作品与时代的关系时指出，对时代"绝对的否定"是"一种巨大的懒惰的标志"，"因为宣称一个时代的服饰中一切都是绝对的丑要比用心提炼它可能包含着的神秘的美（无论多么少多么微不足道）方便得多"（波德莱尔，1987：485）。

西方评论家对中国当代文学作品过度的、刻意的政治化的解读，究其实质，也就是这样一种"巨大的懒惰"。他们对"翻译文学"的期待，是从中看到对苦难剥皮揭疮式的尽情展示，看到对历史与现实政治的无情抨击。作者是否具有与主流意识形态不同乃至对立的态度，作者是否在写作中采取了冒犯乃至讨伐权威的姿态，成为他们评判文学作品的出发点。这种政治指向不但让中国当代文学作品在翻译选题上大为受限，更使得翻译过去的中国文学作品时对其的诠释变得偏狭。以残雪作品英译的接受为例。残雪的第一部英译单行本《天堂里的对话》（*Dialogues in Paradise*，1989）出版后，鲍端磊（Daniel J. Bauer）评价"这一作品巧妙地描述了当代中国生活中的疯狂和徒劳"（Bauer，1990：339）；而在第二本单行本《苍老的浮云》（*Old Floating Cloud: Two Novellas*，1991）出版后，鲍端磊在书评中将残雪和鲁迅的批判精神相比较，将残雪称为"创新和勇敢的实验者"，"在当代中国小说的画布上泼洒出明亮、挑衅与令人不安的画像"（Bauer，1993：223）；《纽约时报》书评更是认为残雪描述了"在一个强权制度下的噩梦般的生活图景"，"必须被视为是对其母国的批判"（Domini，1991：8）。事实上，残雪曾在接受西方学者的采访中明确表示，自己的写作毫无政治意图，并指出自己的译者罗兰·詹森（Ronald R. Janssen）将自己作品与近年来的拉丁美洲小说联系起来，过分强调其中的社会和政治因素，是对自己作品的一种误解（Can & Candlish，2014）。然而，即便作者本人反复强调自己的创作无关政治，许多西方评论家依然认定残雪写作的主要目的是进行政治讽喻。

对敏感社会现象的描述与反思，对社会问题的揭露和批判，这些可以也完全应该成为文学作品的关切，但并不应该被看作是文学的本质。一个伟大的文学作品在批判现实的同时，必然也具有超越现实的品质。有评论家这样说过："如果一定要认为《古拉格群岛》《1984》《日瓦戈医生》是有着某种意识形态企图的，那么这种怀疑不是对作家的诬陷，而是对他们写作和思想的侮辱。"（张晓峰，2012：126）同样，中国当代作家的书写如果被捆绑在政治化的标准上，也是对他们作品的文学价值的极大不尊重。残雪是一位不寻常的作家，其语言风格具有极高的辨识度：陌生化的遣词造句、时空的断裂、超现实主义的意象、人称的模糊、非理性的叙事等等。这些先锋性和实验性的文本特质，在西方对残雪作品的早期接受中非但没有得到重视，甚至还因其过于异乎寻常而被一些学者贬斥为"毫无定型、缺乏艺术性"（Duke，1990：525）。相反，令人欣慰的是，随着残雪作品的翻译传播，她的语言与风格特质逐渐得到了更为恰切的评价。2015 年，残雪的长篇小说《最后的情人》英文版 *The Last Lover* 获得美国最佳翻译小说奖，评审人认为"残雪的作品十分激进且毫不妥协，将小说形式推向了大胆的新领域，《最后的情人》穿越了卡夫卡《美国》式的梦幻世界，陌生却又熟悉得让人心生忐忑，这恰证明了作者迷人的原创力"①。2021 年，残雪短篇小说集《贫民窟的故事》（*I Live in the Slums*）入围 2021 年度国际布克奖，推荐词这样写道：

> 《贫民窟的故事》结合了中国的物质性——即对物质事物的热爱，和西方抽象思维的元素，邀请读者进入一个沉浸式景观，这里混合了经验事实与幻觉、交融了物质与精神、探索着意识与无意识的交界，这些故事将读者带到一个既熟悉又无法测绘的空间，突出了我们与周围世界的关系中固有的不可靠性。②

布克奖是一项为纯文学、严肃的历史文学和传记而设立的奖项，在英语世界颇具权威的影响力。从这段推荐词中不难看出，西方文坛对残雪的接受与理解已经超越了早期的政治化解读，而更加准确地接近了残雪作品的精神内核。残雪作品中那个"混合了经验事实与幻觉、交融了物质与精神、

---

① "BTBA 2015 Winners"，http：//www. rochester. edu/College/translation/threepercent/？ id = 14632.

② "I Live in the Slums"，https：//thebookerprizes. com/books/i-live-slums-by-can-xue.

探索着意识与无意识的交界"的世界，在一定程度上也对应着莫言所说的每个人心中的那个"充满矛盾的朦胧地带"，那个"文学家施展才华的广阔天地"。这个世界并非政治与社会现实的简单反映，而在更本质的层面指向人的内心。当然，残雪和莫言的风格迥然相异，一个充满感性与激情，而另一个则以冷僻、阴郁而著名，但他们同被视为当代中国的先锋派文学家，"是这一时期现代主义欲望叙述最有成就和影响力的作家，分别代表了生理化叙述和感性化叙述这两个非理性欲望叙述的主要维度"（程文超，2005：184）。莫言的乡土小说充满高度密集而多彩斑斓的人物形象，残雪笔下的乡镇中的人物意识碎片庞杂而凌乱，两者都以直觉和印象式的写作，通过语言本体的表意策略书写个人与社会、自我与传统的断裂。这种文学的表达方式其实体现了一种去历史化和去政治化的美学倾向，或者说，"在意识形态弱化的历史情境中"方能更为"凸显出意义"（陈晓明，2002：81）。如果在译介中，对这样的文学作品强行扣上意识形态化的理解，无异于将文学的"朦胧地带"改造为"政治外交"的战场，将文学作品庸俗化，在文学审美趣味上与原作彻底分道扬镳。这种对原作的精神背叛也从根本上违背了翻译的伦理。

1.2.3　翻译的伦理与政治

伦理是一个亘古常新的话题，任何成熟学科的发展都离不开对伦理问题的严肃思考。作为一个相对年轻的学科，翻译研究在 21 世纪初也就翻译伦理展开了热火朝天的讨论。许多翻译学专著都直接打出了伦理的旗帜，例如：劳伦斯·韦努蒂所著的《翻译的丑闻：走向差异伦理》（*The Scandals of Translation：Towards an Ethics of Difference*）；凯萨·克斯基宁（Kaisa Koskinen）所著的《模糊之外：后现代与翻译伦理》（*Beyond Ambivalence：Postmodernity and the Ethics of Translation*，2000）；安东尼·皮姆（Anthony Pym）主持编写的《伦理的回归》（*The Return to Ethics*，2001）；桑德拉·贝尔曼（Sandra Bermann）编写的《民族、语言和翻译伦理》（*Nation，Language，and the Ethics of Translation*，2005）；等等。

翻译研究中"伦理热"背后有多方面的原因。首先，从某种程度上说，翻译研究作为一门学科的出现虽然是近几十年的事，但是翻译实践作为最古老的一种人类活动，从来也没有和伦理思考分开过。和传统的翻译相关的概念，比如说信、忠实，都带有很浓厚的伦理韵味。尽管在后现代的背景下，这些概念已经被反复解构和重构，它们依然在很大程度上支配着我们如今对翻译的理解。其次，在过去一段时间，翻译研究的主流范式是描述翻译学，强调对翻译现象做出客观而科学的描述。经过几十年的发展，这一纯描述性的范式是否能保证翻译研究的学科发展，已经成为许多学者正在反思的问题。面对年复一年单纯的描述研究，人们总会发出"事实如此，那又如何"的疑问。除了对翻译现象的描述，翻译研究者还必须让其读者明白这种描述的可靠性和价值，这就不可避免要在描述以外，引入解释、评价和引导的机制，而这一切都和翻译伦理密不可分。再次，在如今哲学的不同流派中，语言以及交流都成为伦理思索中的核心问题。从福柯在话语中重建伦理个体的努力，到哈贝马斯（Juergen Habermas）交往伦理学理论的产生，再到雅克·德里达（Jacques Derrida）对列维纳斯（Emmanuel Levinas）接待他者的伦理（ethics of hospitality）的重估和发展，都可以看出主流哲学界在伦理探索中的语言/交流转向，这一转向对于更好地理解翻译伦理起到了理论支持的作用。

在文学翻译领域，最具影响力的关于伦理的讨论源自法国翻译理论家、翻译家、哲学家安托瓦纳·贝尔曼（Antoine Berman）提出的"翻译伦理"。贝尔曼对描述翻译学提出批评，指出过多强调翻译规范的操控忽视了译者的主体性（1995：50－61）。他认为译者是自由的，要承担伦理责任的主体，翻译的任务关键在于"思考"和"决定关系"。贝尔曼指出一个符合伦理的翻译应该尊重原文的异质性，应该让目标文化感到"不安"并从中得到新生（to disturb as well as to rejuvenate）（Godard，2001：81－82）。贝尔曼认为，翻译始终处于关联之中，其本质是"开放的、对话的、杂合的、去中心化的"（1984：16）。这样的本质决定了翻译的伦理是"认可和接纳作为'他者'而显现的'他者'"（1999：74），符合翻译伦理的译文必须能够尊重并显现"他者"之"异"。在翻译策略的问题上，贝尔曼主张尽可能直译，因为"翻译即是译'字'，翻译以'字'组成的文本"（1999：75）。这种"以异为本"的翻译伦理和"译字为本"的直译策略，分别对应了贝尔曼提出的两个评判译文的标准：伦理标准和诗学标准。伦理标准侧重强调对原文的"尊重"，而诗学标准要求"译者真正完成了写作，完成了一部作品，而且译文要和原文的能指保持某种紧密的对应"（1995：94）。贝尔曼的翻译理论突破了囿于意义传递的翻译观，主张在翻译中必须关注能指的作用，尊重并显现他者。

在贝尔曼"以异为异"（receiving the foreign as foreign）之翻译伦理观的影响下，美国翻译理论家劳伦斯·韦努蒂也强调译者对待原文具有道德上的责任和义务，不应该以流畅透明的翻译策略，遮蔽他者之"异"。1992 年，韦努蒂在《反思翻译》的序言里提出"抵抗式翻译"（resistant translation）的主张。之后，他在 1995 年《译者的隐身——翻译史论》和 1998 年《翻译的丑闻——差异伦理探索》中进一步延续了自己的观念，明确提出了反抗后殖民话语色彩的"差异伦理"（ethics of difference），批评了传统翻译理论对译文流畅性和可读性的强调，指出这样的译文限制了读者，遮蔽了译文的身份和译者的主体性。韦努蒂认为译者应该采取"异化"（foreignizing）的翻译策略，来昭示而不是企图掩盖自己在翻译中的介入和操控（1995：34）。这一"异化"的策略在韦努蒂后期的作品中被更名为"少数族化"（minoritizing）或是抵抗的翻译策略（resistant translation strategy），这一伦理观内在的道德取向是抵制霸权，更加强调翻译在对抗强势语言、文化及其规范中的作用。在"相同伦理"和"差异伦理"之间，韦努蒂选择了后者，颠覆了传统翻译理论根基中对同质性、忠实性的强调。和贝尔曼一样，韦努蒂认为好的译文不是为了让读者沾沾自喜，而是要让他们放下文化虚荣，体验到原文的异质性。至此，翻译伦理讨论与翻译政治之间发生了密不可分的关联。

作为一项实践活动，翻译伦理对"应该如何翻译"这一问题的回答，自然会对现实生活中的话语权力与政治产生影响。一旦将对翻译伦理的思考定位于充满偏见和歧视的现实中，这一思考自然带上了明确的政治色彩。斯皮瓦克（Gayatri Chakravorty Spivak）在《翻译的政治》（"The politics of translation"，1993）一文中，强调翻译在文化碰撞与交融过程中呈现或隐现的权力关系，指出翻译实践应当抵制殖民者的"文化挪用"（Cultural Appropriation），彰显被殖民地区的特点。斯皮瓦克认为，翻译就是阅读，阅读就是翻译（Spivak，2009：201、221）。斯皮瓦克本人对马哈斯维塔·德维（Mahasweta Devi）的小说展开了后殖民主义式的阅读与翻译，尽力读出文本所蕴含的特殊的地域文化与女性主义特色，并在翻译中予以保留。斯皮瓦克认为，工作在两种语言之间空隙的译者应该重视文本中的修辞特性，思考如何为英语世界的读者呈现某种真实而具体的文化差异，而不是用"一种流行的翻译腔"（translatese）（Spivak，2009：204），将"土著""部落""印度""女人"这样的名称都锻造为一个西方语境中抽象的他者概念。为此，斯皮瓦克采取的翻译方法是先"快速翻译"（translate at speed），然后再进行修改。在她看来，"快速翻译"可以让译者尽可能减少被作者的主体意图或潜在读者的阅读期待所影响："如果我停下来思考这里应该如何用英语表达，或者我假定了一个读者群体，又或者我把意向主体不只当作一块跳板，我就不能投身其中，我就不能遵从原作。"（Spivak，2009：212）待"快速翻译"完成草稿之后，她再对草稿进行修改，"不是为迎合可能的读者群而修改，而是根据眼前的那个东西的规矩，用（符合情境）的特定英语话语来做修改"（Spivak，2009：213）。斯皮瓦克对源文本语言的修辞性极为重视，她认为译者要抛开在两种语言中寻求一致性的意图，而应要力图进入文本的修辞特性中，尤其必须重视那些违背或冒犯了逻辑结构的修辞特性。唯有这样，译作才会保持一种文本的张力，才能让读者可能追踪翻译中的认知暴力遗留下的痕迹，从而重新审视自我与他者主体性形成的起点。

斯皮瓦克对翻译伦理和政治的思考触及了翻译的一个困境，即修辞与逻辑的矛盾。修辞追求的是以"陌生化"（defamiliarization）为基质的文学性，"在那种语言里……修辞会破坏逻辑，从而显现从内部激发着修辞产生的静默的暴力"（Spivak，2009：202）。这种静默的修辞暴力不但挑战逻辑的合理性，也会进而破坏文本的可读性。这既是翻译的困境之一，也是一种翻译的政治，因为"翻译仍然取决于多数人的用语"（Spivak，2009：214），修辞的反逻辑机制迫使译者在艺术与逻辑之间，在异质性与可读性之间，在作为"他者"的第三世界文化和作为"自我"的霸权文化之间做出选择，于是"把第三世界语言译成英语时，民主的法则就成了强权的法则"（Spivak，2009：204）。

表面看来，斯皮瓦克的翻译思想与韦努蒂的"异化"论有相通之处。两者都强调译者必须注重源文本的政治价值、文化价值和意识形态价值，最终生成的译本都有可能创造出一种"含有异质性成分的话语"（Venuti，1998：11）。但相对而言，斯皮瓦克的关注点和韦努蒂不一样。后者呼吁在实践中应该采用"异化"或"阻抗式"翻译策略，而斯皮瓦克则将翻译视为考察当代知识权力与政治的一种铭写方式，通过翻译对整个西方现代知识机制生产出来的话语暴力及认知暴力进行反思。对她而言，更重要的问题不是怎样才能生产"好"的译本，而是为什么会有"坏"译本；不是语言中的异质性应该如何被翻译，而是这些异质性为何以及以怎样的方式被遮蔽及无视。正如她在《译成英语》一文中所写的那样："如果我们思考的是确定性的问题，那么我的建议是，与其思考如何达成翻译，不如思考如何追踪（语义的）痕迹，那些他者的、历史的甚至是文化的痕迹。"（Spivak，2011：262）

我们对于中国当代文学英译的探讨，应该既有伦理的层面，也有政治的层面，一方面对现存的翻译话语进行批判性的检视，另一方面也要探究更理想与可行的翻译策略与技巧。中国当代文学作品的英译，在当前全球化的时代，同样可以被看作一个实现介入、抵抗和变革的契机，一个铭刻他者与异质性，让人们从纯粹化的迷思中惊醒的契机。译者能否把握这一契机，打破西方对中国翻译文学的偏见与预设，成为中国当代文学作品英译中极具伦理与政治意味的议题。哈维尔曾用"非政治性的政治"（apolitical politics）来评论文化开辟真理空间的能力，因为拒绝公开参与或批判体制、人们自由行动愿望的真实表达，才是政治的真正本质，才是真正对抗霸权与体制的方式（Popescu，2012：9）。文学翻译的伦理与政治，正是这样一种"非政治性的政治"：回到文学的本体，以去政治化的审美标准反抗现有的政治化解读，极尽可能生动地重构中国当代作家笔下那"充满矛盾的朦胧地带"，再现出当代"中国经验"的异质性与多义性，以多元的叙事挑战西方世界对中国固化而单一的理解。这是对歌德式"世界文学"之理想与去中心化之愿景的致敬，也是当代中国文学翻译的根本使命所在。

　　这意味深长的任务很大程度上就落在了译者的身上。在传统的翻译伦理与政治的讨论中，译者一直被置于极为重要的核心主体位置。一方面，翻译的过程确实在很大程度上是一个由译者的直觉主导的过程。一个优秀的译者在遣词用句的时候，并不一定要依赖于某些固定的、抽象的、知识化的规则体系，而是根据当下的情境与感觉，甚至是某种灵感与冲动而做出的决定。语言的使用所依赖的不仅是认知，也有直觉：我们多少都会承认语感的重要，很多时候甚至比语法还要重要。罗宾逊甚至认为，翻译研究应该落实到人文情感的层面，以一种"翻译身体学"（somatics of translation）的方式，去将译者看作实实在在的人，而非机械完成翻译活动的机器，将译者的个人身心体验看作翻译的出发点与基础，强调译者的情感、气质、思想、价值观、生活经历、翻译动机等主观因素在译文创制中的作用（Robinson，1991：25）。当然，强调翻译中译者直觉的重要，并不是说译者没有内化的、关于翻译原则的预设，也并不是要否认译本是多种力量共同作用的结果。语言、社会、历史、文化、政治等各方面的力量都有可能在翻译的过程中留下或深或浅的烙印，但这些"看不见的手"最终还是要通过作用于译者，才会生产出翻译的成品，让我们得以看到译作。因此，从译者出发来研究翻译，既有利于我们从字句的微观层面去琢磨译者的翻译策略，了解文本意义的开放性和翻译的不确定性，也能让我们将译者置于特定政治、文化、社会语境，将个体译者放置在一个复杂的关系网络中去理解翻译中意义与阐释的条件性。

1.3　作为行动者的译者

近年来，社会学视阈下的翻译研究得到显著发展，许多学者开始采用社会学中的概念及框架，为翻译研究建构新的参照系，并借此更深入探讨翻译活动的社会属性，采用社会学路径展开的翻译研究已成为当前国际翻译学研究热点之一（Angelelli，2012：125）。目前，翻译学者最多借用的社会学理论分别是布迪厄（Pierre Bourdieu）的社会实践论、卢曼（Niklas Luhmann）的社会系统论以及法国社会学家卡龙（Michel Callon）、拉图尔（Bruno Latour），英国社会学家劳（John Law）等人构建的行动者网络理论（Actor-Network Theory，简称 ANT）。布迪厄的理论在翻译研究中被广泛应用，研究成果丰硕，相较之下基于另外两种理论的翻译研究相对滞后。行动者网络理论因其本身内容庞杂，某些关键概念定义含混，甚至有自相矛盾之处，在翻译研究中的运用还并不充分（汪宝荣，2017：110）。在此，我们试图将行动者网络理论的概念、方法与翻译研究的本体相结合，提出一种以文献学研究方法为基础，活态史料采集及分析为辅助，以翻译过程的行动者追踪及网络建构为导向的"行动者网络翻译研究"（Actor-Network-Translation Studies，后简称 ANTS）构想，并佐以相关例证展示 ANTS 作为一种社会翻译学研究范式的可行性与解释力。

1.3.1　转译与翻译的区分

行动者网络理论（ANT）也被称为转译社会学理论（Sociology of Translation），"转译"的英文表述是"translation"，由于术语的巧合，翻译研究在使用 ANT 的时候，也往往会重点关注关于"转译"的讨论。① 然而，我们有必要认识到，ANT 中所说的"转译"与翻译研究中的"翻译"虽有相通之处，但并不可同日而语（Chesterman，2006：22）。

ANT 所说的"转译"源自法国哲学家米歇尔·塞尔（Michel Serres）的相关论述。在 *Hermès III：La traduction*（1974）一书②中，塞尔将文本领域的转译（translation）和

①　最早将将行动者网络理论引入翻译研究的是加拿大学者 Helene Buzelin。在 "Unexpected allies：How Latour's network theory could complement Bourdieusian analysis in translation studies"（2005）一文中，Buzelin 就曾指出转译（translation）与网络（network）这两个概念在目前运用行动者理论开展的翻译研究中占有相当重要的位置（2005：196）。

②　塞尔于 1960—1980 年出版的五本 Hermès 系列。从 Hermès 这个系列书名中，我们已经略窥到作者对翻译和解释的兴趣。古希腊神话中的信使之神赫尔墨斯担当着向诸神和人间传达宙斯旨意的重任，并负责对神谕加以解释而使其变得意义明晰。除此之外，赫尔墨斯还守护旅人，陪伴亡灵进入冥界，擅长交易。Serres 认为赫尔墨斯不但传递信息，而且能够快速在不同空间穿行，并建立联系。

数学、逻辑领域的推理（deduction）、实验领域的归纳
（induction）以及实践领域的生产（production）并列为产生
知识的四种转化系统（systems of transformation）（Serres，
1997：9；转引自 Guldin，2015：111）。但是塞尔讨论转译并
没有仅局限于文本层面，而更多在隐喻的层面将不同学科之
间知识的交流和转化都视为"转译"①。在塞尔的影响下，
卡龙将转译的任务定义为："将原先不同的事物联系起来，
在其中创造汇聚点（convergences）和共通性（homologies）"
（Callon，1980：211）。拉图尔认同卡龙的观点，认为转译就
异质行动者之间的利益共谋（Callon and Latour，1981：12 -
13），并进一步指出转译的过程中利益并非一成不变，而是
会发生转换，这"同时意味着提供对这些利益的新的解释并把
人们引向不同的方向"（1987：117）。"转译"可以被看作一种
"位移（displacement）、漂流（drift）、创造（invention）、协调
（mediation），以及两个领域间连接的建构。这种连接原本并
不存在，但是一旦出现，原先的两个领域都会因之发生某种
程度的改变"（Latour，1999：311）。

在过去几十年发展中，翻译学反思忠实性传统的同时，
开始益发重视翻译的创造性，这一点与 ANT 从关注"转译"
中的汇聚点和共通性，到后来强调位移、协调和创造，有相
当一致的学科洞见。但是从本质上看，翻译研究中所说的

————

① 例如，塞尔（1982：56 - 7）将 J. M. W. Turner 绘画中对光线
和色彩的处理与工业革命中 Carnot 提出的热力学定律相联系，认为
Turner 将物质处理的科学逻辑"转译"为美学实践。在特定的时间节
点上，Turner 的贡献既是科学的，也是文化的；既是实践的，也是理
论的。这一在不同领域之间产生联系、搭建通道、进行沟通并产生新
知识的过程，正是塞尔所说的"转译"。

"翻译"（translation）与行动者网络理论中的"转译"（translation）并不是一个层面的概念。后者旨在通过隐喻说明网络的联结方式，并进而揭示"社会"的本体意义；而翻译研究主要以理解文本转换、制造、传播与接受为目的，关注的是文本转译的过程、作为文化实践翻译或作为翻译产品的译本。近年来，翻译学界引入社会学研究方法，将此类研究领域称为"翻译社会学"或"社会翻译学"。站在翻译学本位的立场上，王洪涛（2011：14）认为"社会翻译学"更适合作为翻译学一门分支学科的称谓。同样，鉴于学科本位的考虑，笔者认为在将 ANT 运用在翻译研究中时，必须首先区分翻译研究中所说的"翻译"与 ANT 中所说的"转译"，切不可盲目生搬硬套。

　　翻译研究关注的无非是作为过程（process）或是作为产品（product）的翻译。前者涉及翻译选材、文本转换、译本生产及其传播、接受，而后者则主要关注译本。翻译活动的展开涉及各种异质行动者的参与，类似于 ANT 所讨论的网络建构。而译本作为一种成品，更接近 ANT 所说的"黑箱"（black-box）。作为一种"制造好了的科学"，黑箱往往被当做理所应当的知识而不受质疑（Latour，2005：39），而 ANT 实验室研究的首要原则是"研究行动中的科学，而非既成的科学和技术；为此，我们必须在事实和机器被黑箱化之前到达，或者追踪重新开启黑箱的争议"（1988：258）。在译本研究中，翻译研究者也需要想方设法重新开启黑箱，尽可能还原翻译的决策现场，重现文本转译过程中的细枝末节。要探究翻译的宏观背景及微观决策，我们可以尝试借用 ANT 中的"行动者"和"网络"这两个重要概念。

1.3.2 行动者和网络

对于"行动者网络理论"（Actor-Network Theory）这一表述，拉图尔先后有过不同的态度，他甚至设想了不同名称，如"转译社会学"（sociology of translation）、"行为者活动本体论（actant-rhyzome ontology）"、或"创新社会学"（sociology of innovation），但最终还是认为 ANT 比其他名称更合适，因为这个表述规避了一个先在的"社会"维度，凸显了"行动者""网络"这两个关键概念（Latour，2005：9）。

ANT 对于行动者这一概念最重要的革新，在于强调其异质性、能动性及不确定性。首先，ANT 视角下的"行动者"是一个广义的概念，既可以指人（human），也可以指非人（non-human）的力量。这一广义的行动者概念取消了人与非人行动者的区别和对立，拒绝传统社会学研究中主客体的二元区分，体现了 ANT 一贯坚持的"广义对称性"（general symmetry）原则。其次，ANT 所说的"行动者"具备能动性，但这一能动性不是一般意义上的主体性，而是指行动者可以"在其他行动者的驱使之下从事行动"（Latour，2005：46）。为了强调行动者的能动性，拉图尔引入了中介者（intermediaries）与转义者（mediators）的区分，前者"不加改变地转运（transport）意义或力量，定义其输入也就定义其输出"，而转义者则会"改变、转译、扭曲和修改他们所承担的意义或元素"（2005：39）。ANT 中所说的行动者就是转义者。另外，不以主体意向定义行动者，也就意味着行动起源的不确定性，因此，研究者需要在观察过程中，不断解释有哪些行动者，这些行动者的行动分别是什么。

将 ANT 中"行动者"的概念引入翻译研究，就必须考虑到以上所说的异质性、能动性和不确定性这三个特征。首

先，要暂时搁置先在的"社会"范畴，而把研究的起点放在
更基础的、在操作意义上参与翻译活动的行动者身上。这些
行动者不但包括传统翻译研究所关注的原作者、译者及读者
（许钧，2003：10），还包括评论家、赞助人、翻译项目的管
理者等其他人类行动者，以及译本、出版社、翻译公司、参
考资料、翻译记忆软件、光纤光缆网络等非人行动者，包括
人、机构、技术或人工物等。这些都有可能是翻译网络中的
"转义者"，作为网络上的一个节点，"每个节点都可以成为
分支、事件或新的转译源头"（Latour，2005：128）。换言
之，这些"转义者"都对翻译事件的走向和变化有所影响。

行动者的行动和相互关联形成了 ANT 所说的"网络"
（network）。和我们通常所认识的技术化、结构化的网络不
一样，在行动者网络理论中，"网络"是一个动态的、生
成的、由一系列行动（a string of actions）组成的概念。
Latour 将"网络"视为一个概念而非外在的一个事物、一
种描述工具而非描述对象（2005：132）。他甚至认为，
"worknet"也许是比"network"更加合适的术语，因为前
者才是我们理解后者的方式，才能凸显网络中的工作
（work）、运动（movement）、流动（flow）和变化
（change）（2005：143）。翻译活动也可以被看作一个不断
变化和更新的工作网络。过去几十年翻译学的发展，让我
们对这个网络的认识从原文和译作的关联，拓展到对作者、
译者、读者以及更大范围内的政治、文化、诗学、经济等
元素相互关系的考虑。从 ANT 的角度来看，翻译活动中的
异质行动者共同造就了翻译实践，而这个网络中的任何一
个部分都不能单独决定整体的形态，因此，研究者需要尽
可能尊重行动者的多样性，充分追踪行动者活动所留下的
痕迹（trace），描述行动者及其相互关联，以期对翻译网

络有更为完整的把握。

1.3.3 行动者网络翻译研究 （ANTS）的方法

2018 年 9 月 28 日，在上海举办的"中国现当代文学在海外的译介与接受"国际研讨会上，来自美国的石江山（Jonathan Stalling）教授在主旨发言中，提出了"行动者网络翻译研究"（ANTS）。石江山从 ANT 中得到启发，指出目前被我们称为"翻译"的活动并不局限于"译者"承担的文本的语际转换，而是涉及不同的代理人、机构等异质行动者，并已经形成相对稳定的网络运行机制。因此，他认为翻译研究有必要开展文献学研究，还原翻译事件的发生现场，寻找翻译网络建构的历史证据。此次研讨会后，笔者与石江山教授就 ANTS 构想进行了更为深入的对话。石江山指出："ANTS 要从档案开始，收集、整理、公开，并最终使用档案，呈现翻译如何在特定的、历史的行动者网络中得以产生"① （2018）。石江山对于收集、保存与翻译相关的史料有着异乎寻常的热心，这在很大程度上也对应了 ANT 对文本铭写（inscription）的态度。

在拉图尔的实验室研究中，他发现"对于一个观察者来说，实验室首先就呈现为一个书面铭写（literary inscription）的系统"（1979: 52）。事实上，追溯文献一直以来都是 ANT 研究中最为基础而重要的方法。ANT 发展过程中的关键著作

————————————

① 在与本书作者的通信讨论中，Stalling 教授指出："ANTS begins with creating archives, organizing them, making them discoverable, and finally using them to reveal exactly how translation emerges within specific, historical actor-networks (not in the abstract)."（2018 – 11 – 6）

几乎都以对相关文献的追踪和解释为基础。原本深嵌于实验室空间中的知识与物体，转化为表格、数字、图表等文本形式之后，便成为一种"不变的流动体"（immutable mobile），从而实现跨时空的网络建构。ANT 的实验室研究对书写、铭写、记录、痕迹等概念都极为重视，因为这些记录的产生及相关记录技术的发展恰是现代科学发展之基础。在研究中依靠文献收集和记录，在文献脉络中呈现各种竞争的说法，尽可能客观呈现网络建构过程的做法，也完全可以运用到翻译研究中，帮助我们理解翻译网络的建构和运行机制。

最早将行动者网络介绍到国内译界的黄德先在《翻译的网络化存在》一文中指出，"行动者网络理论为翻译研究提供了一种新的研究方法，那就是跟随译者（follow the translator）"（2008：10）。"跟随译者"这一提法，很可能受到拉图尔"跟随科学家和工程师"（1987）的口号的启发。拉图尔（1987：145）甚至还使用了比"跟随"（follow）更为贴身的一个词——"如影随形"（shadow），强调紧密跟随观察科学家，观察他们在实验室内外的行动，考察科学知识的构建过程。"跟随译者"和"跟随科学家"的确有方法论上的相似之处。这两种做法都旨在研究形成中的知识，而非既定的知识，而且对现有知识都持有"怀疑论"的观点。黄德先建议跟随译者，参与整个翻译过程，目的在于避免"说做难题"（say-do problem），即译者事后的说法和实际发生情况不相符合，也避免错过译者忽视的重要信息（2008：10）。拉图尔同样也对传统科学观中科学家的话语持怀疑论，认为"科学家的称述不仅给历史解释带来了问题，而且系统地掩盖了引发他们研究报告的活动的本质"（1979：28）。因此，跟随译者也好，跟随科学家也好，都只是开展研究的一个步骤。"译者"或"科学家"并非至高无上的信息来源，而是将研究者带入翻译或科学发现现场的领路人。拉图尔找到了这样的一个领路人，才得以进入萨克研究所（Salk Institute）开展实地研究（1979：39）。但是即便是进入了科学生产现场，拉图尔依然发现在研究中"跟随"的向导往往是无法确定的，研究者也"可能需要同时追踪不同的线索和路径"（1987：146）。换言之，ANT 实验室研究的重点其实并不在于"跟随"谁，而在于要想方设法进入实验室，充分运用人类学田野调查（field research）的方法，如实记录所见所闻，依靠各种文献、档案、图表来追踪异质行动者和他们相互关联的轨迹，从而对相关知识的生产过程有所把握。

在翻译研究中如果采用 ANT 提倡的人类学田野调查，一种方法是常驻某翻译公司，观察记录译者在该公司工作的日常细节。芬兰坦佩雷大学的克里斯蒂娜·阿卜杜拉（Kristiina Abdallah）（2012）利用自己对翻译公司译员的贴身观察以及访谈，探讨翻译质量和伦理的相关问题，就是这一类的研究。但这样的研究机会并不多见，而且，多数译者并非专门供职于某个翻译公司的专职翻译（in-house），而是在自己的业余时间，在家中、私人工作室等相当私密的环境中完成工作，研究者想要采用拉图尔"跟随科学家"的研究方式，跟随译者从头至尾去观察其工作，几乎不太可能。但是，如果我们意识到"跟随译者"只是一种切身介入知识的生产现场的方式，就会意识到，研究者最重要的任务是文献的收集、记录与整理，除了译者，译著、手稿、信函、访谈、翻译出版计划、合同都可能是翻译网络中的"转义者"，也都可以成为研究者追踪网络建构的源头。充分的文献收集和整理有助于研究者了解翻译过程中的行动者及他们之间的关联，新文献的发现往往也意味着新行动者之发现，以及对整体翻译网络的重新理解。例如，安娜·博吉奇（Anna

Bogic）在研究西蒙·德·波伏娃的《第二性》英文译本的时候，就借助了史密斯学院档案馆（Smith College Archives）收藏的译者和出版商之间的通信，发现了出版商 Alfred A. Knopf 在《第二性》英文翻译的历史网络的作用（2010）。

文献学研究的方法亦可打通翻译过程和产品之间区隔。毕竟，作为翻译产品的译本必然是翻译网络中一个重要的"转义者"。通过译本，研究者一般可以了解到原作、原作者、译者、出版商、出版时间等基本信息，而顺着这些线索追踪每一个节点，又可以追问更多信息。例如，从原作出发，可以追踪出版商、版本、其他译本、评论家等相关信息；从原作作者出发，可以追踪作者的其他作品、社会身份、文化资本等相关信息；从译者出发，可以追踪译者其他译作、社会身份、文化资本等相关信息；从出版商出发，可以追踪出版商的定位、出版协议、合同、出版计划等文献等相关信息；从出版时间出发，可以追踪特定时代的诗学传统、意识形态、政治风向等等。而以上追踪所得又都可能成为一个个新的节点，带出更多的"转义者"，进一步丰富我们对翻译过程网络的理解。

同时，译本作为"制造好了的翻译"，也是需要研究者设法开启的"黑箱"。长期以来，从原文的输入、解码，到译文的重构、输出，这一过程到底发生了什么，一直以来是翻译研究的难点。认知翻译学研究者认为，对翻译过程进行研究就需要对译者的大脑活动进行认知研究。他们主张采用现代测试工具，如眼动跟踪技术、脑电图仪、磁共振成像及事件相关电位（ERP）等心理测试工具，在科学实证的基础之上去发现译者大脑中的活动（Halverson，2010；O'Brien，2011）。这些实证方法实际上也可以被看做是"跟随译者"的做法，而且比拉图尔贴身跟随（shadow）科学家的做法更为激进。研究者希望直接跟随译者的大脑活动，记录他们在语际转换中发生了什么。这一做法目前的成果主要体现为对翻译过程中范畴化与词语对等、突显原则和原型理论、隐喻转喻、参照点、翻译的构式单位等议题的探究（王寅，2012：17）。充分利用高科技测试工具是介入翻译活动现场的一种方式，但其"入侵性"（invasiveness）也限制了其适用的范围。毕竟，并不是所有的译者都愿意在工作中带上各种仪器接受实时监控。因此，文献学的史料收集依然可以成为翻译策略研究的首选。译者的手稿、修改记录及其与编辑、读者、作者、朋友等人有关该翻译的通信以及日记、译本的前言、后记、回忆录等相关文献，都可以成为带领研究者回到译者工作现场、重启"译本"这个黑箱的契机。例如，汪宝荣（2014：35 – 72）在研究葛浩文对《红高粱》的翻译的时候，利用葛浩文相关译论、回忆记录和访谈材料，佐证文本对比分析，得出译者翻译策略的相关结论，颇具说服力。

另外，这种以文献为本的追踪方式在当代作品翻译研究中，还可以延伸为活态史料收集的方法。研究者在现有文献不充分的情况下，可以创造条件，切身介入翻译网络，建立和网络中其他"转义者"直接的沟通和联系，通过对译者、作者、编辑、读者等人的相关访谈、通信或问卷调查，就文本的语码转换、修改乃至校对过程发生的事件，开展对细枝末节的追踪和调查。弗朗西斯·琼斯（Francis Jones）（2009：301 – 326）关于1992—1995年战争以来波斯尼亚和黑塞哥维那作家诗歌英译的研究，就是基于对网络译本和印刷译本采取的一项网络调查而开展的。再如，在2018年8月出版的安敏轩（Nick Admussen）翻译的哑石诗集 *Floral Mutter* 中，有一首诗《满月之夜》最初曾刊登在2015年

《新英格兰评论》（*New England Review*）上，其中有一句翻译是这样的：

> 而树枝阴影由窗口潜入　清脆地
> 使我珍爱的橡木书桌一点点炸裂
> And shadows of branches steal in through the window
> the oak desk
> 　　that's so fragile I am forced to love it has exploded just
> a little bit

原诗中"树枝阴影由窗口潜入"，影子投射在"我珍爱的橡木书桌"上，看起来书桌好像炸裂开了，带来"清脆"的感觉。在安敏轩的译诗中，重点变成了"the oak desk"（橡木书桌），"fragile"（清脆／脆弱）用以形容书桌，并成为"I am forced to love it"（不得不珍爱它）的理由。在 2017 年 4 月举办的"域外花开：中国当代诗歌的西行漫游"之对谈中，笔者与译者讨论了此处误译，译者由此回忆起自己的个人经历及其对这句译诗的影响。后来，译者又与原诗诗人哑石通信讨论，哑石认为无需纠结于特定的物象，在感受的诗意质地上，这两句误译并没有偏离原文，但译者始终觉得应该忠实于原文，坚持修改译文。关于这两行诗的翻译问题，安敏轩后来还写成一篇优美的译者札记"Errata"（《勘误》，2017）。从初版的译诗到译者与研究者的对谈，到译者与作者的通信，到译者札记，再到这首诗的修改再版，翻译的决策过程中，有不同行动者的参与和相互作用。唯有跳出"误译"定论的黑箱，重新审视传统的、作为个人的"译者"观念（Risku & Dickinson，2009：44），探究翻译决策的缘由与过程，才能够对这两行诗句的文本转译得出更为公允的解读。

1.3.4 行动者网络翻译研究（**ANTS**）的展望

行动者网络翻译研究（ANTS）是一种从 ANT 中得到启发而形成的翻译研究方法。ANT 反复强调行动者网络理论虽然冠之以"理论"之名，但"这绝不是一种社会理论，更不是为了要解释社会对行动者施压的原因，而是一种粗糙的方法（a crude method）"，这种方法就是"向行动者学习，而不是给他们强加关于他们世界建构能力的先验定义"（Latour，1999：20）。相较之下，行动者网络翻译研究（ANTS）也可以被视为一种粗糙的，甚至略显笨拙的翻译学研究方法。

翻译研究者首先要明确区分 ANT 中所说的"转译"与翻译研究中的"翻译"。为此，ANTS 的表述——Actor Network Translation Studies——明确点明"翻译研究"（Translation Studies）的本体，并冠之以"行动者""网络"这两个研究关键词。ANTS 融入了 ANT 对行动者异质性、能动性、不确定性的界定，以及对一种去中心化的、动态的网络形态的构想，承认翻译活动是众多行动者（包括人和非人）共同协作、协商、说服而完成的一项网络构建工作。如果说，ANT 的简称恰与蚂蚁（ant）同形，暗合了拉图尔心目中专注寻找联结的蛛丝马迹的追踪者，ANTS 的简称则是"蚂蚁的复数"，恰好暗示在研究中我们应该要将更多的行动者纳入考察范围。尤具挑战的是，研究者必须将人类行动者在本体论上的先在性暂时搁置，不试图揣度行动者的主体意向，而要加倍留意行动者之间的关联。曾经在翻译过程中保持"缄默"的对象或客体，也可能是对翻译网络建构发生影响的"转义者"，只要有充分相关的文献的证据，表明它们是

"转义者"，它们就应该成为研究追踪的对象。因此，文献的收集、整理以及由此衍生的活态史料采集，是 ANTS 最为基础、也最为关键的步骤。

在研究中，ANTS 以文献学研究方法为基础，以活态史料采集及分析为辅助，旨在追踪翻译活动中各个异质行动者的行为和动态关联，从而更好理解宏观翻译过程与微观翻译策略。目前，采用行动者网络理论视角开展的翻译研究，大多重点讨论翻译的生产和传播过程（Buzelin，2006；Jones，2009；Kung，2010；Abdallah，2012；汪宝荣，2014；王岫庐，2017）。翻译活动涉及作者、译者、出版商、评论家、读者等人类行动者，也涉及文本、书籍、文化产品、技术、观念等非人类行动者，翻译的生产和传播的过程，其实就是复杂的异质行动者联结而成翻译网络的过程，采用行动者网络理论对这一整体过程进行研究，是相当合适的。然而，对于翻译中文本的语际转换过程、译者翻译策略的选择过程等微观层面的研究，行动者网络理论的解释力尚未得到充分发挥。这一注重宏观语境描述、忽视微观文本分析的倾向，也是采用社会学路径开展翻译研究比较容易出现的问题。王洪涛指出，"无论是从学科性质、考察对象来看，还是从其所主要使用的研究方法来看，社会翻译学都是一种综合性研究"（2016：10），既要关注翻译活动背后的宏观社会文化因素，也应关心文本转换中出现的微观语言问题。

也正是出于这一考虑，石江山教授在俄克拉荷马大学创办了"中国文学翻译档案库"（Chinese Literature Translation Archive），目前已经建立了葛浩文、顾彬以及阿瑟·韦利的相关档案库，其中收录了这些译者的手稿、日记、与友人或编辑谈论翻译的信件、翻译中曾经使用过的参考书、与翻译相关的评论文章等等（许诗焱，2016）。这些资料既可以将翻译行为历史化，也能够从文本转换的微观层面展现译者逐步修改形成译文的过程。这一档案库的建立，无疑为希望开展 ANTS 的研究者提供了相当便利的条件。如果 ANTS 的研究方法得到认可，我们就有可能看到更多类似的"翻译档案库"的建立，不但有关于著名翻译家的文献档案库，而且也会有以作家、出版社、研究机构、特定国别、时代等不同节点为归档标准的文献档案库。在大数据背景下，这些文献之间亦可以相互联系而形成更为充分的数据资源，提供对翻译活动更为全面的描述。

最后也必须看到，在强调全面收集文献、追踪行动者的同时，文献始终是不可能穷尽的，再深入的研究也不可能将实践中所有的细枝末节都呈现出来。ANT 在实际研究中借鉴了人类学的田野调查中的"独特适当性"（unique adequacy）原则，强调研究需要"去描述、去关注具体事件，去找到对特定情境的独特适当的叙述"（Latour，2005：144）。同样，ANTS 的研究者能够做的，就是在特定的研究情境中，尽可能发微探幽，广泛、真实而细致地考察翻译网络的形态，形成对特定翻译活动"独特而适当"的理解。

第 2 章　学院的魅力

在中国文化和文学走向世界的初期，西方传教士、外交官、汉学家和商人都曾经发挥过重要的作用。对中国古代文化典籍的翻译和传播，西方汉学家功不可没。有学者指出，"今天在西方学术界流行的关于中国典籍的译本，绝大多数是由汉学家群体翻译的。而中国学者进入这一领域则要晚得多"（张西平，2014：86）。如果没有汉学家群体前赴后继的努力，西方就不可能对中国传统思想文化有今天这样的了解。

进入 21 世纪之后，尤其近年来随着中国的发展与国力的强大，中国开始益发重视在世界范围内重塑国家形象，在世界话语体系中发出自己的声音。在这样的大背景下，中国文学和文化掀起了"走出去"的新浪潮。这波浪潮与以前中国文学外译的形态有很大的区别。在新世纪的全球关系和中华民族复兴的语境中，文化输出与传播呈现出更加自觉、主动的新态势，国内官方机构与海外出版人携手，成为中国文学走向海外市场的重要推手，中国文化、文学的外译项目从组织、选题、翻译、出版到传播接受，已经逐渐形成了较为有序的系统运行机制，开启了从"走出去"转向"走进去"

的转型。在这一传播链中，翻译依然是极其关键的一环。有学者指出，在中国文学作品外译中，应该重视外国翻译家的作用。虽然今天国内翻译人才的外语水平也非常高，但是"在对译入语国家细微的用语习惯、独特的文字偏好、微妙的审美品位等方面的把握方面，我们还是得承认，国外翻译家显示了我们国内翻译家难以企及的优势"（谢天振，2014：8-9）。因此，中国当代文学翻译传播的事业想要得到有效的开展，"更为有效的方式可能还是得靠以西方语言为母语的国外专业翻译家或汉学家，或代理人，或出版社，由他们自主选择、自主翻译的作品，可能更容易获得西方读者的青睐，争取最基本的读者"（季进，2014：298）。

学界普遍认可外国母语译者在翻译中国文学作品中的重要性，可我们也不得不承认一个事实，即中文水平足够好，同时又愿意从事文学翻译的外国译者其实并不多。汉语是世界上最古老、最优美也是最难学的语言之一。随着中国国际影响力日渐强大，汉语在国际交往中的价值日益提高，国际上学习汉语的人数也有了大幅度增加，不少国家和地区都出现了"汉语热"。但不少学习者学汉语是出于实用的目的，他们汉语水平大致在"表意"的层面，能够满足一般贸易合作的交流，但对于音谐符美的汉语之美，并没有真正了解。因此，懂中文的外国人可能不少，但有能力做好文学翻译的外国译者却始终相当稀缺。被夏志清教授称为中国现当代文学的首席翻译家的葛浩文，曾经感慨过英语世界中愿意并且有能力翻译中国文学作品的译者实在是凤毛麟角，并且这些译者"要么是热情有余但经验不足且学业繁重的研究生"，要么是"担负其他重要工作，只是偶尔翻译的高校教师"（Goldblatt，2000：21-27）。中国文化及典籍最初被译介到西方的时候，其中不少译者都是各大研究机构或高等院校中东方语言学院的教授。到了今天，高校和研究机构中的"学院派"译者，在中国现当代文学的外译中依然发挥着极为重要的作用。

　　新中国成立之前，英语世界对中国作品的译介主要集中于宗教和哲学类的经典著作。当然，也有不少颇具现代意味的文学作品，如老舍的《骆驼祥子》和林语堂的一些作品，在英语世界得到了相当程度的关注。近年来，随着中国文学和文化"走出去"战略的推进，中国当代文学作品的翻译有了较快的发展。根据中国文学英译者线上联盟"纸托邦"的年度报告，2016—2020 年，中国当代小说类作品翻译出版139 种，诗歌类作品翻译出版 34 种，儿童文学及绘本类翻译出版 63 种，其中绝大部分都是单行本，也有不少作品选集。中国当代文学走向世界的过程中，单行本的翻译与出版自然相当重要，但翻译文集的作用也不可忽视。毕竟，翻译文学在异质文化中传播是一种"二度确认"（童庆炳、陶东风，2007：148）的过程，翻译文集的编选是外国文学作品进入目标语文化并得到"二度确认"的重要方式，在一定程度上能表明、反映或制造出某个文化传统中最好的文学作品的形象，并投射出不同国家文学之间的关系。毕竟与某个作家的鸿篇巨制相比，通过翻译、选编、编排等方式形成的文集能够覆盖更广泛的话题，呈现更为多元的风格，也能够满足更多读者的不同需要，推动特定作家作品在世界范围内的经典化进程。

2.1 诗学的话语权力

2.1.1 何为"经典"

"经典"（canon），其古希腊的词根 kanon 的意思是"尺度"，在文学研究的领域，一般用来表示被评论家或权威人士视为特别具有独创性与天才性的作品，能够让人百读不厌，常读常新，在阐释与再阐释的循环中达到不朽。文学经典作品不但经得住时间的考验，且往往通过翻译跨越语言与文化的国界而产生世界性的影响。帕斯卡尔·卡萨诺瓦（Pascale Casanova）曾将世界文学描述为一个等级性结构，当处于边缘地位的文学作品被处于中心地位的文学权威认可时，该作品便完成了"祝圣"（consecration）的过程（Casanova，2004：126），而翻译也是一种典型的实现"祝圣"或经典化的途径（2004：133）。翻译文学涉及语言文化的空间转换，也涉及不同读者受众和文学传统，翻译文学之"经典"也因此具有了多重层面的意义：

> 翻译文学"经典"有三种含义，一是指翻译文学史上杰出的译作，如朱生豪译的莎剧、傅雷译的《约翰·克利斯多夫》、杨必译的《名利场》等；二是指翻译过来的世界文学名著；三是指在译入语特定文化语境中被"经典化"（canonized）了的外国文学（翻译文学）作品。（查明建，2004：87）

这三种意义上的翻译文学经典，第一种聚焦译者和译作，第二种聚焦原作和原作者，而第三种则将重点放在译语文学系统的演进过程上。关于文学系统的演进方式，以色列学者伊塔玛·埃文－佐哈尔（Itamar Even-Zohar）提出的"多元系统论"（Polysystem Theory）对我们可能会多有启发。多元系统论形成于 20 世纪 70 年代，经过 20 世纪 90 年代的修订与发展，逐渐从针对文学和翻译的理论拓展为一个更为宽泛意义上的文化研究理论。这一理论构思借鉴了俄国形式主义和捷克结构主义的思想。形式主义学派认为文学作品不应该被抽离出来独立研究，而应被视为是文学系统的一部分，而文学系统又与其他系统之间有连绵不断的动态关系。为了明确表达动态的、历史主义的、异质结构的系统观念，埃文－佐哈尔定义了"多元系统"这一术语：

> 多元系统由众多系统集合而成，各系统间彼此交叉、重合，同时作出不同的选择；但多元系统以一个整体发挥作用，内里众多系统相互作用、彼此影响。（Even Zohar，2005：3）

各种社会符号现象都可被视为一个多元系统，每个多元系统内部由若干不同的系统组成，同时外在也与其他的多元系统相互依存、相互制约，共同组成整体文化的"大多元系统"（mega-polysystem 或 macro-polysystem）。任何一个多元系统都不是静态或者机械的存在，其内部系统间会发生变化，外部分隔相邻系统的界限也在不断改变，任何一个多元系统中的现象都不应该被抽离出来孤立看待，而需要在更大的整体文化的多元系统动态变化中加以解释。从多元系统内部来看，中心与边缘（center vs. periphery）、经典化与非经典化（canonized vs. non-canonized）之间定位及互动的不断变化，构成了多元系统的内在动态演变。在通常的情况下，翻译文学处于文学多元系统的次要和边缘的位置，遵循传统的形式，以较保守的方式去迎合目标文学系统的文学规范（Even-Zohar，1978：122）。但埃文－佐哈尔指出，在三种情况下，翻译文学有可能参与塑造多元系统的中心，并在文学多元系统的革新进程中发挥举足轻重角色：

> 1. 当某个文学多元系统尚未定形，文学的发展处于正在建立中的阶段，往往需要借鉴参考现成的、更为资深或成熟的文学模型。
>
> 2. 当某个文学（在一组相关的大文学体系中）处于"边缘"或"弱势"的阶段。当小国文化为大国文化所支配，就可能出现大量翻译作品的输入。
>
> 3. 当一种文学出现转折点、危机或真空阶段。这时候，该文学体系中现存的、已确立的模式不能再满足读者的需要，外来的模型也就容易渗透进来。（Even-Zohar，1978：121）

在以上三种情况下，翻译活动变得频繁而重要，占据了文学系统的主要或中心位置，扮演革新的角色。从事翻译活动的，往往是目标文化中具有影响力的作家，翻译作品会引入新的诗学、技巧、表达方式和其他元素，并成为目标文化中新模型的基要。中国当代文学英译的背景，显然并不属于以上三种情况。在相当长的时间里，中国当代文学在西方文学还是非常边缘的存在。2011 年，《中华读书报》回顾了2008—2011 年三年间中国当代文学的外译情况，将其描述为："一少二低三无名：品种少，销量低，且没有什么名气，几乎无一进入大众视野。"

中国当代文学翻译作品虽然近年来在数量上有一定增

长，但真正造成重大影响，进入英美文学系统中心的经典之作几乎没有。莫言可能是为数不多的一个例外。2012 年莫言获得诺贝尔文学奖这一当今广泛认可的文学"祝圣"形式（Casanova，2004：147），在一定程度上意味着他的创作被处于中心地位的文学权威认可。其实早在莫言获奖之前，他的作品在英美已经引起了一定程度的反响。1993 年，美国圣母大学东亚语言文学系葛浩文教授翻译莫言的《红高粱家族》而成的英译本 *Red Sorghum*：*A Novel of China* 在美英两国同时出版。这部小说是莫言在英语世界出版的第一部长篇小说，出版后就得到不少书评人与汉学家的关注。《纽约时报书评》称"莫言的叙事丰满、生动、详尽"，作者"用散发着硝烟、血腥与死亡气息的肺腑之言，精彩纷呈地再现了（那个秩序混乱的）生活"，"（书中的人物形象）与莫言一起把高密东北乡安放在了世界文学的版图之上"（Hampton，1993）。《今日世界文学》（*World Literature Today*）刊登了汉学家金介甫（Jeffrey C. Kinkley）的评论，他称该书可能是 20 世纪最好的中文英译小说，盛赞其书写的独创性、神话建构、英雄主义和反英雄主义、暴力描写、荒诞色彩都值得被人们铭记（Kinkley，1994）。书中有关东方文化、性与暴力的描写，确实符合西方读者的好奇与阅读期待，加上葛浩文一流的译笔，让《红高粱》英译本的出版成为"一大盛事"（刘绍铭，2005）。当时美国华裔作家谭恩美（Amy Tang）曾满怀希望地认为，莫言将会像米兰·昆德拉和加西亚·马尔克斯一样叩开美国读者的心扉。然而八年后，著名的美国文学评论家约翰·厄普代克（John Updike）在《纽约客》（*New Yorker*）的书评中却给出了相反的结论："那是一颗又老又硬的心，我不敢肯定中国人能够打动它"（Updike，2005）。的确，美国读者总体上对外国文学作品翻译的兴趣就不大，在美国图书市场上，译作占的比例很低，只有为数不多的几位外国作家在美国真正受到读者的欢迎。莫言《红高粱家族》的英译本这部具有大众化倾向且商业运作较为成功的文学作品，其销路其实并不算高，截至 2012 年，《红高粱家族》在美国的销量不到 5 万册（转引自孙会军，2016：34）。即便 2012 年莫言获得诺贝尔文学奖之后，"美国主流报纸、杂志对莫言作品的评论增多，但其作品尚未引起阅读热潮"（崔艳秋，2014：35）。

中国当代文学满怀热望和焦虑，通过翻译走向了世界。然而，从莫言作品英译本的经典化及其接受过程来看，我们应该认识到，大众读者的兴趣暂时阙如，并不就意味着中国文学的英译事业就没有发挥作用或影响。对于英美这种翻译文学原本就比较边缘化的文学系统而言，翻译是否进入了目标语文化的文本库，其背后主要的推手还是掌握了"文化规划"（culture planning）权力的学院派人士。埃文 - 佐哈尔将"文化规划"定义为"权力所有者或自由人对现有的或正在成型的某种文化文本库（repertoire）的一种故意的干预行为"（Culture planning is conceived of as a deliberate act of intervention, either by power holders or by "free agents", into an extant or a crystallizing repertoire.）（Even-Zohar，2002：45）。这些从事文学研究的学者、大学教师、翻译者，甚至是西方高校中东亚文学或者比较文学专业的研究生，更愿意以开放的眼光了解并深入探究中国文学作品，他们也是有能力参与"文化规划"的行动者。通过翻译、期刊编辑、文集编选、教材编撰、文学评论以及文学研究，这些在研究机构或大学任教、读书的学者对于中国当代文学翻译及传播发挥了比一般读者更为关键的作用，因此应该是我们研究的最佳切入点。

对于希望了解并研究当代中国文学作品的学院派人士而言，翻译文集可能是比单行本更为重要的一种实现"文化规划"的方式。通常，文学文本的选集可以被赋予不同的规划功能，如教育、保存、创新、保护、传播等等，在教育品味的生成、传播主流美学价值、建立民族文化记忆、确立或重估文学典范、保护少数或边缘文化、说明某个主题或体现某个文学流派或艺术趋势等方面发挥重要作用。通过对文本的收集、拣选、呈现与编排，文集可以发挥类似博物馆的作用，保存并展示某个文本或器物，参与读者/观者的文化身份的形成过程，并投射出我们对某个领域的理解，使各种关系和价值清晰可见。因此，文学选集的动机、标准、功能和目的，对于研究文化认同和文化间关系的形成，文学典籍的创造、发展和流通，以及文本、作者、流派、学科，有时甚至概念的经典化过程，都具有重要意义。也正是在这个意义上，有学者将文学作品选集看作是"文学史的缩影""文学正典的微缩景观""品味的晴雨表"（Baubeta，2007：14、22、25）。

勒菲弗尔在《我们为什么把时间浪费在改写上？另一种范式下阐释的困难与重写的作用》（"Why waste our time on rewrites? The trouble with interpretation and the role of rewriting in an alternative paradigm"，1985）一文中，将文集的编撰看作与翻译、文学批评、文学阐释和文学史一样，都是一种"改写"（rewriting）的形式，能够参与文学形象塑造，在文学系统演进过程中发挥着关键作用。在 1992 年出版的《翻译、改写以及对文学名声的操纵》（*Translation*, *Rewriting and the Manipulation of Literary Fame*）一书中，勒菲弗尔对改写理论进行了全面的回顾和解说。他从文学系统出发，思考了文学系统的演化机制，突出了改写和改写者在操纵文学和文化系统方面发挥的功用。随着媒介技术的发展，以前处于边缘位置的改写形式，包括翻译、文集、文学史、参考书、专业期刊、批评性的文章、舞台表演、影视改编等，发挥着日益重要的作用，这些改写形式直接参与建构和改写过程，甚至"创造了一位作家、一部作品、一个时代、一个文类甚至是整个文学的形象"（Lefevere，1992：5）。

在勒菲弗尔对文学系统控制机制的研究中，他主要讨论了两个影响因素：意识形态（ideology）和诗学（poetics）。意识形态的关注点在社会，而诗学的关注点在文学（Lefevere 1992：14）。意识形态和诗学的共同作用，确保文学系统不会跟社会里的其他系统过分脱节，也形成了双重的控制机制，如图1所示。

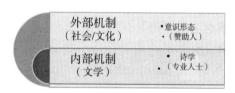

图1　文学系统的控制机制

意识形态属于外部机制，调控并保障文学系统与该社会文化的其他系统之间的关系，其背后的操纵力量一般是赞助人（patronage）。赞助人指的是"促进或者阻碍文学的阅读、写作和重写的"权力者或机构，例如，个人或团体、宗教组织、政党、社会阶层、宫廷、出版社，以及报章杂志、电视台等传播媒介（Lefevere，1992：15）。赞助人通常代表了主流价值观，他们会设立一些机构——例如，学术机构、审查局、评论期刊等——来管制文学的创作或发行，他们比较关注文学的意识形态，一般从经济、地位等角度引导文学系统的发展，而把诗学的控制权交给专业人士。诗学由功能要素（functional component）与组成要素（inventory component）两部分组成，前者是"关于文学在整体社会系统里有什么或应有什么角色的观念"，后者"是一张文学技巧、体裁、主题、典型人物和情景、象征的清单"，诗学的功能要素"显然与来自诗学的范畴之外的意识形态影响有密切关系，是由文学系统的环境中的各种意识形态力量产生的"（Lefevere 1992：26 – 27）。诗学的背后是批评家、翻译家和文学教师等专业人士，他们是本土文化传统诗学取向的代言人。

2.1.2　诗学与政治的博弈

从中国文学在英语世界的翻译文集的编纂和出版中，也可以看出这两种因素的互动。英美对于亚洲尤其是中国研究的兴趣混杂着文化与政治的需求。随着冷战的结束，东西方交流益发频密，文化信息的鸿沟日益缩小，亚洲研究与海外中国学研究已经成为英美学界非常重要的研究领域。英国的牛津、剑桥、伦敦等大学，美国的哈佛、哥伦比亚、斯坦福、普林斯顿、耶鲁、杜克等大学都有着较为浓厚的汉学研究传统。西方对中国文学作品的译介，在选题和出版等方面很大程度上受到不同时代国际交往与意识形态的影响。以 20 世纪 80 年代为例，出于对当代中国的兴趣，除了文学研究者，不少西方的历史学者、人类学学者、东亚研究学者或新闻评论员都参与了中国当代文学翻译文集的编选工作，他们收集、展示中国作品的主要动机是为外国读者提供一条了解当代中国的渠道。而由于中国和西方之间意识形态方面的差异，这些选集大多突出中国作家笔下的社会弊病或争议话题。这种政治或意识形态预设，在许多当时选集标题中就能看出来。例如：

◇ *The Wound：New Stories of the Cultural Revolution 77 – 78.*（Joint Publishing，1979）《伤痕：文革的新小说 1977—1978》

◇ *Wild Lilies，Poisonous Weeds：Dissident Voices from People's China*（Benton，1982）《野百合与毒草：来自人民中国的异见声音》

◇ *Fragrant Weeds：Chinese Short Stories Once Labelled as "Poisonous Weeds"*（Jenner，1983）《香草：曾经被贴上"毒草"标签的中国短篇小说》

◇ *People or Monsters and Other Stories and Reportage from China After Mao*（Link，1983a）《人或怪物，以及毛时代之后的中国故事和报告文学》

◇ *Stubborn Weeds：Popular and Controversial Chinese Literature After the Cultural Revolution*（Link，1983b）《倔强的野草：文革以来的通俗与争议性文学》

◇ *Roses and Thorns：The Second Blooming of the Hundred Flowers in Chinese Fiction 1979 – 1980*（Link，1984）《玫瑰与刺：中国小说的第二次百花齐放 1979—1980》

◇ *Seeds of Fire：Chinese Voices of Conscience*（Barmé and Minford，1986）《火种：中国良知的声音》

◇ *New Ghosts，Old Dreams：Chinese Rebel Voices*（Barmé and Jaivin，1992）《新鬼旧梦：中国反叛的声音》

这些高度暗示性的隐喻词汇，如伤痕、野百合、毒草、玫瑰与刺、荆棘、火种、新鬼旧梦等，建构出一种对当代中国的政治想象，侧重关注中国知识分子对当代社会黑暗面的揭露和对真理的追求。政治与意识形态作为外部机制，确实会对文学翻译选材产生重大影响；但诗学维度上"组成要素"之译介，即哪些作品具有文学性，需要被翻译，值得在英语世界得到广泛阅读，甚至得以成为世界文学经典的一部分，这类问题依然主要取决于"专业人士"的判断。来自学术及研究机构的汉学家们曾在中国典籍英译的过程中发挥了重要的推动作用。他们的个人学养和品味可以被视为海外汉学发展的重要风向标，直接决定了相关翻译文集的选本标准与编纂形式。中国文学翻译家白之（Cyril Birch）这样描述自己对翻译文集编选的经历：

> 对我来说，编纂中国文学翻译文集是一件非常愉快的事情。我既可以选择特别有味道的文本来自己翻译，也可以选用其他译者的翻译，这些翻译作品是我认为应该列入选集的，但我自己并没有特别兴趣去翻译，比如说带有哲学意味的散文。（Birch，1995：10）

当代翻译文集的编选同样也受编者个人兴趣和观点的影响，来自学院派的编撰者对作品的遴选不可能完全跟随政治取向，其重要标准之一依然是作品在文学和诗学层面的价值。例如，纽约兰顿书屋出版的《春竹：中国当代短篇小说选集》（*Spring Bamboo：A Collection of Contemporary Chinese Short Stories*，Random House，1989），由戴静（Jeanne Tai）翻译编撰，李欧梵作序。这本选集从中国新生代作家的作品中挑选了 11 篇短篇小说，如郑万隆的《钟》、韩少功的《归去来》、王安忆的《老康归来》、陈建功的《找乐子》、李陀的《七奶奶》、扎西达娃的《西藏，系在皮绳扣上的魂》、史铁生的《命若琴弦》、莫言的《枯河》、阿城的《树王》、和张承志的《九座宫殿》等。在《序言》中，李欧梵肯定了新生代作家多样化、实验性的创作，以及他们从本土和非本土来源中汲取养分、挑选故事，尝试摆脱政治因素干扰，致力于探索文学与文化身份的努力。这一对中国作家短篇小说的采样标准，显然超越了中西之间意识形态的冲突，而更为关注中国年轻作家笔下的现代经验，"正如文集标题所暗示的那样，在文化与政治动荡的冬天之后，'春竹'冒出的艺术创作的新芽，是应该被珍视的"（Lee，"Introduction" xvii）。美国《柯库斯评论》（*Kirkus Reviews*）肯定了《春竹》超越政治的文学与文化价值，认为"这些故事舒缓而又令人不安，有节制而又古怪，提供了丰富的途径，让读者得以进入中国正迅速展开的文化现场"（Soothing and troubling, measured and eccentric, these stories provide rich inroads into China's urgently unfolding cultural scene.）。《春竹》的译者／编者戴静当时从密歇根大学法学院毕业不久，在纽约做执业律师。她不但一直热爱中国当代文学，而且与李欧梵、王德威等学者有密切合作，1994—1997年间还在哈佛大学费正清中国研究中心（Fairbank Center for Chinese Studies, Harvard）担任研究员。从严格意义上说，她也可以算得上是一位有学院派背景的译者与编者。编译《春竹》之后，她还与与王德威合作主编了《狂奔：中国新锐作家》（*Running Wild: New Chinese Writers*, Columbia University Press, 1994）。这本翻译文集收录了20世纪80年代末至90年代初中国当代文学作品，以及海外华人作家的文学作品。王德威在《后记》中表示，他们编选这个文学选本的目的"旨在提供一个全新中国形象，这个中国不再仅仅是地理意义和意识形态意义上的中国，而是一个同外界发生文化交融、体现共同文学想象的中国"，并且提醒读者们注意"现在的中国正在向世界敞开胸怀，再以旧的地缘政治视角去看待中国文学是不合时宜的"（Wang，1994：238－239）。《狂奔》试图以文化交融的视野来消除地缘政治的局限，突出这一时期华文小说中的抒情性、诗性、消遣性等特征。这本书出版后，书评人 Robert E. Hegel 也认为和过去几十年写实主义和个人经历为主的文学作品不同，这个选集中的作品释放出了难能可贵的想象力与创造力，立足于现代中国的社会现实对人的心灵展开探索。他从这些故事中看到了"作家们以崭新而激动人心的方式，认真投入生活、艺术和意义"，因此评价说，"中国小说正在进入一个新的、更加国际化的阶段，而这个选集巧妙地捕捉到了这个过渡时期"（Hegel，1994：103）。

从诗学而非政治，或者说，从文学性而非意识形态的角度来看，海外汉学家和华人学者是我们最值得重视、最应该充分调动的当代中国文学海外传播的推手。中国当代文学评论家张清华曾在一次讨论中提到：

> 莫言、余华、苏童、王安忆、阎连科、铁凝、毕飞宇等人的海外影响，一定程度上都是汉学家孜孜不倦的介绍的结果。近年来，贾平凹、韩少功、麦家、曹文轩、张炜、徐则臣等人的影响也逐渐多了起来，同样是汉学家推介的结果。其中起最主要作用的还是欧美的汉学家。（转引自杨鸥，2017）

这些致力于翻译、推介中国当代文学的汉学家，不少人既是教师，也是研究者，同时还是翻译家。他们对文本的选择、推介、评论乃至教学，表面看来只是一种学院体制内的学术活动，但其诉求的对象其实也囊括一般的文学爱好者和对中国文学、文化充满兴味者，因此对中国当代文学"走出去"势必会产生积极的影响。有人可能会质疑，个别学者的选题眼光可能会带有个人偏好和趣味，难以从历史的角度，客观和谱系化地理解中国当代文学。但其实任何一种选本的背后，都难免有一定的视角局限。文集选本自然有各种不同的择选标准，只要对这些选择标准本身有所认识，就能够以积极的态度来看待这些"偏见"。对此，孔慧怡如是说：

> 或多或少，编辑和翻译都是自己福音的传播者；因此，翻译选集的形式和结构应该反映出关于源文化的某种特定（但愿不是过分偏颇的）观点。这一点非但不可避免，而且是值得向往的。（Hung，1995：246）

海外汉学家对中国文化充满感情，对中国文学也有相当的热爱与了解。这使得他们在编选翻译文集的时候，并非浮光掠影、猎奇式地挑选有异国风情的作品，也不会完全屈从于意识形态的需要去选择"曝光式"（exposé）的写作。这些怀有文学初心的汉学家选择的作家作品，反映出他们特定的个人文学及文化品位。他们编选文集的动机，有可能倾向于发展某种隐微的批评和文化介入，也有可能志在澄清并展示中国丰富多彩的文学、社会和历史现实。在这种前提下，即便他们对中国文学的了解还不够全面，即便他们的品味与中国当代文学的官方权威评价不完全一致，他们编选的文集从不同角度展现关于中国独特的风物与人事，捕捉了中国人当代物质与心灵生活中的变迁，这种向世界"呈现"的当代中国图景依然是"值得向往"的。

2.2　平行的文本空间

2.2.1　作为教材的文学

中国文学"走出去"，意味着要让中国文学走出国门，在世界范围内获得肯定与承认，让更多海外的读者阅读中国文学作品。近年来，随着中国国际影响力的增强和外译工作的推进，已经有不少中国当代作家在国际文坛上得到了一定的承认，获得了一些权威性国际文学奖项，如莫言获得诺贝尔文学奖、阎连科获得卡夫卡文学奖和布克文学奖等。一方面，中国当代文学作品的国际影响力正在逐渐增强，但另一方面，普通读者对中国当代文学依然所知甚少。

教育是文学作品得以真正走入读者视野和心灵的最佳途径，文学是一种学习语言的引人入胜的方式。有相当一部分对中国当代文学感兴趣的读者是在学院和研究机构学习中国文字和文化的学生。关于译作影响和传播，韦努蒂曾说过：

> 译本能否取得预期的效果基本上取决于译者使用的话语策略，但同时也取决于接受方的各种因素，包括图书的装帧和封面设计、广告推销、图书评论、文化和社会机构中怎样使用译本以及读者的阅读和教育体系内的教学。（Venuti，1995：10）

通常来看，外语教学材料应该首选以所教语言写成的原创作品，但如果这门外语教学难度较大，适当采用翻译文本来辅助学习也是常见的做法。在当前全球化的时代，英语依然是流通最广的通用语，能看懂英文原作的中国学生远比能流畅阅读中国文学作品的英美读者多。也正因为如此，英美高校教育体系中对中国文学作品的介绍也常常会选用译本而非原作。但是从翻译研究的角度来说，这种做法是有问题的。将译本等同于外国文学的做法，本质上是将翻译视为透明的中介，忽视了贯穿于翻译中的、不对称的话语权力关系。迈克尔·克罗宁认为，从翻译的角度来看，英语实际上是一个少数人的语言，大量的、其他语言写成的文本被译为英语而进入读者视野，使得英语在事实上成了一种"为翻译所用的语言"（a language for translation），而不是"翻译的语言"（a language of translation）（Cronin，1998：160）。不少研究者已经认识到在语言和文学教学语境中使用翻译文本的效用及其悖论，对将翻译视为透明的传统预设提出反思，并指出翻译作为一项复杂的跨语际活动，会彰显文本的形式属性，因此完全可以作为一种有效的语言或文学教育工具，帮助学生获得阅读文学的洞见（Venuti，1996：133；Alvstad，2007：128）。

和译本相比，双语本为希望提高阅读能力、加深对中国文化的理解的学生提供了一个更理想的选择。原本与译本平行对照，可以为非母语人士的阅读提供方便，使其在阅读中无须不停地查阅字典，也为尚未有能力阅读原文的初级学习者提供可理解的阅读材料，读者对照原本和译本阅读，可以根据具体的语境，更好地揣摩单词的意思，在提升语言能力的同时，文本细读和赏析的能力也得到培养。同时，译作和原作构成的平行空间也充分彰显译作与原作各自的文本特征，为读者在阅读中展开思想的交流发现提供平台。

近年来，中国当代文学作品集有不少以双语本的形式出版，如香港中文大学出版社推出的由郑树森、葛浩文、金介甫和谭国根等人担任编委的"现代中国文学双语系列丛书"

（*the Bilingual Series on Modern Chinese Literature*）；美国文学
翻译协会的前任主席约翰·巴尔科姆（John Balcom）编译的
《中文短篇小说：新企鹅双语平行文本》（*Short Stories in
Chinese：New Penguin Parallel Text*，2013）；爱荷华州立大学
（Iowa State University）的穆爱莉（Aili Mu）与三角洲州立大
学（Delta State University）的迈克·史密斯（Mike Smith）合
作编译的《当代中文小小说汉英对照读本》（*Contemporary
Chinese Short-Short Stories：A Parallel Text*，2017）等。尤其值得
一提的是，穆爱丽与史密斯合作编译的选集是特别针对课堂教
学而设计的。穆爱丽是荷华州立大学世界语言与文化系中文系
副教授，曾于 2006 年和著名翻译家葛浩文、香港岭南大学博士
赵茱莉（Julie Chiu）合作编译过《喧嚣的麻雀：中国当代小小
说》（*Loud Sparrows：Contemporary Chinese Short Shorts*，Columbia
University Press，2006）。《喧嚣的麻雀》收录了来自报纸、杂
志、文学期刊的 91 篇小小说，作品主题广泛，选集按照主题被
分为"修饰"（Grooming）、"改变"（Change）、"选择"
（Choices）、"治理"（Governance）、"游戏"（Games）、"争议"
（Controversy）、"期待"（Anticipations）、"生物"（Creatures）、
"分享"（Sharing）、"（不）忠实"［(In)Fidelities]、"滋养"
（Nourishment）、"怪诞"（Weirdness）、"挽歌"（Elegy）、"回顾
与前望"（Looking Backward and Looking Ahead）等 15 个大类
别。编者以"麻雀虽小，五脏俱全"的中国谚语为隐喻，向
英语读者介绍了小小说这种在中国十分风行，而在英语世界
还不太受重视文学体裁。这一艺术形式以极其精简的方式记
录个体片段而偶然的日常经验，以充满创造性的方式捕捉快
速变化的社会基调。显然，小小说以其精简的文体特征、贴
近生活的故事性，以及在一本书中包含的主题和作者的多样
性，为学习中国语言文学的学生提供了非常合适的阅读材

料，也为他们提供了在语言之间思考、摸索、徜徉的时间与空间。穆爱丽与史密斯合作编译的《当代中文小小说汉英对照读本》，延续了《喧嚣的麻雀》之编写理念，同时更有针对性地根据学习中文的高年级学生的学习需要挑选了文本。在前言中，穆爱丽解释了自己的编译的理念：

> 促进中国语言文化学习的目的贯穿了本书的整个翻译过程。在这一过程中，我们既努力做到忠实于原文，也充分利用了我们的英语语言文学知识和对中国文化的了解，尽力设法将学生的学习收益最大化。英文的自然晓畅是我们始终如一的准则；我们对每个故事审美意味的再现一丝不苟。这样做的目的，是期望读者的理解能由表及里，达到对文本深层内涵的把握。为此，我们还尽力保持作品的"原汁原味"，尽可能多地留住作品的陌生感。这样做的目的，是希望激活读者的好奇心、审视反思的能动性、以及创新发现的动力。（穆爱丽，2017）

对于译者而言，这种双语对照的平行文本空间无疑是一个巨大的挑战。翻译的词根（trans-）有搬运和移动的意思。然而，无论译者如何小心翼翼，译文也不可能毫不失真地将原文的意义完全搬运或移植过来。读者的眼光跨越页面，在原本和译本之间穿梭的时候，难免带着怀疑与挑剔。穆爱丽在《当代中文小小说汉英对照读本》的前言中谈到，双语对照这一文本形式，让自己在翻译的过程中更为自觉地平衡不同标准，一方面既要保证对原文的忠实，另一方面也要保证译文的可读性。穆爱丽也谈到，双语平行文本的形式，对自己提出的要求首先是"翻译必须尽可能地贴近原文，最大限度地忠于原文"，同时也要将"原汁原味"的中文元素进行加工雕琢，以期"使所译故事更契合英文读者的情感和文化"（穆爱丽，2017）。其实，每个字、词都有多重含义，原文和译文不可能实现意义上的完全重合，因此，从微观层面对译文吹毛求疵实属下策。我们不妨暂时搁置传统翻译观对"忠实"的执念，以一种新的姿态进入双语对照版的平行文本空间，将意义看作是生成性的动态产物，而平行文本空间本身恰是极具潜力的、意义生成与演化的源头。

2.2.2　深度的翻译

在《当代中文小小说汉英对照读本》中，穆爱丽延续了《喧嚣的麻雀》以主题分类的做法，将 31 个小故事分别归为礼和仁（ritual propriety and humanity）、孝（being filial）、阴阳（yin-yang）、治（governance）、自我（identity）、脸面（face）、情爱（love）、婚姻（marriage）以及易（changes）这九个主题。书中每章都有一篇对相关主题的介绍短文，引导读者理解相应的文化观念，帮助读者在其特定的文化语境之中理解故事文本。这些故事创作于 2004 年至 2013 年之间，描述了当代中国不同年龄、不同职业的普通人万花筒般的生活。作者的背景也相当多样，既有王蒙、格非、韩少功、史铁生、刘心武、迟子建、刘震云等相当出名的作家，也有在文学艺术官方机构工作的专业人士，还有来自各行各业的业余写作者。每篇故事后都附有作者简介，向读者介绍作者的现状、写作背景以及他们在中国所受欢迎程度等信息。

由于这是一个以教学为目的的文学选集，译者在翻译的时候对文中所涉及的文化负载词大多采用"深度翻译"（thick translation）的方法。例如，将"炕"音译为"kang"，并加注释解释，"炕是中国北方村庄常用的一种能加热的床，厨房的炉子通过烟道与床相连，烹饪晚餐时产生的火苗使建造床的砖头和粘土变暖，并在寒冷的冬夜提供足够的温暖"（穆爱丽，2017）。"卤水"在文中翻译为"brine"，译者也添加注释，说明卤水是中国烹饪中使用的一种浓度很高的盐水，还举了"卤水点豆腐，一物降一物"的例子来解释卤水的用途。解释"面子"这个概念的时候，译者从学术文章到互联网资料，援引了多种材料来说明这一独特的中国文化概念。翻译中国节气例如谷雨、惊蛰、立夏等词汇时，译者加注解释了各种节气的大致对应公历时间及其在中国农耕文化中的意味。

故事中对人名的翻译大多采用音译。但当某些名字具有特别含义的时候，译者则给予更为细致的解释。例如，来自湖南的农民作家伍中正讲述了一个农村寡妇从丧夫到改嫁的故事，小说的主人公和标题都叫"糟糠"。现实生活中，"糟糠"不太可能是一个真实的名字。大多数中国读者都会看出，这个名字其实是"糟糠之妻"的缩略符号。文中那个名叫"糟糠"的小寡妇除了"妻子"这一身份，并没有其他的名字，她所代表的并非个体命运，反而是一种主体的缺席。作者用这个标题，暗示农村女性所面临的普遍、无个性的生存困境。但这篇写于 2005 年的作品又并非完全是一个传统夫权和伦理下的女性悲剧。作者将一种传统文化与观念置于现代场域下，对传统展开批判思考的同时，也将温存和同情注入笔端，写出了传统女性的善良和坚忍。译者在翻译《糟糠》这篇作品的时候，全文用音译"Zaokang"来称呼小寡妇，但标题却译为"Forever by Your Side"即"永远在你的身边"。此处另有一个长长的注释，详细解释了"糟糠之妻"这一成语的意思和出处。蔡楠的《清潭》也是一个以故事主人公的名字命名的小说，但小说的结尾才点出故事中的清官冯乡长名字就叫清潭。译者将这篇小说名译为"The Clear Pond"。全文最后一段，说到冯乡长去世后，乡人为其立碑这一段的时候，译者是这样处理的：

> 冯乡长死后，大湾乡的人在那个路口立了块碑，上面刻了两个大字：清潭。
>
> 清潭是冯乡长的名字。
>
> Later, the people of Dawan Township erected a stone tablet at the crossroads where Mayor Feng died. Engraved on it were two large characters：清潭．＊
>
> It was Mayor Feng's given name, Feng Qingtan. It means "clear pond."
>
> ＊ *The play on words emerging from the similarities between* 清潭（*qīngtán, clear pond*）*and* 清官（*qīngguān, clean official*）*may be lost in translation. The name in Chinese, however, is indicative of a longing for the latter.*
>
> （穆爱丽，2017）

译者保留了"清潭"这两个作为碑文的汉字，又在后一段点明故事标题的意思，同时还加了译者注，说明"清潭"这一标题/名字背后的双关，是对清正廉洁为官之道的赞美。

除了特定的文化负载词和人物名以外，对于原文中和文化习俗、典故相关的表述，译者翻译的时候也非常小心。例如，在聂鑫森的《洗礼》（"Catharsis"）一文中，经营澡堂的浴池班班长于长生同情遭到批斗的校长齐子耘，他不能理解当时打倒知识分子的做法，因此说自己"到五十岁倒真的糊涂了"。这句话非常简单，按照字面意思来翻译并无不可。译者此处将其意译为"much to my surprise, a really confused man at fifty",但同时也为其添加了注释,援引理雅各翻译的《论语》英译,说明此句背后的典故,是孔子那句"五十而知天命"。对格非的《不可知的偶然》("Unknowable Possibilities")也有一处相似的处理。

> 女的盖完了章,轻轻说了一句:"苟富贵,莫相忘。"*
>
> After she stamped the document, the woman said to me softly, "Remember this moment when you are successful."
>
> * *The historical allusion to this popular saying is in Records of the Historian by Sima Qian（ ca. 145 or 135 – 86 BC）; or in volume 48 on Chen Sheng（陈胜?—208 BC）, to be exact. Before Chen Sheng led the peasant uprising that rocked the foundation of Qin dynasty, he worked as a hired farm hand. One day working in the fields, Chen Sheng articulated "苟富贵,无相忘" to let his fellow farmers know that he would not forget them when he became successful one day. His fellow workers laughed at him. Please also see the vocabulary list for this entry.*
>
> 苟富贵,莫相忘。gǒufùguì, mòxiāngwàng "苟"是"如果"的意思;"莫"是"不要"的意思。"如果有一天你富贵了,请不要忘记这一刻。"（Please remember this moment when you are successful.）（穆爱丽,2017）

善良的办事员帮助"我"的时候,说了一句"苟富贵,莫相忘",译者翻译为"remember this moment when you are successful"(今后你成功的时候,请记得这一刻),在文后关键词表中，又逐字解释了"苟"与"莫"的意思。另外，译者也为这句话添加了注释，指出这句话出自《史记》中的记载，陈胜揭竿而起，推倒秦朝统治之前，他曾对其他一起在田间劳作的农民说了这句话。原文此处所涉及的文化意义对中国读者来说是习以为常的，甚至可能根本不会留意。但因为这本双语文集的目标读者之一，是对学习中文有兴趣的外语读者，因此对这类带有文化负载的典故与表述，即便是已经固化的文化意义，译者也专门给出细心的解释与说明。

作为一本双语教材，《当代中文小小说汉英对照读本》旨在帮助学习者提高汉语水平，拓展新的文化视角。同时，文本的文学性和艺术性也是这本书编译者考虑的因素之一。毕竟，文学的审美性与艺术性对于语言及文化学习的效用来说，影响不可忽视。对此，穆爱丽如是说：

> 这是一个为中文高年级学生设计、有大量辅助学习的内容、方便使用的汉英对照读本。它同时也是一个将当代中国文学某些重要声音带入英语世界的读本。这些声音，其形成受到了中国独特的审美品格影响，同时也浸润着中国独特的宏观与微观文化理念。（穆爱丽，2017）

为了最大程度再现作品的文学性，译者在翻译的过程中尤其注意保留不同作家的叙事风格和叙事声音。该书所选的30位作家，他们生活环境和人生阅历不同，写作关注的题材、主题、形象各有不同，有的写出了田园的牧歌，有的写出了城市的迷茫，也有的写出了乡土的回忆。与此同时，他们的语言特点与文体风格均各有不同。在陈勇的作品《茶楼》（"At the Teahouse"）中，茶客和茶主人之间的对话都是以文绉绉的方式，你出上联、我对下联的方式展开。

上联：有情待客何须酒？促膝谈心好品茶。

下联：美酒千杯难成知己？清茶一盏也能醉人。

A heart-to-heart over tea, better than wine for hospitality.

Many cups of great wine may still divide; a simple mug of green tea can also delight.

上联：小天地，大场合，让我一席。

下联：论英雄，谈古今，喝它几杯。

A small place, for big occasions, where all share the same space.

Size up heroes, ancient or modern, when all enjoy a few cups. （穆爱丽，2017）

这些对话经过巧妙而富有节奏感的翻译，既传达了原文语义，又表达出和原文相似的诗意效果。译文不但成功翻译了此类文绉绉的对话，同时也做到了能俗能雅。翻译充满乡土和生活气息的对白时，译文同样也是生动活泼的。例如，魏永贵的《脸面》中主人公王小六曾因为偷车被抓，在外三年赚了钱买了汽车回家后，母亲以为他偷了汽车破口大骂："天啦你个挨刀子的你怎么又偷了人家的汽车回来呢。"译者翻译为："You disappointing dummy! So you're in the business of stealing cars now!"在王琼华的《心事》中，二德牯说错话得罪桂花之后不知道如何是好，他婶子对他说："你这剁脑壳的，这结人家都解不开，还是你自己去解吧。"英文翻译为："You knucklehead! This is a knot no one can untie but you. So get at it."译文通过选用恰切的的英语表达，再现了原文口语化、乡土化的风格，也更好地烘托了人物的形象及身份特征。

　　除了多样化的人物形象，《当代中文小小说汉英对照读本》中不同作品的写作风格和叙事声音也迥然不同。赵瑜的《小忧伤》以一个小男孩的口气写成，语句简单而充满稚气。例如：

> 　　坐在我前排的女孩叫苹果，她的头发很长。
>
> 　　我喜欢一边听课一边看她的头发。
>
> 　　有一次，我看到她的头发上绑了一根红绳子和我家的酒瓶上的一样，就把我家酒瓶上的红绳子偷偷拿出来，悄悄地送给了她，她一下子脸红了。
>
> 　　The girl seated in the row in front of me was named Apple. Her hair was very long.
>
> 　　I liked looking at her hair while listening to the teacher during class.
>
> 　　One day, I noticed that her red hair ribbon looked the same as the kind on a bottle of wine at home. I took the red ribbon off the bottle and sneaked it out of my house. I gave it to her in private, and her face instantly turned red. （穆爱丽，2017）

译文采用了断句翻译的方式，尤其连用了四个"I..."开头的句子，将一个充满稚气而满心期待的小男孩形象勾勒了出来。安石榴的《如果爱他，就让他心静》描写都市男女办公室中的情感故事，则采用了截然不同的叙事方式。在下面这个段落中，故事中的"他"用了一系列美好的比喻去描述自己暗恋对象的味道：

他的嗅觉得到了修缮，随后判断力重新找到归属，他闻到了她的体香，不是香水打造的各种女人的味道，是一种本色的、传统的，唤起幼年依恋的、淡淡的需要用心才能感受到的味道，像蔓延的绿色的旷野；无际的黄色的麦田；悠长的温馨的记忆……博大，温暖，包容……哦，妈妈的味道！

His sense of smell returned with his presence of mind. He could smell her—a scent different from the manufactured fragrances of other women. She smelled natural, traditional. The scent was so faint only his heart could detect it, yet so strong it evoked the bonds of childhood. It called to mind the sprawling green wilderness and the golden expanse of wheat fields, lingering loving memories … broad and profound, warm and kind, magnanimous … Oh, it was the smell of Mother！（穆爱丽，2017）

译文采用斜体来突出"他"的心理感受，这是英语文学作品常用的一种排版方式。此外，译文保留原文的比喻和排比，还将"唤起幼年依恋的、淡淡的需要用心才能感受到的味道一句"，改译为"The scent was so faint only his heart could detect it, yet so strong it evoked the bonds of childhood."（味道如此微弱只能用心才能感受到，而又如此强烈以至于唤起幼年的依恋。），甚至将原文中的形容词也采用拆译的方法，将"博大"译为"broad and profound"，"温暖"译为"warm and kind"。并大量使用对比结构，使得译文读起来意蕴悠远绵长，传神再现了"他"被自己所爱的女人拒绝而又安慰后，感受到的那种带着失落的忧伤和怅然。

2.2.3 积极的沉默

作为在学院教授中文的学者，编译者穆爱丽一直很清晰地明白自己翻译策略的定位——必须能够促进读者对中国语言文化的学习。正是基于这一目的，她一方面"努力做到忠实于原文"，另一方面又致力于保障"英文的自然晓畅"，将自己的翻译实践看作是"在保持原文的复杂性和追求英文的完美性两者之间走钢丝"（穆爱丽，2017）。从译者的这些表述中，不难看出她用翻译建构语言文化学习的框架的两难困境。一方面，传统的观点认为，译者的任务是使译文通顺流畅，不得对译文干预，译者应尽可能地保持译文透明，减少翻译的痕迹，恪守忠实原文的准则。对于这种传统的翻译规范，穆爱丽显然是认同的。同时，她也明确指出，自己希望尽力保持作品的"原汁原味"，力求尽可能多地留住作品的陌生感，从而激活读者的好奇心、审视反思的能动性以及创新发现的动力。从这个意义上，我们有必要重新思考韦努蒂提出的"归化"和"异化"的概念，从翻译伦理而并不只是翻译策略的层面去理解其异化理论。即便是流畅的译文，也未必是对他者文化的不尊重；同样，充满阅读阻力的译文，过分凸显文化差异，反而有可能会导致对他者的刻板印象，强化霸权文化的优越感。《当代中文小小说汉英对照读本》提供了流畅的阅读体验，却并非是为了满足英美读者对他者的猎奇或对自身文化优越感的再确认；恰恰相反，译者希望以流畅的译文吸引读者的阅读兴趣，同时又鼓励他们对文本背后不同文化空间进行探索，并进一步对文化的"差异体系"展开思考。这显然和韦努蒂提倡的差异伦理在本质上是共通的。

事实上，《当代中文小小说汉英对照读本》汉英并行对照的文本形式，以极其直观的方式，提醒读者注意翻译的主观性。译文与原文比肩而立，始终邀请读者的审视和批评。这种双语对照的排版对于译者而言显然是个冒险的选择，翻译中可能出现的偏差、变形乃至错误完全暴露无疑。译者不可能隐身于流畅的译文背后，但这并非意味着译者必须为自己的翻译决定大声辩护。如果说，韦努蒂提倡的"异化翻译"方法，强调的是译者的现身、发声，那么穆爱丽则更为看重译者隐身与沉默背后的力量。穆爱丽从荷兰跨文化学者的研究中借用了"积极的沉默"（active silence）这一概念，提出只有在话语层次上理解"积极的沉默"这种行为方式的效用与伦理，才有可能发生真正的基于尊重的沟通。通常情况下，我们会认为"沉默"是一种被动、消极的交流策略。但荷兰跨文化学者却注意到，沉默也有积极的方面。他们将积极沉默细分为"积极的主动沉默"（positive active silence）与"积极的放松沉默"（positive relaxing silence），前者在沟通中表现的态度是愿意等待、认真倾听、努力理解、专注好奇、礼貌平和、能有自己的想法和判断、尊重并给别人留有空间；后者的态度则表现为和谐愉快，平静放松，能观察与感受美好事物（Berry，2012：411）。

当他者之"异"成为阅读显而易见的一种前景，流畅自然的译文并不会让读者忘记他们正在阅读来自他者文化的文本。即便译者没有强势发声，双语文本的并置也自然而然会触动读者，让他们感到不安，心有疑虑。这种不确定的感觉，在适当的引导下，就会转化为一种激励，促使读者认真思考翻译这一多义的阐释活动，甚至直接参与意义的语境重构。例如，曾平的《大红苕》在开篇一句中，有"农展会"这一颇具中国地方特色的表述：

　　大河村的苏大个子，种红苕种出了名气。前两天，
在省城举办的农展会上，他送展的大红苕，获了金奖。

　　Big Su of Dahe Village had made a name for himself
growing sweet potatoes. Two days ago, his showpiece won
the gold medal at the state fair in the provincial capital. （穆
爱丽，2017）

中国第一届全国农业展览会在 1957 年举办，用以反映新中
国成立以来农业生产上所取得的光辉成就。后来，各省市地
区都设立了农业委员会，定期举办优质农副产品展览，也会
为优秀农产品评奖。穆爱丽将"农展会"译为 state fair。美
国的 state fair 始于 19 世纪，一开始举办的目的，是通过牲
畜的竞争性展览与农产品的展示来促进各州的农业发展。在
一定程度上，中国省级的"农展会"与美国的 state fair 的确
有相似之处，但也并不完全等同。表面上看来，这是一个
"归化式"（domesticating）的翻译，可能会抹杀原文的异质
性。但是，穆爱丽解释自己之所以这样翻译，其实是因为
"我们期待好奇的学生会因此去查看，这两个具有可比性的
活动在参与者、参与兴趣、组织机构和活动目的等方面有何
异同"（穆爱丽，2017）。因此，state fair 这一看似归化的翻
译，在双语平行的文本空间中，并非一个确定的对等词，而
是一个权宜之计，其实质的目的在于将读者调动起来，使其
投入到探寻文字至关重要、永无休止的变动之中。毕竟，语
言的转换不可能是缜密的数理运算，翻译活动中的对等也不
可能是方方面面的等同，翻译的选词和表述绝不是唯一的，
它不但充满了意义磋商的机会、不可预知的多元可能性，甚
至还具有超越原文而走向创意表达的潜能。译者适当沉默，
更能彰显翻译文本悬而未决的本质，鼓励读者投入到双语平

行状态中，探求那些"悬而未决的知识"（unsettling knowledge）。穆爱丽在前言中，还提到另一个特别有意思的例子。学生在阅读《洗礼》一文时，不理解为什么于师傅会对一个受到社会唾弃的人予以如此之高的礼遇，以至于要"慌忙"上前为其服务。"开始她以为，不是作者错用了'慌忙'，就是译者错译了原文；结果，对这一疑问的探索成了她解锁全篇的钥匙。"（穆爱丽，2017）通过对历史背景的了解与对中国"天地君亲师"的文化传统的探究，这个学生最终懂得了中国人对老师的这份厚重而真挚的尊敬。在这里，汉英对照就成了文化之间发生互动的通道，而不只是一个语言学习的工具。将"慌忙"翻译为"hurriedly"，看起来平淡无奇，但置于特定的文化时空和场景中，便构成某种特定的合乎规范的行为方式。对某个语词的翻译感到怀疑的背后，其实有可能是对另一种文化行为模式的认知空白或错位。解惑与释疑的过程就不仅是一种词汇量的积累，也成为一种文化认知的拓展。

翻译是语言之间的转换，也是不同关系的转换，因为文本所预设对读者及其意义网络背景而言必然有所差别。双语对照版本是一个有益的尝试，并行对照的文本空间中，已然嵌入了两种语言和文化的交流，即便是流畅的翻译也不会烙平它们的基本差异，其营构的双语对话空间，希望将他者性（otherness）问题置于认同与区隔、亲密与变异、共鸣与惊奇的动态关系中进行探讨。流畅的翻译文本让读者乐于进入陌生与新奇的他者文化，而并置的译文及原文又会让读者震撼于不同语言之间柔韧而坚不可摧的关联。由此读者和不同语言及文化之间自发互动，而这种互动是既愉悦又震撼的。正是这样互动，让会意成为可能。

2.3 作为"呈现"的文集

2.3.1 众声喧哗

在中国当代文学对外译介的大潮中，双语对照文集的数目并不多。并不是所有的读者都有兴趣与耐心穿梭于双语并行对照的文本空间，去琢磨语言和文化细枝末节的差异与互动。更多的读者接触中国文学作品，是希望获得阅读的快感的同时，了解到哪怕是一鳞半爪的、关于中国的知识。对此，中国当代作家也是基本认同的。1998 年，贾平凹的《浮躁》获得第八届美孚飞马文学奖，他在文学奖新闻发布会上的讲话中谈到，"《浮躁》介绍给美国读者及各地的英语读者，我盼望能从中进一步增进对当代中国的了解，进一步增进对中国当代文学的了解"（贾平凹，1998：191）。可见，中国当代作家也期待自己的作品能成为西方读者了解中国的窗口。相对于个别作家的长篇小说单行本而言，中国文学选集或文集显然是能达到这一目的的捷径。

"文集"这个词在英语中是"anthology"，从词源看，源自希腊语的 anthologia，其中 anthos 意味着"花朵"，而 logia 意味着"收集"。这个词一开始的意思是"将花朵收集起来，聚集为花环或花束"。文集除了"收集"之义，更重要的一个维度是"编选"。文本数据库或档案库与"文集"的区别就在于，前者的目标在于实现一定程度的完整性或是全面性，后者则是有选择性的。文集的形成也是一个文本被"再语境化"（re-contextualization）的过程，这个过程又包含两个不同的向度。一方面，文本一旦被选中，成为选集的组成成分，那它必然就进入了一个新的文本关系网络，这个网络在其生产的原初是完全不存在的；另一方面，选集也可以被视为是"从更广泛的语料库中选出的一个子语料库"，而"这个子语料库与更广泛的语料库之间存在着一种协同的关系"（Frank，1998：14）。翻译文集通过对文本的选取、编排、翻译、诠释，将一部分中国文学的经典作品译介到西方世界，参与文本经典化的建构过程，并承担着将文学翻译作品"再度经典化"的使命。一方面，通过特定的翻译原则、翻译策略、翻译技巧，甚至有意识的误译与漏译，译者可以操控译文中微观乃至宏观形象的表征；另一方面，通过作家与作品的选择、选录作品数量的多少、编排方式的设计等一系列策略，编者可以表达出关于某种经典的设定与构想。

翻译文学作品选集的编撰是一个复杂的文化再现与生产的过程，其中可能涉及许多需要考虑到的因素，除了翻译者本身的水平，还有版权、商业方面的考虑、出版商的意见、审查制度等等（Frank，1998；Baubeta，2007：22）。文本"再语境化"过程最常见的问题之一，就是如何将不同的文本以特定的视角组织起来。与单行本不一样，文集能够呈现的作者声音、写作风格以及主题更加多样化，但不同作品之间之所以被编选成册，是因为它们之间有一定程度的关联，能给读者带来一个大致统一的印象。换言之，通过设定某个视角或标准，文集的编选应该能够让风格各异的声音与叙述交汇在一起，从而呈现出某种判断和欣赏文学的方式。这一编选的决定，往往可以从选集的前言及章节划分、编辑评论等传统结构中体现出来，表达出一种意识形态，也宣示某种既定的文化与诗学权力。

中国当代文学作品的英译选集，常见的编选方式有按照文类（如戏剧、小说、诗歌等）、主题（伤痕文学、城市文学、现代性等）、作家身份或群体（女性、打工诗人、新锐作家等）、文本特点（先锋性、民族性、争议性等）进行编选。以下我们不妨先就各类编选方式，分别举几个相关翻译文集的例子。按照文类编选是此类文集最为常见的方式，例如：

◇ *Twentieth-Century Chinese Drama*：*An Anthology*. (《二十世纪中国戏剧选》) Ed. Edward Gunn. Bloomington：Indiana UP, 1983.【戏剧】

◇ *Out of the Howling Storm*：*The New Chinese Poetry*. (《风暴之后：中国新诗选》) Ed. Tony Barnstone. Hanover：UP of New England, 1993.【诗歌】

◇ *The Pearl Jacket and Other Stories*：*Flash Fiction from Contemporary China*. (《珠衫及其他：中国当代微小说选》) Ed. Shouhua Qi. Stonebridge Press, 2008.【微小说】

◇ *Broken Stars*：*Contemporary Chinese Science Fiction in Translation*. (《看不见的星球：中国当代科幻小说选集》) Ed. Ken Liu. Tor Books, 2019.【科幻小说】

也有围绕特定主题编选的文集，例如：

◇ *The Wounded*：*New Stories of the Cultural Revolution 1977 – 78*. (《伤痕》) Eds. Lu Xinhua et al. Hong Kong：Joint Publishing, 1979.【伤痕文学】

◇ *Shi Cheng*：*Short Stories from Urban China*. (《十城：来自中国城市的短篇小说》) Eds. Liu Ding, Carol Yinghu Lu, and Ra Page. Manchester, UK：Comma Press, 2012.【城市文学】

◇　*Spring Bamboo*：*A Collection of Contemporary Chinese Short Stories*（《春竹：当代中国短篇小说集》）Ed. and trans. Jeanne Tai. New York：Random House，1989.【寻根文学】

◇　*The Last of the Whampoa Breed*：*Stories of the Chinese Diaspora*.（《最后的黄埔：老兵与离散的故事》）Eds. Pang-yuan Chi and David Der-wei Wang. New York：Columbia University Press，2003.【离散文学】

有的文集以特定的作家群体，如相同的种族、性别或社会地位的标准来编选，例如：

◇　*Chutzpah*！*New Voices from China*.（《天南：来自中国的新声音》）Eds. Ou Ning and Austin Woerner. Norman：Oklahoma University Press，2015.【新锐作家】

◇　*Iron Moon*：*An Anthology of Chinese Migrant Worker Poetry*.（《铁月亮：中国打工诗歌选集》）Ed. Qin Xiaoyu. Tr. Eleanor Goodman. Buffalo，NY：White Pine Press，2016.【打工诗人】

◇　*Twentieth-Century Chinese Women's Poetry*：*An Anthology*.（《二十世纪中国女性诗选》）Ed. and tr. Julia C. Lin. Armonk，NY：M. E. Sharpe，2009.【女性诗人】

还有一些从作品的特定品质的角度进行编选，例如：

◇　*Five Chinese Communist Plays*.（《中国共产党戏剧五种》）Ed. Martin Ebon. New York：The John Day Co.，1975.【样板戏】

◇ *Stubborn Weeds*：*Popular and Controversial Chinese Literature after the Cultural Revolution.*（《顽固的野草："文化大革命"后具有争议性的主流中国文学》）Ed. Perry Link. Bloomington：Indiana University Press，1983.【争议作品】

◇ *The Lost Boat*：*Avant-garde Fiction from China.*（《迷舟：中国先锋小说选》）Ed. Henry Zhao. London：Wellsweep，1993.【先锋文学】

◇ *The Columbia Anthology of Chinese Folk and Popular Literature.*（《哥伦比亚大学文选：中国民族及流行文学》）Eds. Victor H. Mair and Mark Bender. NY：Columbia UP，2011.【民族文学】

从以上一系列书单中，我们也可以看出，新时期以来西方世界对中国当代文学的文集编撰呈现出多元化、多样性的特点：既有对新时期不同文学流派的追踪翻译，也有对女作家群体的集中译介；既有按主题编选的译本，也有按时间段编排的选本；既有对正统文学的关注，也有对争议性作品的偏好，体现出众声喧哗的热闹景象。在面对文学选集的时候，对于将这些不同文本汇集起来的意义，人们自然会产生一些疑虑：选编的标准是什么？编译文集的目的是什么？是存在统一的、既定的文学正典文本库，还是主要依据作者的个人趣味和立场进行选择？

一直以来存在一种担心，即我们希望通过文学作品的翻译向国际社会传递积极、正面的当代中国形象，但西方读者出于各种各样的偏见和预设，往往将中国视为"他者"，出于一种猎奇的心理，想从中国文学作品中寻找怪诞新奇的异域情调，甚至是专门关注作品中对黑暗、丑陋现象的描写，更有甚者，"出版商也倾向于引进中国文学揭露社会阴暗面和不和谐层面的作品"（周晓梅，2017：14－15）。这一趋向甚至也会影响汉学家们的选本标准。例如，《顽固的野草》的编者林培瑞曾在《导言》中承认，该文集主要选用"受欢迎与有争议的"（popular and controversial）作品。文集中收录的一篇短篇小说《死牢里的呐喊》（"Cries From Death Row"），由金彦华和王景全创作，原本发表于《广西文艺》（后改名《广西文学》）1980 年 1 月号，描写了"文革"中的令人痛心的往事。20 世纪 80 年代初期，《广西文艺》上发表过多篇反映"文革"十年动乱的作品，国内评论界曾将这些作品在体裁上归入"伤痕文学"，认为这批作品"不仅在时间上比全国的同类作品的出现慢了几年，而且在思想内容上有明显的摹仿痕迹，艺术上亦粗糙"（江建文，2008：79）。作为对中国当代文学相当了解的学者，林培瑞选用《死牢里的呐喊》这篇小说的主要考虑，显然并非出于文学性本身。事实上，林培瑞自己也承认，《死牢里的呐喊》之所以入选，"是为了让西方读者了解1979—1980 年期间通常以口头和书面形式讲述的那些耸人听闻的悲惨故事"（Link，1983：26）。可见即便是"学院派"的编者或译者，他们选本的时候也会受到政治和意识形态因素的影响。也正是这个原因，有学者评价西方学界在讨论中国当代文学作品的时候，"重政治性解读而轻文学性解读"，导致相关研究在深度与广度上均差强人意，"既缺乏史的把握，也缺乏对中国当代文学整体性的认识，更缺乏在语言、文化与诗学层面对中国文学异质性的深刻认识"（许多，2017：102）。

值得注意的是，近年来随着中国的崛起，海外学界对当代中国研究的重视，国际社会关注中国文化的程度大大提高，中国当代文学的英译与传播也呈现了新的面貌，总体态势发生了三个较为可喜的变化：一是从政治性向审美性的转变，译介标准不再局限于作品意识形态意涵，文学与审美的维度得到重视；二是从边缘向热点的转移，甚至西方主流媒体也开始集中关注中国当代文学的译介；三是从单一向多元性的转变，"从经典的纯文学，到商业化操作的流行文学，各种流派、各种风格、各种层次的作品都有译介。当代文学翻译成为展现中国现实、透视中国文化的载体，承载了多向度的复杂意涵"（季进，2014：293）。在这一中国当代文学外译的新发展形势下，最为值得关注的是学院派译者和研究者们对于中国当代文学史的梳理与思考。

2.3.2　历史的重述

随着国际社会对中国当代文学关注度的提升，相关大学的中国文学课程逐渐增加，海外汉学家在中国当代文学方面的研究也发展迅速，有好几部相当有分量的有关中国现当代文学作品的选集或研究论集相继问世。这些文集不再囿于纯粹以体裁、主题或年代标准进行编撰，而致力于以新的见解呈现中国现代文学。例如，邓腾克（Kirk Denton）主编的《哥伦比亚中国现代文学指南》（*The Columbia Companion to Modern Chinese Literature*，2016）、张英进主编的《中国现代文学指南》（*A Companion to Modern Chinese Literature*，2016）、罗鹏（Carlos Rojas）和白安卓（Andrea Bachner）主编的《牛津中国现代文学手册》（*The Oxford Handbook of Modern Chinese Literatures*，2016）、黄运特主编的诺顿版《中国现代文学大红宝书》（*The Big Red Book of Modern Chinese Literature*，2016）、王德威主编的《哈佛新编中国现代文学史》（*A New Literary History of Modern China*，2017）、顾明栋主编的《劳特里奇中国现代文学手册》（*Routledge Handbook of Modern Chinese Literature*，2018）等。

这些选集的编写方式和框架各有不同，有的注重历史分期，有的按照不同的文类、风格、思潮、议题编撰，有的则跳出线性逻辑，试图从文学话语的自我建构过程中发现传统和现代的穿错与延续。它们之间有一个相似点，即文集编撰者都是来自美国大学的中国文学研究者。邓腾克是美国俄亥俄州立大学教授，也是美国最重要的中国现代文学与文化研究刊物《中国现代文学与文化》（*Modern Chinese Literature and Culture*）的主编。张英进博士毕业于美国斯坦福大学比较文学专业，现为美国加州大学圣地亚哥分校文学系主任、比较文学与中国研究终身特聘教授，出版了《中国现代文学与电影中的城市：空间、时间与性别的建构》（*The City in Modern Chinese Literature and Film*：*Configurations of Space*，*Time* & *Gender*，1996）、《中国电影百科全书》（*Encyclopedia of Chinese Film*，1998）、《中国电影史》（*Chinese National Cinema*，2004）等专著。罗鹏任教于杜克大学，也是一位相当活跃的当代中国文学翻译家。他翻译了《兄弟》《受活》《四书》等多部小说，也出版了《离乡病：当代中国的文化、疾病与国家改革》（*Homesickness*：*Culture*，*Contagion*，*and National Reform in Modern China*）、《裸观》（*The Naked Gaze*）等多部著作。白安卓任教于康奈尔大学，出版过《超越汉学》（*Beyond Sinology*：*Chinese Writing and the Scripts of Culture*）等著作。黄运特是加州大学圣芭芭拉分校英文系教授，出版著作包括《跨太平洋位移》（*Transpacific Displacement*）、《跨太平洋想象》（*Transpacific Imaginations*）等。王德威是美国哈佛大学东亚语言与文明系讲座教授，顾明栋是美国达拉斯得州大学中国文学和比较文学教授，两位都是知名华人学者，与国内当代文学及研究界关系密切。

　　这一系列在学院背景下编撰的中国现当代文学选集，其针对的使用对象包括学习中文的研究生、汉学家及其他研究者。在教学主导的背景下，编者有意识地以学术的开明眼光与态度，克服主观偏好及意识形态偏见的限制，涉及对更广泛主题的深入讨论，呈现各不相同甚至并不兼容的文学风格、方法与观点。以邓腾克的《哥伦比亚中国现代文学指南》为例。在文集开篇之《序言》中，邓腾克首先承认该文集不可能面面俱到地覆盖整个中国现代文学史，而将自己编撰文集的动机解释为"教学用途"：为大学课堂提供教学资源。邓腾克还解释了自己选本的时候，"试图关注最重要的文学趋势、风格和作家，以及与语言、文学机构、媒体和社会经济转型有关的一些更大的宏观问题"（Denton，2016：ix）。这本文集由两部分组成。文集的第一部分是八篇"主题论文"，第二部分才是作家作品选读。这一编排下读者接触到中国文学作品之前，首先通过主题论文从不同角度在大的脉络下对中国现当代文学有所把握。这八篇"主题论文"分别为邓腾克本人对中国现当代文学发展的历史概述、美国加州大学圣地亚哥分校张英进教授进关于中国现代文学史中体制化问题的讨论、美国弗吉尼亚大学东亚系主任罗福林（Charles A. Laughlin）对中国当代文学语言和形式的思考、英国伦敦大学亚非学院中文系贺麦晓（Michel Hockx）教授关于中国文学社团及文学生产的研究、香港科技大学吴盛青教授对中国古典诗歌传统之现代性的探讨、加拿大西蒙菲沙大学人文系教授孔书玉对华语离散文学的研究、南加州大学的贝纳子教授（Brian Bernards）对华语文学的讨论，以及奥柏林大学文理学院电影与华语研究蔡秀妆（Hsiu-Chuang Deppman）教授对中国文学的电影改编的关注。这些来自各大高校与研究机构的学者在相关汉学领域知识渊博，学养深厚，他们撰写的专业主题论文对一般研究者已经熟悉的话题提出了富有创见的评论，并提供了英文和中文资源的参考书目。文集第二部分所收录的作品涵盖的历史时段为从晚清到当代，当代文学部分收录了小说、戏剧、诗歌，作品流派从现实主义、浪漫主义到现代主义，甚至还包含了以往教材不会收录的武侠、商业、网络、科幻及奇幻等类别的作品。这部分采用了较为松散的时间顺序结构，重点以作品关照第一部分的学术论文提出的相关议题，如文学流派、现代性、地理、媒体、伦理、文学典范、语言改革等等。再如，罗鹏和白安卓主编的《牛津中国现代文学手册》。该文集体量庞大，超过 1000 页，但编者依然明确指出该文集的目的并非要对"中国现代文学"做出一个清晰的界定，也不是要对这一概念所涵盖的范围展开全面细致的调查，而是"提倡通过一系列策略性的介入，来阐明决定中国现代文学如何出现、如何被认识，以及如何被解释的结构性条件"。换言之，该文集"首先采用不同的方式重估中国现代文学，并在这一过程中，展示一系列理解何为中国现代文学的方法论"（Rojas，2016：3）。王德威主编的《哈佛新编中国现代文学史》同样体量庞大，甚至囊括了一些非常规的文学体裁，如流行歌曲的歌词、演讲稿、政治论文等，但编者同样无意为中国现代文学绘制全景式的图谱。《哈佛新编中国现代文学史》打破了文学史传统线性时间顺序的写法，以独具眼光的论文跟随文本化文学事件的内在逻辑，衍生并串联起多维交叠的立体文学史叙事。尤为值得一提的是，《哈佛新编中国现代文学史》之《导论》以"Worlding Literary China"为标题，开宗明义地将中国现代文学置于世界文学的版图中去考量。王德威解释，本书编撰目的在于，"通过中国文学论述和实践——从经典名作到先锋实验，从外国思潮到本土反响——

来记录、评价这不断变化的中国经验，同时叩问影响中国（后）现代性的历史因素”，并进一步将中国现代文学看作“不必只是国家主义竞争下的产物，同时也是跨国与跨语言、文化的现象，更是千万人生活经验——实在的与抽象的、压抑的与向往的——的印记”（Wang，2017：11）。顾明栋在《劳特里奇中国现代文学手册》中，重申了以世界主义立场解读中国当代文学的必要性与重要性。顾明栋认为，中国现代文学在过去一个世纪的历史发展，本质上是在世界性的全球化和民族文学审美国际化的大背景下发生的，“中国文学传统在与西方思想和文学的交锋中，试图通过创作文学作品来实现自身的复兴”（Gu，2018：1）。

2.3.3　“替补”的叙事

从近年来西方学院派学者编撰的中国现当代文学选集中，我们可以看出较为一致的趋势，即并非试图面面俱到地呈现中国现当代文学的全部图景，而是努力尝试在材料的广度与深度、作品与批评、内容与方法、文本与阐释之间实现审慎的平衡。在一定程度上，他们都试图能通过“呈现”（show）而非“再现”（represent）的方式，以引发共鸣而非提供验证的方式接近中国现代文学的“真相”。他们的文集编纂的目标，往往也指向对文学史贡献某种重新叙述的方法而非忠实的描述或报告。面对英语世界中的中国现当代文学选集，读者可能会依然心存疑虑：学院派学者编写的文集，选本视角是否更为全面、客观？这些五花八门文本聚在一起，是否能够提供某种关于源文学的连贯论点或真实形象？所谓“权威”的选本，是否能够提供更为可靠的关于中国当代文学的叙事？读者到底能够从文本织物中构建出何种关于当代中国或当代中国文学的相关印象？

这类忧心忡忡的追问背后，其实暗含一种传统形而上学关于"本原"的执念，即认定事物有确切的、最纯粹的本质，以及加诸于不同事物之上的同一性。在"同一"的逻辑之下，存在着对客观普遍性与永恒在场性的认定，对"是"动词的现在陈述式的执迷，力图通过思维或语言"再现"本原。翻开一本英语世界中的中国当代文学文集，我们本能地想知道，这些不同文本之间相互构建出的那个"当代中国文学"的图景到底"是"怎样的。但事实上我们不难看出，对这一主题不可能存在一个客观、完整和确定的回答。因此，任何一本文学选集都不可能完全"再现"中国当代文学的面貌，都不可能断言中国当代文学"是"什么。这一点在某种程度上固然与选本的标准与角度有关、与译者的水平及编者的品味有关，但在本质上是因为关于"中国当代文学"的知识与意义并不是某种永恒在场的"本原"，而始终都存在于不断变化的时间与经验之流中。甚至"当代"这一概念，在现象学对"时间意识"的理解框架下，也应该被还原为一种观念的划定，而非实在的界限。即便中国本土的学者也承认，在当代文学研究中，"探讨哪一部作品、哪一位作家是其代表，哪一年、哪一月是其开端固然重要，但这些讨论往往掩盖了一个事实：研究者在历史分期、作品解读等方面迥然相异的说法，其实源于叙述观念的分歧"（董之林，2008：233）。罗鹏在《牛津中国现代文学手册》之《导言》中所提出的主张在一定程度上能代表目前西方对中国现当代文学感兴趣的学院派学者的声音："中国现代文学不是一个静态的概念，而是一个动态的实体，其意义和局限在解读的过程中被不断重塑。同样地，它也不是一个单一、统一的概念，而是有关中国现代文学之不同概念相互重叠所形成的复合体"（Rojas，2016：3）。

　　将中国现代文学看作是一个动态的"不同概念相互重叠所形成的复合体"，其实就是打破了对所谓"本原"的执念，解释我们对现当代中国文学的探究，并不旨在发现一种无时间的、本质性的秘密。西方读者通过译文选集，进入中国现当代文学这一流动的场域，就是通过阅读与异己的形式不期而遇，并在这一邂逅中点滴构建起对中国现当代文学的理解或想象。德里达的解构理论的核心概念之一——"替补"，其法语单词 supplément 源于动词 suppléer，既意指一种替代，也是一种补充。之所以能够"替代"，是因为被替补的本原自身有一种"先在的欠缺"，替补通过对这一欠缺的补充，使本原充实起来："在某种程度上讲，某物只有通过让符号和指代者填满自身才能自动填满自身和完成自身。符号始终是物本身的替代物。"（德里达，1999：209）对本原的执念，必然会创造出一系列替补，但替补的目的并不在于还原到一个永恒的、自足的、在场的本原。替补与本原之间不是同一性的关系，也不是对立的关系，替补的逻辑是超出同一性逻辑的、它自身之外的独特逻辑。如果我们用"替补"（supplement）的逻辑，去理解这一本又一本英语世界中中国现当代文学作品选集以及文学史写作，我们就不会过于纠结担忧这些文集是否能够忠实或完整再现中国当代文学图景，也不难意识到，每一本文集其实都是另一本文集的"替补"，它们在相互重叠中遮掩而又矛盾地彰显着彼此的踪迹，而细心的读者正是在辨认这些微妙踪迹的隐现中，一次又一次抵达了中国现当代文学的广袤天地。

第 3 章　创意的妙笔

　　中国当代文学在英语世界的翻译与传播过程中，作为掌握着诗学话语权力与叙述历史能力的专业人士，学院派的学者型译者的作用不容被忽视。在中国典籍外译史上，学者型的翻译家曾是译介传播的主力军，"在译介对象的确定、翻译策略的选择以及译作的接受与传播等方面，汉学发展均对中国文学外译活动产生过巨大的影响"（袁丽梅，2018：22）。文化典籍沉淀了中国传统文化的重要思想与元素，其翻译的重中之重往往是文化概念的准确阐释与转译。与文学翻译相比，典籍翻译除了需要完成语言的转换，更需要面对的是如何在翻译中应对语义的模糊与概念的厚重，"古汉语典籍是中国传统文化几千年来的文字史料，包含了大量非实体的抽象概念，这些中国传统文化所特有的概念也给翻译过程中的文化传播增加了额外的障碍"（班荣学、梁婧，2008：163）。汉学家在翻译中国典籍作品的历史上，多采用"深度翻译"的方法，通过注释疏解与文本辨读，确保翻译中的文化概念与思想尽可能不发生以讹传讹的误译；同时他们也引入汇通中西的阐释学视野，希望"让文本自言其说"，在传承、发展与译介中为中国传统文化元素找到共生、变化与延展的丰富意义（常青、安乐哲，2016：92）。典籍翻译与文学翻译虽有共通之处，但也有不小的区别，前者以认知为主要目的，而后者则指向审美，前者重意义准确与阐释得当，后者要求风格传神与译笔精彩。译介中国现当代文学的学院派译者未必不清楚这两者之间的区别。然而，学院派的译者传承了汉学研究以求真为本的学术型翻译模式，在面对文学文本的时候，他们往往也会特别注重文化元素的阐释与保真，即便他们有能力识别并理解原作在审美维度上的文本特质，他们的译介也未必会以此为重点。

　　一般情况下，我们认为翻译最重要的任务是传递意义，但文学翻译的目的决不止于此，因为"文学语言是一种特殊的语言，甚至可以说，简单地传递意义的基本信息并不是它的主要功能"（孙艺风，2014：115）。文学作品根植于生活的土壤，表达我们能够获得的经验或可以理解的意义。但文学语言决不是日常话语的重复或照搬，而是对语词的精挑细选、反复推敲，缀词成句、集句成篇，通过特殊的语言组织方式达到某种审美的效果。文学语言从本质上说，多少都会具有一定程度的"不可译性"（untransability）、"抗译性"（resistance to translation）。目前，中国文学外译事业的发展的主要障碍之一，恰是"中国文学外译接受中的非文学倾向，以及由此导致的对中国文学文化的曲解、误读与功利性价值取向"（刘云虹，2021：76）。越来越多的学者都在呼吁，不能一味依据市场化、政治化的需要，将中国当代文学单纯作为西方读者了解中国的资料来翻译，而应该回归文学作品的本体，将其审美价值放到翻译的考虑中心来，这样才能真正实现中外文化、文学交流的目的。

　　西方翻译学发展至今，经历了不少研究转向，从我们最为熟悉的语言学转向、文化转向、社会学转向等等，到日益引起关注的认知转向、技术转向等等，翻译学作为一个跨学科发展的领域，从不同学术话语与理论框架中借鉴并学习，形成了多维度的翻译学研究发展态势。早在 1991 年的《译者转向》（*The Translator's Turn*）一书中，道格拉斯·罗宾逊（Douglas Robinson）就已经提出，译者在翻译中会进行一系列"创意转向"（creative turns）（Robinson，1991：xvi）。罗宾逊采用了六个修辞格（master tropes）去对应译者多元的创意表达所产生的译文，包括转喻（metonymy）、提喻（synecdoche）、隐喻（metaphor）、讽喻（irony）、夸张（hyperbole）、双重转喻（metalepsis）。对译者主体性和创作性的强调，也体现在罗宾逊后来对文学翻译的定义上。他将文学翻译看作一种足以被视为"原文"的目标语改写（target-language rewriting）形式，"这类改写不（只）以模仿原文内容获得文学性，更是透过原作者或目标语文化（target culture）中相似的作者，模仿他们采用的文学策略以获得文学性"（Robinson，2017：450）。玛纽拉·帕特吉拉（Manuela Perteghell）和尤金莉尔·劳弗瑞德（Eugenia Loffredo）在合作撰写的《翻译与创造性》（*Translation and Creativity：Perspectives on Creative Writing and Translation Studies*，2016）一书的《导言》中正式提出了翻译学的"创意转向"（creative turn）这一议题，提醒我们，继文化转向为翻译研究引入文化及文化之再生产的视角之后，翻译已不再被认为是一项机械的语码转换工作，而被重新思考与定义为一种"实验性的实践"，甚至应该被看作是一种"创造性的写作形式"。这就使得创意写作（creative writing）在本质上也是一种"创新而充满刺激的'翻译项目'"，甚至能够构成新的批评语境，"帮助我们了解翻译过程"（Perteghell & Loffredo，2016：2）。

　　创意写作这门新兴学科，在发展过程中始终与翻译研究并肩同行。创意写作与翻译研究之间具备紧密关联，这一点并不令人意外。从艾略特（T. S. Eliot）对传统和个人天赋的关注，到哈罗德·布鲁姆（Harold Bloom）讨论的"影响的焦虑"，对传统的依赖、传承与创新，写作本身所必然受到的约束及创造性之间的相互作用，一直是作家与文学评论家们所关心的话题。作为一种"带着镣铐跳舞"的文本活动，翻译以最直观的方式展示出这样一种可能性，即写作者主动强加于自身的形式约束，能够成为意想不到的刺激想象力的手段。在翻译中，语言本身的种种元素，如语法、语义、语音、字形等不同层级的符号都成了需要被重新建构起来的可塑性物质，译者必须看清文本的特殊性和诗意的语言，并力图以新的语言表述激活这些材料。恰如罗宾逊所言，文学翻译可以被看作是一种独特的模仿性体裁（imitative genre），为译者提供了一种借由模仿而实现写作与创作的方式（Robinson，2017：450）。因此，原创性写作与翻译可以被看作是相反而又互补的活动。正是在这样的学科背景下，有不少西方大学的创意写作专业引入了翻译作为一种"写作"的训练，中国当代文学作品的翻译也以这样的方式进入了一些年轻译者的视野。本章中，我们将聚焦三个研究案例：年轻的译者沈如风（Jack Hargreaves）和严严（Yan Yan）合译的李娟作品 *Winter Pasture*（《冬牧场》）、温侯廷（Austin Woerner）翻译的苏炜长篇小说 *The Invisible Valley*（《迷谷》），以及美国作家/译者克洛伊·加西亚·罗伯茨（Chloe Garcia Roberts）翻译的曹文轩绘本童话 *Feather*（《羽毛》）。与此前一章讨论的"学院派"译者相比，这些"创意派"的译者在翻译的时候未必对中国当代文学具备全面或深刻的把握，甚至对他们翻译的原作也可能存在误读，并因而导致误译。但值得注意的是，他们的误读与误译背后的根源往往并非出于某些意识形态与政治预设的偏见。由于其翻译志趣在于语言与写作本身，这些误读很可能是他们在尝试"创新而充满刺激的'翻译项目'"过程中，在两种语言交汇的悬而未决处获得的语言与创作的秘密。恰是由于对语言本身审美性的关注，他们的译作不乏生花妙笔，也在事实上推进了中国当代文学的海外传播。

3.1 在远方寻找心灵的牧场

3.1.1 "阿勒泰的精灵"

李娟是当代文坛上一个非常特别的存在。这个 1979 年出生于新疆奎屯、生活在宽广的新疆阿勒泰山区的姑娘，自小跟随开杂货店的母亲在清贫和漂泊中成长，甚至连中学都没有读完，但却以其独特的文笔描绘出阿勒泰游牧地区的生存景观，打动了众多读者，她也被亲切地称为"阿勒泰的精灵"。

李娟的第一本散文集《九篇雪》出版于 2003 年，当时她年仅 21 岁，写作经验算不上老道圆润，但也许正因为远离了书本，亲历了自然，她的作品呈现出一种原生态的风格，语言干净清爽，文笔质朴平实，没有丝毫矫揉造作，坦诚平淡中又总会生出温暖与幽默。新疆文学大家刘亮程是发现李娟的"伯乐"，他这样评价李娟的散文：

> 我为读到这样的散文感到幸福，因为我们这个时代的作家已经很难写出这种东西了。那些会文章的人，几乎用全部的人生去学做文章了，不大知道生活是怎么回

事。而潜心生活，深有感悟的人们又不会或不屑于文字。文学就这样一百年一百年地与真实背道而驰。只有像李娟这样不是作家的山野女孩，做着裁缝、卖着小百货，怀着对生存本能的感激与新奇，一个人面对整个的山野草原，写出不一样的天才般的鲜活文字。

《九篇雪》出版后，李娟开始在《南方周末》《文汇报》上陆续发表文字，在阿勒泰这个与世隔绝的地方，生活的原始和艰辛、自然的美丽和荒蛮、因开杂货店而与哈萨克游牧少数民族交往，成就了李娟的文字的实质。写作与自然、生活乃至存在，都是融为一体的。李娟的笔下充满自然细微的律动：荒漠、戈壁、丘陵、旷野、森林、牧场，风雪、草木、山林、牛羊……她以"栖居者"的视角，无声注视每一个具体而微的细节，又将那眼睛捕捉到的线条、色彩，耳朵聆听到的声音，身体感受到的温度，以新鲜而真切的文字回顾与展现出来。

2010 年 10 月，李娟签约《人民文学》"人民大地·行动者"非虚构写作计划，并在《人民文学》上陆续刊发了"羊道"系列四部作品：《羊道·春牧场》（2010 年第 11 期）、《羊道·夏牧场》（2011 年第 2 期）、《羊道·夏牧场之二》（2011 年第 4 期）、《冬牧场》（2011 年第 11 期）。在"非虚构"的大旗下，《人民文学》希望能够培育出超越苍白抒情、直达现场、精确表达生存经验的作品：

> 纪实作品的通病是主体膨胀，好比一个史学家要在史书中处处证明自己的高明。纪实作品的作家常常比爱事实更爱自己，更热衷于确立自己的主体形象——过度的议论、过度的抒情、过度的修辞，好像世界和事实只

是为满足他的雄心和虚荣而设。我们认为非虚构作品的根本伦理应该是：努力看清事物与人心，对复杂混沌的经验作出精确的表达和命名，而这对于文学来说，已经是一个艰巨而光荣的目标。（"卷首语"，2010）

"非虚构"的美学设计要求作家进入真实领域，根据第一手材料来讲述自我的观察与体验。"羊道"系列是李娟跟随哈萨克族牧民逐水草而居，四季转场的非虚构笔记，以简朴生动的语言记录了哈萨克牧人古老动人的游牧传统、艰困而充满智慧的生存方式以及温暖而丰富的日常生活细节。这一系列作品出版后，得到广泛好评，李娟也因此赢得了2011年度中国人民文学奖。同年，李娟还出版了散文集《走夜路请放声歌唱》，收录了自己在网络论坛和博客上发表过的点滴生活记忆、日常琐事与悲喜得失。

近年来，李娟的作品还包括两本诗集（《给你写信》《火车快开》）和两本散文集（《记一忘二三》《遥远的向日葵地》）。其中，《遥远的向日葵地》获得第七届鲁迅文学奖散文杂文类奖项，颁奖词称：

李娟的散文有一种乐观豁达的游牧精神。《遥远的向日葵地》中，那块令人忧心的年年歉收的田地，不竭地生长着天真的喜悦。她的文字独具性灵，透明而慧黠，边疆生活在她的笔下充满跳荡的生机和诗意。（转引自《文艺报》，2018年9月19日）

李娟笔下的世界建立在她独特的边疆生活体验之上，那些广阔的空间、原始的生态、古老的传统，的确充满了"生机与诗意"；但同时也是一个在现代化的社会中处于极其边缘，甚至几乎被遗忘的世界。同样来自新疆的批评家何英提醒我们注意，李娟所面对的世界，是"眼睛根本不够用的'大'，是难以描绘的，这古老而原始的从来没有被李娟这样的他者观察过，更没有说出来过，没有前人可以参照，就连植物的名字都无从知道"，而"李娟所呈现的生活对我而言都是陌生的——她把这种现代社会中最边缘的或者说匿名已久的生活讲了出来"（何英，2010）。李娟的生活固然是边缘的，但她的文字是亲切的，即便书写着从未被描绘、被述说的地方和生活，她始终以不加掩饰的真诚，通过自己的感官和情感描绘自然的点滴，真诚地交待与自然交融的人的生存，从而杜绝了对"远方"的想象、雕饰、修辞甚至是消费与曲解。

在对边缘、陌生的远方的讲述中，李娟的角色既是一个观察记录哈萨克文化的汉族人，也是一个融入游牧生活的在地居住者。她用自己的语言讲述他者的故事，也用行旅的经历去探究自我的内心。李娟跟随哈萨克牧人历经寒暑，在苍茫的阿勒泰山区四季转场的游牧经历，更让她的叙事并不只限于追求文学的审美与诗意，同时还融入了民族志（ethnography）的文体特征。

3.1.2　作为民族志的写作

丁帆在《中国西部新文学史》中评价说，"进入李娟的散文，就是进入一片苍茫而开阔的土地：阿勒泰、富蕴、阿克哈拉、喀吾图……这些地名遥远而陌生，夹杂着我们不曾体验过的风沙、草木、牛羊的气息，形成一种新鲜而极具蛊惑力的磁场；河流永远是清澈见底的纯粹，天空永远是碧蓝干净的……"（丁帆，2019）。那片"遥远而陌生"的土地，或是那些"我们不曾体验过的"景观、物象，天然地吸引着好奇的读者。将"远方"的生活加以异域情调化（exoticization）的处理，或是寄诸对原始山水、风物之画面（picturesqueness）的描绘，很容易满足读者浪漫化想象。但李娟的写作从来不是为了满足猎奇的眼光，她作品的动人之处也不仅仅在其题材的特别。对这一点，李娟本人有着明确的认知。2021年1月22日，英国利兹大学新中国写作中心（the Leeds Centre for New Chinese Writing）与 Sinoist Books 合作举办了一场名为《女性书写中国：女作家与中国文学》的线上座谈会，邀请了李娟与《遥远的向日葵田》的译者克里斯托弗·佩恩（Christopher Payne）等人一同进行了一次在线讨论会。李娟一如既往地略带害羞，但在谈到自己的写作特点的时候，则充满了相当坚定的自信：

> 说到独特，如果我的写作会被读者和评论者认为独特的话，我第一反应会觉得应该是指创作题裁方面的独特。我的文字大多是以我生活的地方为背景，荒野深处的贫瘠闭塞的村庄、古老艰辛的游牧，少数民族的文化传统以及所面临的外部文化冲击。这些我所熟知的一切，对于外面世界的人们来说，遥远、陌生而富于魅力。但是再想想，可能并不只是这样，我生活写作的地方虽然偏远，从这里传向世界的声音也非常的微小。但是为它发声的写作者也有不少，介绍这片大地和人群的文字也堆积如山。比起我来，他们中相当一部分可能更热衷于强调"独特"这种东西，他们更急于猎奇。我不认为这是正常的创作，也不觉得这种创作对于边缘写作群体有代表意义。因此要谈论独特，应该从写作者本身谈起。从他的态度，他的事业，他的身份，诸如此类。（李娟，2021）

　　李娟虽然强调其作品独特性的根本来源在于"写作者"本人，而非特定地域，但她也承认"大概率下，面对什么样的世界就会成为什么样的人"。生长在边疆之地的李娟，对熟稔的日常生活充满珍爱，对养育自己的这方水土世界怀抱感激，因而在写作中自然而然采取了一种谦卑的观察者与记录者的姿态："在那时的眼睛所看到的，耳朵所听到的，都挥之不去，便慢慢写了出来。如果说其中也有几篇漂亮文字，那倒不是我写得有多好，而是出于我所描述的对象自身的美好。"（李娟，2010）从这样的表述看不出丝毫"诗人是未经正式承认的世界立法者"（雪莱语）的骄矜，倒颇有当代民族志研究者所倡导的谦虚与自制。

　　作为首位描写哈萨克民族冬牧生活的汉族作家，李娟跟随一家熟识的哈萨克牧民深入阿勒泰南部的冬季牧场、沙漠，度过了一段艰辛迥异的荒野生活。这段经历显然带有强烈的个人传奇色彩，甚至在某种程度上与早期作为人类学家的田野考察有相通之处：一个"孤独的陌生人"（lone stranger）长途跋涉，只身前往远方一个陌生的土地，去寻找不一样的文明和传统，经过了千辛万苦的实地考察和工作，又回到自己的文化里来讲述有关他者的故事（Salzman，1994）。但与早期人类学家——例如，马林诺夫斯基（Bronislaw Malinowski，1884—1942）、阿尔弗雷德·拉德克利夫-布朗（Alfred Radcliffe-Brown，1881—1955）等人——不一样，李娟并没有带着居高临下的眼光去打量在地文化，更没有自以为是地认定自己的观察和讲述代表了客观可靠的真相。在面对牧人喝茶、绣花、放牛的日常生活时，李娟感到意义的丰盈与沉重，更坦白承认了自己的无力："我的眼睛比镜头更清晰更丰满地留住了一切——这最后的游牧景观，这最深处最沉默的生存"；而最终她却承认自己依然只是一个局外人："我只不过也是走马观花的一个""这样的情景沉甸甸地鼓涨着我所好奇、我想得知的全部信息，却找不到入口。我只是个外人。"

《冬牧场》一书第四章《最后的事》中，李娟写下了《我在体验什么》（全书第30篇），对自己跟随阿尔泰最后的"荒野主人"在冬季转场时所亲身体验的独特生活，进行了一系列反思性的追问。她自问自己对居麻一家有何贡献，得出的结论是自己并没有做任何值得一提的事情，自己的存在"对这个家几乎没什么影响"；而对自己正在书写的故事，李娟也敏感地意识到，关于他者的讲述，始终都将是无法被证实且难以令人满意的：

> 怎么说呢……对这种游牧生活感兴趣是一回事，但要了解，要转述，又是另一回事了。时间越长，越是困惑。我在这里，无论做什么，无论怎么努力，都感觉远远不够。无论想说什么，似乎都难以合乎实情或心意。我终究是多余又尴尬的……

如果说《人民文学》为"非虚构"设定的叙事伦理是"努力看清事物与人心，对复杂混沌的经验作出精确的表达和命名"，李娟则用其"多余而尴尬"的真实感受，表达了对如何完成这一"非虚构"任务的困惑。"精确的表达与命名"，几乎是一个完全无法实现的目标。李娟在写作中，详细记叙了交流的困难："我提问时并不知道自己的问题是简单是复杂还是幼稚。对于我来说，它们统统只是我所不知的东西"；"可惜，我终究不是个严谨的人，居麻这家伙也绝无严谨的表达。我们的探讨很快陷入混乱之中，双方都累得没办法……到头来，我获得的仍只有最初那一堆毫无头绪的破碎概念";"越是向大处摸索,却越是总为细小之物跌倒"。交流的挫折的后果之一,是相互理解的不可能:"他们(指居麻一家)一直无法理解我的行为";"我不能理解他(指居麻),他也不能理解我";"也不知道误会从哪个环节开始的"(指居麻似乎对李娟以写作为生的选择深感同情);"我依然什么也不能明白"(指李娟无法明白加玛对远方驼队的解释)。

如果提问无法成为进入他者的途径,回答不能提供关于他者的真相,对话不能达成相互的理解,李娟又如何能够真正走进那片荒野,讲述那些牧人的故事呢?

她最终用谦卑的诚意与谨慎找到应对之道:"在这样的生活中,我完全处在被动的局面。不过这倒没什么,反而,我依赖这种被动。在这陌生环境里,我依赖随波逐流和自然而然。我只能以不突兀和不冲撞来获取信任和安全感。"与其"不怕麻烦、坚持刨根问底"地追问真相,用不停的聒噪打扰这些"生活本来就够辛苦"的牧民,她意识到:"还是尽量靠自个儿去慢慢体会,慢慢懂得吧。"对于那些自己得到的回答,不将其理所当然地认定为绝对可靠的信息来源,而是要结合回答者"当时的种种反应、态度、语气、眼神……分析一遍,再作判断"。总而言之,"我小心翼翼地观察着眼下的生活,谦虚谨慎,尽量闭嘴",避免问出"无聊的、无常识的、无教养的"问题,唯有通过"默默无言地悄悄打量",才有"马不停蹄的发现和见证"。

李娟并不是人类学研究者,但她的做法无疑与文化人类学中"深描"(thick description)有异曲同工之妙。英国分析哲学家吉尔伯特·赖尔(Gilbert Ryle)是最早提出"深描"概念的人,他举了抽动眼皮的事例,说明意义的多层次以及不断的衍生。同样一个张合眼睑的行为,在不同的情况下可能产生不同的含义。传统的"浅描"（thin description）的方法，记录下来的只是抽动眼皮这一相同的身体动作，得出的解释未免是有限而表面的。如果使用"深描"的方法，就必须将每一个眨眼都置于一个社会文化关系的网络中来考察，结合场景对这种行为作出精细化描述和意义性阐释，探寻表象上一致的动作背后隐藏的不同原因和意图，从而进一步说明这个看似相同的眼皮动作，到底是眨眼、使眼色、假装使眼色还是模仿别人使眼色的动作等等。美国人类学家克利福德·格尔茨（Clifford Geertz）在他的著名论文《深描：迈向文化的阐释理论》（"Thick Description：Toward an Interpretive Theory of Culture"，1973）借用了这一概念，提出将"深描"作为文化人类学的研究方法，主张透过记录缜密的细节，揭示这种多层次甚至是还在不断衍生的意义结构。著名的质性研究学者诺曼·K. 邓津（Norman. K. Denzin）对"深描"的方法作出了较为清晰的总结：

> 深描不仅仅是一个人做了什么事情的记录。它不只是简单事实和表面现象。它展示细节、情境、感情以及把人和人之间联系起来的社会关系网络。深描会唤起情感和自身的感受。它在经历中插入历史。它为研究对象确立他们经历的意义，或是重组他们经历过的事件。通过深描，互动中人们的声音、感情、行为、和意义都得以呈现。（Denzin，1989：83）

民族志笔记与非虚构文学作品都试图呈现"真实"，但后者的真实"不局限于物理真实本身，而试图去呈现真实里面更细微、更深远的东西，并寻找一种叙事模式，最终建构出关于事物本身的不同意义和空间，这是非虚构文学的核心"（梁鸿，2014）。从这一个角度看，我们不妨可以认为，李娟找到了自己的"叙事模式"，那就是"深描"。她的作品看重对生活细节的深刻展示和风土人情的立体呈现，微观的、细节的白描话语方式不仅是为了呈现事实和现象，也希望呈现其背后的意义网络。

以《冬牧场》第三章《宁静》的第一篇《暮色中》开头为例，李娟通过多角度的、反复的、厚重的描写，呈现了牧场黄昏的美，并赋予"暮色"以多重意义。作者在忙碌的生活中，从时间的角度感受到黄昏的漫长：

> 我不能形容黄昏的漫长。从夕阳沉甸甸地坠在西天时世界的金黄，到太阳完全陷没地平线后世界的清亮，再到星斗浮显并且越来越明亮时世界的越来越幽深——这段时间里，我们做了多少事情啊！喝茶，赶牛，挤奶，给即将归圈的羊垫"褥子"，准备晚餐。再一遍又一遍爬上北面的沙丘，遥望羊群归来的方向……再远远上前迎接……再慢慢随着羊群回家……

又从自然变幻的角度感受到黄昏的力量：

> 每当我独自走在暮色四合的荒野里，看着轻飘飘的圆月越来越坚硬，成为银白锋利的月亮。而这银白的月亮又越来越凝重、深沉，又大又圆，光芒暗淡……一天就这么过去了。长夜缓慢有力地推上来，地球转过身去，黑暗的水注满世界的水杯……我不能形容黄昏的力量。

更设身处地从归家的牧人角度感同身受地想象他们眼中的

黄昏：

> 对牧人来说，黄昏的意味更丰富浓重吧？他孤独地赶着羊群慢慢走向驻地。一整天没说话了，又冷又饿。星空下，家的方向，有白色炊烟温柔地上升。羊比他更为急切，低着头只管向前走，速度越来越快。如果这时，牧人看到家人远远前来迎接，又该是怎样的轻松和欢喜！他忍不住唱起歌来。

当然，李娟对哈萨克牧民生活细致入微的描写，与人类学民族志书写中的"深描"有不同的指向。后者指向科学知识的获得，而前者则旨在审美感受的表达。民族志的学者可能不会为了描写"暮色"花费如此多心思，但李娟的写作的根本目的并不在于提供关于他者生活方式的文献，而是希望记录下自己眼中看到的美。因此，她的描写虽然重视细节，但从不规避修辞；她的叙述虽然节制，但始终饱含深情。在意义分叉模糊的边缘，她可以宣布放弃："反正我是写散文的，又不是写论文的，还是不求甚解些吧"；在现实矛盾无解之时，她能够懂得谅解人心与悬置判断："那么，先且这样吧。慢慢来说。"

李娟的声音，就这样不慌不忙地、慢慢地从遥远的阿勒泰传向了外面的世界。

3.1.3 "真实性"的迷思

2011 年李娟获得"人民文学奖"之后，《人民文学》杂志英语版《路灯》（*Pathlight*：*New Chinese Writing*）在创刊号上刊登出李娟的两篇散文："The Winter of 2009"（《09 年的冬天》）与"The Road to the Weeping Spring"（《通往滴水

泉的路》)，前者讲述了自己在雪灾之年的日常生活，而后者则以细腻的笔触将阿勒泰戈壁滩里人与沙漠的百年纠葛娓娓道来。这两篇散文应该是李娟的作品首次被翻译为英语，译者为露西·约翰斯顿（Lucy Johnston）[1]。2015 年，这两篇散文的英译又被收录进中国外文出版社出版的"21 世纪中国当代文学书库"之中国当代文学作品集《吹糖人》的英译本 The Sugar Blower。这本文集选取了 2000 年前后，中国各大主流文学刊物及报纸副刊上刊登的文学作品，意图为外国读者提供能反映 21 世纪中国当代文学的特点和发展趋势的读本。同年，《路灯》的编辑、总监陶健（Eric Abrahamsen）在 6 月 16 日的《纽约时报》（The New York Times）上发表关于中国当代文学出版现状的评论文章，文中谈到了李娟，称她是一位害羞的、非主流作者，"在贫困中写作了十年，通过投稿给杂志和出版社，写作实力逐渐得到认可"：

> 李娟几乎是大陆所有出版过作品的作家中离主流最远的一位。在新疆阿勒泰地区居住和写作的她，把随季节变化流转的游牧生活写得栩栩如生。李娟称自己的文学之路是一条"野路子"，在中国，这意味着游离于体制之外。（Abrahamsen，2015）

这篇评论文章发表后不久，2015 年 6 月 25 日，陶健在自己创办的、致力于推广当代华语文学英译的网站"纸托邦"上全文刊载了"The Road to the Weeping Spring"，引发了不少知名的当代华语文学译者对李娟的文化身份进行讨

---

① 露西·约翰斯顿（Lucy Johnston），出生于英国，毕业于谢菲尔德大学，获得中国研究学士学位，曾在北京工作，现居法国。

论。陶健则举了《通往滴水泉的路》一文开头的一个例子。

> 早些时候，通往滴水泉的路只有"乌斯曼小道"。乌斯曼是一百年前那个鼎鼎有名的"哈萨克王"。
>
> There was a time when the Osman Path was the only road to the weeping spring. Osman Batyr was the famous "King of Altay" of a century ago.

而李娟这篇文章最初发表的时候，开头这句话是：

> 最早的时候，通往滴水泉的路只有"乌斯曼小道"。乌斯曼是一百年前那个鼎鼎有名的阿尔泰土匪头子，一度被称为"哈萨克王"。

这里提到的乌斯曼（Osman Batyr）1899 年生于中国新疆阿勒泰可可托海，原来是当地哈萨克牧民领袖，曾被授予"巴图尔"（勇士）的荣誉称号。李娟告诉陶健，文章出版后，不少哈萨克语的读者很不乐意看到她将乌斯曼称为"土匪头子"，因为他毕竟是一个曾获得哈萨克民族"勇士"称号的人。考虑到读者感受，如对这一段进行了细微的调整。修辞的克制，体现了书写哈萨克文化时难免会遇到的挑战与困难。

翻译过迟子建《额尔古纳河右岸》（*Last Quarter of the Moon*）的徐穆实（Bruce Humes）援引自己翻译的迟子建作品对鄂伦春文化的呈现，强调关于他者的写作必须要千方百计确保作品具有一定的"真实性"，并委婉表达出对李娟如何规避汉族文化视角的主观阐释，保证其作品能够呈现哈萨克民族"真实性"的疑虑。徐穆实读过李娟的"阿勒泰"系列作品，认为她的文笔较为感性，不够老练，因而徐穆实认为李

娟的成功——包括获得主流文学奖项、广受主流媒体与著名
作家的赞许——也与她的文化身份符合民族和谐的价值观有
关。当代中国儿童文学翻译家汪海岚（Helen Wang）则引用
了李娟在接受欧宁的采访中，被问及哈萨克作家叶尔克西对
自己的影响时所说的话，来说明李娟对自己文化身份的自觉：

> 她给我最大的启发是让我感觉到我是一个汉族人，
> 我描写这种异域风光，无论你距离再近也是一种旁观，
> 因为你不是一样的人，就像我很不喜欢我写的乡村舞会
> 的那些文字，虽然当时我写的时候我是真的充满感情
> 的，很认真的而且是毫不虚构地去写的，可是现在想
> 想，那些东西不值得写出来。我作为一个汉族人，我写
> 那样的事情，矫情，太矫情了。就是你明明和他们不一
> 样，各方面，心态或者是你的生活方式、你的情感什么
> 的，都不一样，可是你非要抹杀那种差异，是很勉强很
> 吃力的一件事情。（李娟、欧宁，2012）

的确，李娟并不需要外国译者与读者们去提醒她注意写作中
的"真实性"问题。她自己一直对身份问题十分敏感。即便
是在跟随哈萨克牧人进入沙漠转场，度过漫长的冬季之后，
在《冬牧场》中，李娟依然一次次反思自己的叙事，将自己
定义为一个"局外人"，坦承自己认识的限度、交流的挫败，
并直面意义的空白。

　　2012 年 12 月出版的杂志《天南》特别策划了一期名为
"新疆时间"的专题，收录了维吾尔族作家阿拉提·阿斯木，
哈萨克族作家叶尔克西·胡尔曼别克，汉族作家刘亮程、董
立勃、丁燕、李娟、沈苇等人的作品。《天南》的英文刊中
刊 Parasite 集中英译了五位新疆作家的自选代表作，其中就

有李娟的《九个短章》，由布伦丹·奥卡尼（Brendan O'Kane）① 翻译。选自李娟散文集《走夜路请放声歌唱》的这九篇短文，似乎并没有特别明显的民族烙印，李娟更多只是以自己独特的方式，书写属于自己的记忆——童年、成长、青春，以及写作对自己的意义。其中一篇短文《大鱼的故事》，最初于 2008 年 1 月 30 日发表在李娟的博客上。这篇文章是李娟对于自己写作初衷的诗意自白，也无意间成为此前外国译者对其写作"真实性"质疑的最好回应：

> 我写我所不知的东西，我创造出它们，以表达我对它们的爱意。与其说我是在杜撰故事，不如说我是在发现故事。我边写边发现，边写边拆开礼物的包装，边写边循着森林中树木的标记摸索向前。抽丝剥茧，耐心而喜悦。除此之外，再没有什么快乐了吗？
>
> I write about things I don't know. I create them to show how much I love them. I don't make up the stories so much as I discover them, writing things down as I find them, jotting notes as I tear away the wrapping paper, scribbling away as I follow the signs nailed to the trees in the forest pointing my way forward. Patiently, happily, slowly, I unravel the threads, harvest the silk, peel the cocoon. What could be better than that? (translated by Brendan O'Kane)

英国学者达米安·格兰特（Damian Grant）曾指出，创作与认知都是通达真相的途径，分别对应于以文学为代表的

---

① Brendan O'Kane，宾夕法尼亚大学的文学硕士，是中国文学翻译网站"纸托邦"的联合创办人，曾为杂志《路灯》担任特约编辑。

"统一理论"（coherence theory）与以科学为代表的"对应理论"（correspondence theory），后者强调实证论者的真实，而前者则基于任何读者都能体验到的连贯性（Grant，1970）。写作于李娟而言，既是一种创造，又是一种发现，这两种方式，都是"真实"的：前者是走向"主体"的真实，后者是走向"实体"的真实。非虚构写作恰是一种通过创造得以发现、经由"主体"真实接近"实体"真实的过程。

　　李娟对叙事性非虚构文体做出的独特贡献，也为她带来了国际文学界更多的关注。2016 年 5 月，李娟作为中国新生代作家代表受北京当代艺术基金会（Beijing Contemporary Art Foundation，简称 BCAF）① 邀请，参加了"中国文化创新领袖"美国交流合作项目，与余华、欧阳江河、梁鸿、颜歌等作家同行，访问了美国波士顿、纽约、旧金山湾区，在哈佛大学、斯坦福大学、纽约大学等美国知名学府和文化交流机构，与当地学者、师生、读者深入交流。2016 年 5 月 25 日，美国著名文学网站"Literary Hub"② 上刊登了英国著名翻译

---

　　①　北京当代艺术基金会（BCAF）是一个专注于当代人文艺术发展的公募性基金会和文化智库，以"发现文化创新，推动艺术公益"为使命，在文化创新、艺术公益和智库研究三大领域展开类型广泛而富有活力的公益项目，致力于支持具有全球视野的艺术家和创作者，将中国当代文化推介至国际舞台，支持中国新一代的国际文化合作与交流。

　　②　Literary Hub 是成立于 2015 年的一个文学网站，致力于"让站点读者依靠它来撰写关于聪明、引人入胜而有趣（smart，engaged，entertaining）的各种书评"。该网站发表了大量合作出版社与评论家的文章、访谈和书籍摘录，许多主流媒体如《华盛顿邮报》《卫报》等报刊都对这一文学网站进行过专题报道。

家韩斌（Nicky Harman）① 的一篇文章：《十位最应当被译介的中国女性作家》（"10 Chinese Women Whose Writing Should Be Translated"）。在这篇文章中，韩斌充满热情地推荐了李娟的《冬牧场》，称其"不仅是一部富有异国情调的旅行日记（travel diary），而且它反映了在最恶劣的环境中人与自然之间的关系，以及汉族与中国哈萨克族之间的关系"（Harman，2016）。

　　2021 年 2 月，李娟的两部作品的英译本几乎同时在美国上市。其中，*Distant Sunflower Fields*（《遥远的向日葵地》）由克里斯托弗·佩恩（Christopher Payne）翻译，2 月 11 日由专注出版当代中国文学作品的 Sinoist Books 出版发行；*Winter Pasture*（《冬牧场》）由年轻的译者沈如风（Jack Hargreaves）和严严（Yan Yan）合译，2021 年 2 月 23 日在美国正式上市，由纽约群星出版社（Astra Publishing House）旗下的新锐文学出版品牌 Astra House 出版发行。这两本书出版后，得到各书评人及读者的喜爱。全球最大在线读书社区 Goodreads 上，试读者评分高达 4.13 分与 4.2 分（满分为 5 分）。2021 年初，新冠疫情还在全球蔓延肆虐，有读者庆幸在"这艰难的一年"读到李娟的作品，对其中"轻巧和令人愉悦的感觉"（light and enjoyable）印象深刻；也有读者感到李娟是一个博学而注重细节的写作者，她的写作有让人"舒缓宁静"的效果，让读者"可以想象世界上竟然有如此美丽的地方"；更有人从李娟的写作中读到"一个关于面对巨大困难时坚定不移的力量和毅力的故事"（a story of

---

　　① 韩斌（Nicky Harman）任教于伦敦帝国大学（Imperial College London），专注于中国当代文学翻译，曾翻译过严歌苓、贾平凹、韩东、虹影等人的作品。荣获 2020 年第 14 届中华图书特殊贡献奖。

unwavering strength and fortitude in the face of great difficulties）。这些读者的真实感受将他们的阅读与李娟的写作紧密融为一体:"我为我所不知的事情入迷"。跟随李娟作品的英译本,更多读者将心灵放牧在远方,进入那遥远而神秘的阿尔泰沙漠与草场,与她共同经历了背雪煮水、砍柴生火、刷洗缝补、放牧牛羊、开垦荒地、不断迁徙的艰辛生活,而他们从阅读中获得的、连贯而一致的感受,也许就是对李娟作品的"真实性"的最佳证词。

3.1.4 重构"真实"

尤其在英国社会人类学的传统中,民族志书写常常会被认为是一种"文化翻译"(cultural translation)。文化人类学家戈弗雷·利恩哈特(Godfrey Lienhardt)曾提出过一个经典的构想:

> 向他人描述一个偏远部落的成员如何思考,在很大程度上最初会呈现为一个翻译的问题,就是如何在我们自己的语言中尽可能清晰地表达原初的思想在它真正使用的语言中的连贯一致。(Lienhardt,1956:97)

对他者文化的书写,使生活在另一种文化中的读者能够理解它,这无疑就是一个翻译的过程,一个将某些文化元素所处的系统转移、运送到另一个系统的过程。这个过程往往同时涉及空间和时间的纬度:从一种文化到另一种文化、从过去到现在。将民族志写作看作"文化翻译",凸显了意义的时间和空间特异性,从而也提出了"不可译性"(untranslatability)的难解困境。李娟"深度描写"的叙事方式使她的作品多少带有民族志书写的特征,而她以"局外

141

人"的自我定位与"不可译性"达成了和解，并找到了弥合创作与发现、以"主体真实"接近"实体真实"的写作方式。

《冬牧场》的英译本 Winter Pasture 特意增加了一个副标题："One Woman's Journey with China's Kazakh Herders"（与中国哈萨克牧民同行的一个女人的旅程）。根据出版商的介绍，这个副标题是经由李娟确认后而定稿的。如其所言，这本书记录了李娟跟随居麻一家进入冬季牧场所经历的一次短暂旅程。英译本副标题不但概述了原著的主要内容，而且也将全书置于西方民族志传统的书写脉络中，汇聚了众多吸引读者眼球的文化元素：性别、东方、游牧、民族。李娟是在英语世界刚刚崭露头角的中国当代作家，《遥远的向日葵地》与《冬牧场》是她初步亮相的长篇作品。许多英语读者未必听说过"李娟"这个名字，从《冬牧场》英译本各大媒体的书评中也可以看出，这本作品最吸引英语读者的，恰是其中对东方古老游牧民族逐渐隐退的生活方式的描绘：

> 深情、动人……充满了幽默、自省，让读者得以瞥见一种正在消失的生活方式。——塞巴斯蒂安·莫达克（Sebastian Modak），《纽约时报书评》（The New York Times Book Review）
>
> 对中国偏远地区艰苦卓绝的生活的温情写照……对一个正在消失的世界的罕见观察。——《科克斯书评》（Kirkus Reviews）
>
> 中国记者（journalist）李娟在美国出版的首部作品，讲述了她在中国北方冻土地带旅行的壮美故事……本书将回忆录、游记和自然写作完美地融合在一起，以娴熟的散文为一个遥远的世界描绘了一幅异常生动的画

面。——《出版者周刊》（*Publishers Weekly*）

对远方陌生的世界感兴趣，是再自然不过的事情，未必一定是出于西方中心本位的傲慢与偏见，也可能是因为真诚的好奇。毕竟，"阿勒泰地区是新疆最典型的游牧地区，这里的哈萨克民族也是世界上仅存无几的、真正意义上的游牧民族"（牛殿庆，2013：58）。李娟的写作并不是为了满足任何读者的猎奇心理，《冬牧场》英文版的读者希望从书中了解关于中国哈萨克族游牧生活的真实状况，也是无可厚非的。李娟在写作中坦白承认自己其实对哈萨克文化"不知道""不明白""不懂"，"只不过也是走马观花的一个"，但是英译本读者理想的阅读体验未必会产生于这般含混、矛盾或犹疑的空间。可能是为了让潜在的读者们"放心"，《出版者周刊》将李娟介绍为"记者"，而事实上，李娟虽然曾为不少报刊撰写专栏，但她从来不曾担任过新闻采写或报道的工作。这一杜撰的"记者"身份，不但强化了原文非虚构的色彩，而且几乎暗示读者，可以将《冬牧场》中所描写的原始、陌生而又略带神秘的游牧文化看作是绝对写实的记录或报告。英语世界对《冬牧场》的这一设定，使得李娟在写作中一再反思、几近消弭、近乎解构的、关于"真实性"的迷思，在翻译的过程中重新浮现为迫切的追问。

对此，译者不得不有所回应。

《冬牧场》的英译本 *Winter Pasture* 由英国翻译家沈如风和毕业于美国哥伦比亚大学英语文学与宗教研究专业的译者严严合作完成。在前言中，译者大致介绍该本书的内容，并重点解释了该译本中对哈萨克特有文化词汇的翻译。《冬牧场》是李娟深入哈萨克牧民家庭，共同生活沉淀后得出的文字，其中有不少涉及哈萨克历史传统、生产方式、住居习俗、传统器具、艺术手工的书写。但李娟长期居住在阿勒泰地区，是草原生活的参与者与见证者，因此，当谈论哈萨克文化的时候，她并没有沉闷的说教和学究气，也不会刻意强调他们的与众不同，而是以平实亲切的风格进行描述。针对李娟对哈萨克某些文化词汇的汉化表述，译者采用了类似于"回译"（back-translation）的方法，首先将李娟的汉化表述重新转译为哈萨克语，再用罗马化字母英译出来。例如，哈萨克牧人往往和数百只羊一同生活，因此很容易得到大量的羊毛，自然而然在生活中发展出用羊毛制作地毯、壁挂、垫子等日常用品的手艺，世代相传。译者认为羊毛制成的手工纺织品是哈萨克族的重要文化象征：

> 在汉语中，取决于它们装饰或覆盖的位置，李娟将它们简单地称为"壁挂"，"花纹地毯"或"花纹地垫"。在英译本中，我们选择了它们哈萨克语专名的罗马化拼写版。Syrmak（сырмак）既可用作地毯，也可用作壁挂，是在纯白色、棕色或灰色的毛毡上绗缝装饰性图案而制成的，而这种毛毡则被称为 kiiz（кииз）。Teke-met（текемет）是用染色羊毛图案压制和滚动而成的地毯。Ayak-kap（аяк-кап）是一种小型的刺绣毡袋，tus-kiiz（тускиз）是在绷子上用针法刺绣出复杂图案的棉布壁挂。（Hargreaves & Yan，2021：viii）

另外，原文中有关哈萨克的食物和就餐位置等表述，李娟也采用了中文对应的词汇，但在英译中，译者又追溯回哈萨克语的表述。后殖民批评家霍米巴巴（Homi Bhabha）在谈到文化翻译中的"不可译性"时，曾举过一个例子："虽然德文 brot 与法文 pain 指的是同一物，即英文的 bread，但是这些字的传述与文化标记模式（modes of signification）却是彼此抵触且互相排斥的。"为了令英语读者相信他们阅读的确实是那个遥远的哈萨克游牧世界，译者不辞劳苦地在李娟的汉语与哈萨克语之间穿梭，并专门请精通哈萨克语言的专家 Altinbek Guler 帮助，辨识中文原作中出现的每一个带有特殊文化意义的用具或专名，并锚定其原初文化标记模式。这一翻译策略的选择，反映出译者在翻译的时候，难免也带有对"真实性"的焦虑。译者对此焦虑的程度，更甚于作者李娟，以至于在原作轻描淡写之处，译者主动现身，向英语世界的读者承担起哈沙克语言文化解说者的角色。

除了译者在前言中明确说明的翻译策略，译本的另一些细枝末节也同样反映出译者急于说服读者的愿望。以整部作品的第一章中对"冬窝子"的介绍为例：

> 所谓"冬窝子"，不是指具体的某一个地方，而是游牧民族所有的冬季放牧区。从乌伦古河以南广阔的南戈壁，一直到天山北部的沙漠边缘，冬窝子无处不在。那些地方地势开阔，风大，较之北部地区气候相对暖和稳定，降雪量也小，羊群能够用蹄子扒开薄薄的积雪寻食下面的枯草，而适当的降雪量又不会影响牧民们的生活用水和牲畜的饮用水。
>
> 冬牧场远比夏牧场干涸、贫瘠，每家每户的牧地因此非常阔大，一家远离一家，交通甚为不便，甚至可算是"与世隔绝"。（李娟，2012）

The winter pasture isn't a particular place. It's the name of all the land used by the nomads during the winter, stretching south uninterrupted from the vast rocky desert south of the Ulungur River all the way to the northern desert boundary of the Heavenly Mountains（also known as Tianshan Mountains）. It is a place of open terrain and strong winds. Compared to the region to its north, the climate is warmer and more constant. The snow mantle is light enough that the sheep can use their hooves to reach the withered grass beneath. At the same time, there is enough snowfall to provide the herders with all the water they and the livestock need to survive.

The winter pasture is considerably drier and less fertile than the lands the livestock graze in summer. Each family herd grazes an enormous area. The sheer distance this puts between the families means that contact with one another is a rare occurrence. You could almost call it "solitary confinement."（Li，2021：5）

这段文字是对哈萨克牧民冬牧场所的地理位置、气候特征与生活状况的描述，英译本采用了一般现在时态，符合传统民族志写作的惯例，陈述出一种客观的现实感及暂停的时间感。在民族志的撰写中，以现在时描述其他文化和社会的做法如此普遍，以至于对这一文体特征有一个专门的术语："民族志的现在时"（ethnographic present）。"冬窝子"其实指的就是冬牧场，"窝"在汉语中有一种巢穴的意象，有家的联想。李娟显然更偏爱用这个形象的、富有生活气息的表述：除去标题之外，"冬牧场"在正文中出现了 13 次，而"冬窝子"则出现了 38 次之多。英译本将标题中的"冬窝子"翻译为"winter burrow"（冬天的地洞），大致保留了中文"窝"的形象，但是在行文中，译者显然认为应该更多采用正式的表述"冬牧场"：英译本正文中只出现了 12 次

"winter burrow"，其余均采用"winter pasture"去对应"冬窝子"。另外，在涉及翻译文中地名时，译者保留了"乌伦古河"这种根据当地语言音译为汉语的地名，但对于"天山"这一汉语地名却采用了"意译＋拼音"的方式：the Heavenly Mountains（also known as Tianshan Mountains），并另外在全书附录中标明该山脉在哈萨克语中的对应词："Khan Tengri：Heavenly Mountains，Tianshan Mountains"（Li，2021：304）。最后一句的原文——甚至可算是"与世隔绝"——并没有明确的指向性，而和上文地广人稀的环境描写融为一体，可以被一同视为客观的陈述。但在翻译中，译者却在文中插入了读者"You"："你几乎可以称这种状况是'solitary confinement'"①。从叙事的角度而言，译者将原文的客观陈述改写为叙述者对读者的直接讲述，人称代词"你"的使用，形成叙述者和读者的身份识别，同时拉近他们之间的叙事距离，鼓励读者认同叙述者前文的描述，邀请读者参与这一地域知识的建构。

大量增加含有第二人称的叙述与评论，恰是《冬牧场》英译本对原文叙事风格做出的明显改动。李娟的原文风格自然随意，无论是描写草原自然风光、谈论日常生活琐事，还是陷入沉思与自白，往往随兴而发，自发而为。《冬牧场》的整体叙述方式相当随性散漫，构成全书的 35 篇文字按主

---

① 此处，将"与世隔绝"译为"solitary confinement"（意思是"单独囚禁"），值得商榷，前者语义韵是中性的，承接上句"交通甚为不便"，说明一种现实生存的客观状况；译本中的"solitary confinement"则让人感觉不安，容易联想到监禁与惩罚，而上句中的"交通"被翻译为"contact with one another"（互相之间的接触、联络），则更进一步引发读者对"冬牧场"土地的艰困生活的心理想象。

题松散地分为四章，每一篇都可以单独来读，每一篇都只是记录了随机的偶然，以零散碎片的形式，表达非完整性的片断经验。全书除了开头与结尾标明李娟进入与离开冬牧场的经历，中间部分几乎没有任何线性的时间线索。这种写法根植于中国的散文传统，但对习惯了叙事逻辑营构的西方读者来说，阅读这样的文本却是相当具有挑战性的。甚至还有英语读者抱怨《冬牧场》的书写方式有问题（flawed），因为"故事像牧民一样徘徊，没有特别的情节，没有戏剧化的高潮，也没有角色成长"（The story rambled like the herders, with no particular plot, dramatic high points, nor character growth.）。为了更好地吸引英语读者的兴趣，迎合他们的阅读习惯，英译本调整了原作中全知视角与以采用第一人称为主的限制视角交替的写法，而更为主动地邀请读者进入规定情景和心态，为读者解释、安排整个场景，邀请读者分享叙事者的经验和感觉，并与之产生共鸣。如：

> 烧茶的时间里，我俩抓紧时间搭建临时帐篷。帐篷支得很简单，就把两排房架子（网格状的木栅栏）相对拉开、抵拢，上端绑紧，再盖上毡片。
>
> While the tea was boiling, the two of us quickly set up the temporary tent. Building the tent was simple; all **you** had to do was stretch out the two wooden frames, bring the tips together, tie up the top, and throw on the cover. (Li, 2021: 13)

> 骑马是个苦差事。若只是骑在马背上好端端地坐着——那样的"骑"谁都会。可若是还得赶牛赶羊，左奔右跑，手不停甩鞭子、扯缰绳，脚不停踢马肚子，嘴

里不停大喊大叫……的话，骑一天马下来，骨头全散了。浑身像被揍了一顿似的。

Horseback riding is a rough sport. If by "riding," **you** mean sitting still on the back of a horse, then anyone can "ride." But if **you** also have to chase down cattle and sheep, crack **your** whip, yank on the reins, spur the horse, and shout at the top of **your** lungs…well then. After a whole day of riding, **your** bones will be ready to shatter. **You**'ll feel like **you** have just taken a beating。（Li，2021：22）

大家的脑袋统统抵着粪墙，翻个身，羊粪渣子就簌簌掉得满脸满脖子。要是有咧着嘴睡觉的习惯就惨了！不过即使是闭着嘴睡觉，第二天，还是……

Every time one of us rolled over, bits of manure stuck to our faces and necks. If **you** had the habit of sleeping with your mouth open, then **you** were in big trouble! But even with **your** mouth closed, the next morning, well…（Li，2021：25）

厨具放在进门的右手边……。下了通道，一进门，得跳下一尺多高的台阶。

Cooking utensils were kept on the right-hand side when **you** walked in through the door…As **you** come down the passage and through the door, there is a step about a foot high.（Li，2021：38）

放牧也似乎是极简单的事，早上把大家赶出去，晚上再赶回来就可以了……若真这么想就傻了！世上哪有不带智慧和精细规则的生产方式呢？除非从小就生活在牧人的家庭，否则要掌握这门技术的话……就算大学开设了这样的专业，读上四年书也是没有用的，再往下读研读博，还是没有用。太难了……

Herding is easy: **you** take them out in the morning, bring them back in the evening. If that's what **you** think, then **you**'re a fool! Is there a means of production in this world that doesn't require wisdom and attention to minute details? Unless **you** were born into a family of herders, mastering their techniques would require massive effort. Even if **you** could major in herding at college, reading books for four years would get **you** absolutely nowhere. And if **you** continued on to a postgraduate degree, it'd still be no use. It's simply too hard... (Li, 2021: 125)

在阿勒泰辽阔的土地上，到处是空寂的，写作成为李娟排遣孤寂的方式。从根本上说，李娟的写作没有过多地预设读者，更多出于作者自己的需要，更像是一种自言自语，无须哗众取宠地炫技，只是平实质朴地记录下自己生活点滴。而英译本的文本意图则显然不同。李娟笔下的这些生活琐事——搭帐篷、骑马、睡觉、居住、放牧，包含着英语读者可能感兴趣的、关于哈萨克族游牧生活的信息，译者努力唤起读者的注意，频频与之直接对话，如同说书场上，说书人中断故事叙述对听众的讲话一般："你"这样做就能搭好帐篷了；"你"骑一天马可能会累散架；"你"在羊粪窝里睡觉的时候千万不能张着嘴；"你"来冬牧场的家里瞧瞧；"你"别以为放牧是个容易的事；等等。

《冬牧场》英译本关于叙事距离最有戏剧性的一段改写，出现在关于食物的一段描写中。

吃包子时，世上最好吃的东西是包子。吃抓肉时，世上最好吃的东西又变成了抓肉。这两种结论毫无冲突。想想包子馅吧：土豆粒、肉粒、油渣。再想一想：沙沙糯糯的土豆泥，汁水盈旺的肉粒，金黄的油渣……然后再想想抓肉，想想居麻飞快地做完巴塔（简单得几乎等于没做）后操起小刀就开始削肉，想想肉片下晶莹的面片饱饱地吸足了肉汤，暗自得意，欲和肉片一较高低……包子也罢，抓肉也罢，哪怕吃得撑到了嗓子眼，仍感觉还能继续吃。

When **you** eat baozi, baozis are the most delicious things in the world. When **you** eat mutton on the bone, the most delicious food in the world becomes mutton on the bone. There's not even the slightest contradiction between these two truths. **Let us** consider the baozi's filling: diced potato, minced meat, pork rind. Now **let us** reconsider it: soft and flaky potato mash, a meatball bursting with juices, golden brown rind ... Then **let us** consider mutton on the bone: think about how after Cuma quickly completes the bata (so simple **you** might say he never even started it), he picks up the knife and starts shaving slices of meat; think of how bright and shiny the slice of bread becomes after it has fully soaked all the meat's juices, how pleased with itself the bread feels, being held in the same regard as the slice of meat. In the end, what the baozi and the hand-pulled meat have in common is that even when **you** are gorged up to your uvula, **you** feel like you still want to eat more.

《冬牧场》中对食物的描写令人难忘，荒野中的食物既不是装饰物，也不是消遣物，而是食物本身，意味着生存。这段文字精彩地写出了包子与抓肉的美味，将这两样寻常的食物写得异常美味，令人垂涎。译者大量采用了第二人称，邀请读者去一同去感受口舌间的滋味，而在中间又穿插了三次"let us"（让我们……），将原作中叙述者沉浸在回忆中的自我陶醉，改写成一次次热情的邀请，叙述者似乎是好客的主人，引领读者进入她所居住的冬窝子品尝盛宴，一同见证哈萨克牧人制作美食的过程。这样的改动虽然和原作的叙述方式有很大的差别，但却能够使读者在阅读中成为叙述者"参与实地观察"的共谋者，也因而更愿意接受故事的真实性。

德国翻译理论家施莱艾尔马赫在《论翻译的原则》中提出过两种翻译的方法：一种是尽量让作者安居不动，引导读者去接近作者；另一种是尽可能让读者安居不动，而引导作者去接近读者。也许。李娟作品的英译者除了想让读者与作者见面，更希望读者能够跟随作者去见证她笔下那个正在消失的游牧文明。通过文化词汇的回译及叙事距离的调整，《冬牧场》的英译本弱化了原文的随性散漫，强化了译文的知识性与趣味性，邀请读者进入李娟所描述的场景，分享从她统一的、中心的主体性中感知到的经验和感觉，也给读者留下了亲自重新观察现场的印象，从而对她所描述的事件、人物和地点的体验感到认同、愿意相信。这个过程中出现的关于哈萨克文化的"真实"，或许最终也不过是一种虚构的幻觉。但是对于一个日渐消弭的文明而言，即便这样的一种幻觉，也是我们不得不珍惜、不得不保护的。

3.2　语言丛林中的探险

　　苏炜，1953 年出生于中国广州，15 岁时下乡插队海南岛农垦兵团 10 年，自 1974 年开始发表文学作品。苏炜代表作之一、长篇小说《迷谷》（台北尔雅出版社，1999；北京作家出版社，2006）以作者当年在海南当知识青年（以下简称"知青"）的经历为灵感，虚构出一座海南岛上的"巴灶山"，沿山里与山外两条线索演进，讲述广州知青路北平与海南岛深山里以伐木为生的流民们之间发生的故事，在以"知青"为代表的现代文明和以"流散户"为代表的原始文明之间，铺陈出跌宕起伏的情节。

　　《迷谷》以中国特殊年代的知青生活为背景，但试图"打破'伤痕文学'和'知青文学'已经形成的那些老套路"（江少川，2013）。关于《迷谷》这部作品，"有人说它是写知青生活的，但是不像；有人说它是寻根小说，也不像；又有人说它像'文革'小说，但'文革'又只是很淡的背景"。苏炜曾谈及本人的意图，"其实是写人性，写人性在直接面对自然的时候，它的反应是什么"（郑一楠，2007）。苏炜笔下的"自然"取材于作者在海南的知青生活经验，更借助了丰富的想象力，构成一个亦真亦幻的叙事空间。正如李陀对《迷谷》的评价："汉语小说中，以往很少这种写人与自然的关系而又写得饱满、有力度的作品……我特别重视它在写实的知青框架里，把山林、蛮荒、奇情、神怪等等这些超现实的东西，结合得这么有机"（郑一楠，2007）。人、自然、政治、历史、地理、传说、民俗等多重元素都在这"迷谷"里相遇、碰撞、交汇，发展出奇诡的美学效果和意味深远的故事。

2018 年，《迷谷》的英译版 *The Invisible Valley* 由美国 Small Beer Press 出版社出版。译者温侯廷（Austin Woerner）是苏炜在耶鲁大学的学生及忘年交好友，他翻译《迷谷》前后用了六七年的时间。在翻译期间，他不但与苏炜多次讨论，还曾跟随苏炜来到小说的灵感来源地——海南岛，亲眼见证了《迷谷》中的"巴灶山"（纱帽岭）的风土人情。在 *The Invisible Valley* 一书的致谢词中，温侯廷回忆起这段经历，认为自己在海南的实地考察，让自己在情感上、空间上都与当年下乡知青的真实体验发生了奇妙的关联（Su, 2018）。大多数英语读者未必有机会亲自踏足海南岛去见证那片神秘的自然景致，也更不太可能了解当年下乡知青或岛上流民生活的背景。如何让这些读者跨越语言、文化以及地域的鸿沟，通过译作了解特定的政治背景和隐喻，感受特定的地域文化和民俗，并进一步体会到原作书写的"饱满"而"有力度"的人与自然的关系，成为翻译《迷谷》需要面对的重大挑战。

3.2.1 《迷谷》的地域文化书写

中国传统小说普遍"不是那么留意地理的自然"，"更多地把艺术的聚光集中在社会、政治、伦理的人际关系方面"（王蒙，1985）。但是从 20 世纪 80 年代开始，文学创作中地域化倾向开始逐渐得到发展，对故乡的执着，或对曾经生活过的土地之迷恋，成为许多作家书写的动力源泉，"文学叙述地方"已经成为"近三十年中国小说中的重要传统"（何平，2010）。这一新传统的发展，一方面与 20 世纪世界文学对地域文化的重视相关，哈代、福克纳、马尔克斯等人对特定地域文化意蕴的书写，对中国当代作家产生了不容小觑的影响；另一方面，现代中国的政治动荡与社会变迁的现实，铭刻了复杂的人口迁徙与文化杂糅的印记，在一定程度上也促成了中国地缘诗学的发展。尤为值得注意的是，知识青年"上山下乡"这场规模宏大的政治运动，在文化地理学意义上看，也是一场人员迁徙与文化重置的运动。"山"与"乡"改造了知识青年，而知识青年也重塑了"山"与"乡"。《迷谷》这部小说就是以知青生活为背景，成功演绎出繁复多元的"人""地"关系。

苏炜说，《迷谷》"是在一个狭小的空间里做文章"（李陀、苏炜，2005），这个空间便是故事的主人翁知青路北平所在的"巴灶山"，一个看似"狭小"，同时又充满极其丰富的多样性和可能性的叙事空间。地理或自然的重要性，单从小说章节的标题，如"山烟""水边""荒林""寨子""大水""蛇云"等，便能窥见一斑。《迷谷》的地域书写并非只是作为点缀式、装饰性的标签出现，"地方性"被置于写作本体的核心位置，这在作品的语言、情节、风格等不同层面均有体现。

《迷谷》小说语言的一个显著特征，便是以对方言、谣谚、行话的巧妙使用烘托时代背景与人物身份。小说一开头，用"一对一""一对红"（苏炜，2006：1）革命谈心、"大战红五月"（苏炜，2006：2）宣传稿等"文革"期间的常用表述，夹杂着海南当地人调侃知青的话语［"学生哥儿，童子鸡呀！细路崽，好嫩的白斩鸡呀！"（苏炜，2006：2）］，把读者带入知青的日常生活。随着故事的推进，各路人物次第登场：来自广州的知青路北平，朱弟，生产队队长球叔和老婆球婶、他们的儿子阿荣、死去的女儿阿婵，老女工阿彩，曾经的放牛倌老金头（金骨头），流散户八哥，阿秋，阿木，阿佩以及阿佩的孩子阿扁、阿蜞、阿虱等。《迷谷》中人物的命名，以及包括排行、字辈、外号在内的亲属称谓和社会称谓，反映出浓厚的地域文化色彩。例如，生产队队长球叔和老婆球婶，"球"字在北方作为人名极为罕见，但却是一个受两广地区欢迎的取名用字（何晓明，2008：23）；又如，"阿"字、"头"字都是粤语常用的词头词尾，加于人名或亲属称谓前后，用作对比较亲近、熟悉的人的称呼（徐杰舜，1999：134）。小说中的地名"巴灶山""碗角背""倒米谷"等，虽属虚构，但也带有明显的南方特点。尤其是对"倒米谷"的描写，更是直接挑明了粤语的影响："……都说这'倒米谷'能够横竖颠倒，初一、十五地换着不同方位露脸。除非是误打误撞，多少人是烧了香、做了法，才能寻得见它的入口处呢！'倒米'就是粤语里'倒霉'的意思，粤俗里求神做法都得撒白米，恐怕'倒米'之谓也与此相关吧。"（苏炜，2016：16）在2007年花城出版社与广州国际中华文化学术交流协会联合举办的苏炜文学创作研讨会上，林岗教授指出苏炜有很好的语言感觉，尤其是《迷谷》中对广东方言创新性的使用，"使小说的地方性更具实感"（郑一楠，2007：110）。《迷谷》的人名和地名也是作品"地方性"的一个最明显、最具"实感"的体现。

在情节设计上，《迷谷》地缘关联主要体现为作者利用对民俗、神话的转写，既推动叙事的进程，又掌控着叙事的密度与力度。关于开篇的"鬼婚"，路北平无意捡到球婶为阿娴找寻冥婚对象的红纸，莫名其妙成了队长家的阴府女婿。阿娴之死成为笼罩整部作品的阴影，阿娴的死因成为小说追踪的线索。从开篇"鬼婚"至倒数第二章"夜琴"真相大白，阿娴的冤魂在文本中到处闪烁着磷火般的鬼眼、烧不掉的残碑、姣婆蓝的秽衣、不长草的坟头，各种叙事线索交叉、闪回、互补。缺席的阿娴不但是叙事悬念的构架者，也是故事中的行动者。如果不是这门阴亲，路北平不会闯进山里流散户的生活世界，不会发现山里远古蛮荒的魅力，也不会将山外充满革命豪情的世界之荒谬与丑恶认识得如此彻底。在山里生活的流散户敬山畏水，对他们来说，自然既提供了丰厚的馈赠，也带来了巨大灾难和莫名恐惧，传说的神怪、山中的巨木、暴风雨、洪水、祖灵，都可成为祈祷的对象。山里有自由和不羁，也有各种规矩和忌讳。"阴阳"是巴灶山混沌世界的秩序象征，山里有"龙神蛇怪"，"既是巴灶山的福荫也是巴灶山的祸害"，"千万千万惊动不得"（郑一楠，2007：9）。如果说《迷谷》用"鬼婚"之民俗设下故事演述的大框架，那么作者在这一首尾完整的大框架中，又嵌套着许多传说、神话，与人物经历的事件交织，增强了叙事的质感和张力。

另外，《迷谷》穿插了许多关于自然景观的描写和铺陈，蛇云、林莽、溪流、暴雨、台风、洪水，乃至牛群，借景烘托气氛，写人言事，但自然本身并不只是背景，而同样是叙事元素和主体。作者对自然的描写看似具体而写实，实则糅合了丰沛的想象。作者曾坦言，"小说里的'巴灶山''碗角背''蛇云'等等场景，除了以自己的海南知青生活作为经验依托以外，完全是我自己凭想象生发出来的"，并把这种创作过程称为"抢着写"，"把状态充分放松，把想象力尽情挥洒着的大处落墨、小处经营"（李陀、苏炜，2005）。作者的"小处经营"，见于细节处巧构形似，栩栩如生，历历如绘，而"大处落墨"，则见于场面上以意趣为宗，打破写实，信笔挥洒。两相结合而形成以地域为本的浪漫想象，为《迷谷》奠定了超现实主义的叙事风格。

《迷谷》所呈现的地域文化、塑造的人物都有着不可置换的特质。《迷谷》的英译版 *The Invisible Valley* 的译者温侯廷的确曾对笔者半开玩笑地说过，这是一本不可能翻译

157

（impossible to translate）的书，部分原因也就在于复杂的地域文化元素渗透于原作语言、情节与风格的方方面面，为《迷谷》的跨文化转译带来了极大的困难和挑战。

3.2.2 从"语词"（words）到 "世界"（worlds）

上文提及《迷谷》中的人名、地名具有丰富意涵，承载了厚重的地域文化色彩，与作者的创作意图和作品主旨关联密切，这样的专有名词翻译相当棘手。此外，由于人名、地名在小说中出现频次高，翻译的好坏，会直接影响读者的阅读体验以及对作品的接受。

一般情况下，翻译专有名词有"音译"和"改译"两种办法。前者如鲁迅在《域外小说集》中的做法，"人地名悉如原音，不加省节者，缘音译本以代殊域之言，留其同响"（鲁迅，2005：170）；后者如吴趼人在翻译日本小说的策略，"书人名地名，皆以和文谐西音，经译者一律改过。凡人名皆改为中国习见之人名字眼，地名皆借用中国地名，俾读者可省脑力，而免艰于记忆之苦"（吴趼人，1980：91）。"音译"的好处在于提醒读者作品的异域性，但单一的音译很可能造成原文重要信息的失落，遮蔽小说的创作艺术。"改译"的好处在于照顾了读者的阅读习惯，但源语言的地域文化色彩难免消失殆尽。

在《迷谷》的翻译中，温侯廷的翻译没有一刀切地"音译"，也没有一刀切地将原作的人物和地方都按照英语习惯改头换面，而是根据语境做出相应的翻译决策。表1列出了《迷谷》中主要人物的中文称呼及其英语翻译。温侯廷的译文采用了音译与意译相结合的办法。

表 1：《迷谷》主要人名中英对照表

音译		意译	
路北平	Lu Beiping	四眼	Four Eyes
阿北	Bei	臭脚	Stinky Feet
阿路	Lu	—	—
朱弟	Chu	—	—
阿彩	Choi	—	—
阿芳	Fong	—	—
球叔、球婶	Mr. and Mrs. Kau	—	—
阿娴	Han	—	—
阿荣	Wing	—	—
老金头	Gaffer Kam	金骨头	Kambugger
—	—	阿佩	Jade
—	—	八哥	Kingfisher
—	—	头哥	Hom
—	—	阿扁	Smudge
—	—	阿木	Stump
—	—	阿秋	Autumn
—	—	阿蜞	Tick
—	—	阿虱	Roach

从表 1 可见，温侯廷翻译山外农场的人员名字和称呼，采用音译，而在翻译山里流散户的名字和称呼时，则采用意译。《迷谷》原作中介绍流散户阿佩一家的时候，多少会提到他们名字的来历。阿木"力大无脑""木头木脑"（苏炜，

2006：51）；"阿蜞"取自"蟛蜞"，"阿虱"取自"龙虱"
（苏炜，2006：52），阿扁的名字，是因为"在山里不说死，
说扁"，阿扁父亲给他取这个名字"说做流散的命贱，叫扁，
就克了扁"（苏炜，2006：54），等等。流散户的名字，其字
面意思符合人物身份和性格特点，名字与其行事之间相互映
衬。流散户甚至用山里的规矩，给先后闯入他们生活的两个
牛倌起了绰号，亲昵地称呼路北平"四眼"或"臭脚"，贬
称老金头"金骨头"。对于这些名字，译者采用了意译的办
法，并且尤为可贵的是，英语译名毫不古怪，就如同地道的
英语绰号一般，让这些人物在英语中显得非常真实、鲜活、
可信。正如瓦特在《小说的兴起》中所言，在小说中"取
的名字应该是巧妙得既恰如其分，又意有所指，而且听起来
还要像日常生活实际那样"（瓦特，1992：13）。通过音译保
留作品中人名的地域性，又通过活灵活现的意译来呈现特定
人名的性格意蕴，而音译和意译的并置巧妙对应革命农场和
流散户的身份及地域差异，既让英语读者感到来自南中国的
异国情调，又在这情调中读出"异中之异"。温侯廷对《迷
谷》中人名的处理，可谓极具匠心。

　　《迷谷》中地名翻译的困难与人名翻译相似，但更为复
杂。伴随早期人类的生产活动而出现的地名，往往是描述性
的，对某地的环境认识，选择代表性地理元素予以描述而形
成命名（徐兆奎，1998：11）。

　　《迷谷》中的"巴灶山""巴掌溪""碗角背""倒米
谷"是流散民生活的空间，这些名字交织了地理形态和神话
传说，音译显然不是最好的翻译策略。"巴灶山"和"巴掌
溪"是整个故事展开的地理空间，《迷谷》中一开始是这样
交代的：

这个地方叫巴灶。**巴灶山**其实是海南岛**母瑞山**最西边的一道支脉，巴灶即是支脉基座主峰会合的那个林木蔽天的大山窝。从山腹里流出来的**巴掌溪**像一个伸开的大巴掌，隔开了巴灶的野林子和农场的橡胶林段与防风林段。河曲在大山窝里绕出一个又一个指头的轮廓。（苏炜，2006：10）

They call this place the Mudkettle. **Mudkettle Mountain** is actually the westernmost arm of a range called **the Mo-Sius**, and the Mudkettle is the large, thickly forested valley encircled by the mountain's several peaks. Out through this valley flows **Mudclaw Creek**, separating the plantations' rubber groves and windbreaks from the wild forestland above. （Su, 2018：14）

译者将"巴灶山"翻译为"Mudkettle Mountain"、"巴掌溪"翻译为"Mudclaw Creek"，模拟中文创造出两个英语复合词，前缀 mud（泥巴）暗示地质特征，以 kettle（壶）和 claw（爪）暗示地形特征，活灵活现。这两个地名是《迷谷》的作者虚构出来的，而母瑞山则是海南岛上山脉的实名。译者根据南方方言发音，将"母瑞山"翻译为"the Mo-Sius"。于是，地名的形象与实指在译义中分别以"意译"和"音译"的方法得到对应。

说到流散户居住的"碗角背"，译者又采取了不同的处理：

巴掌溪在这时走到了尽头，成了浅浅的几汪碎石水滩。他日后知道，溪水的真正源头是背弯山脚的一个深潭，**他们**说，那是底下泉眼通往大海的"海眼潭"。巴灶山头在这里像被切出了个碗口，碗背的一面就是刚才在河道外面看见的那片峭坡，碗肚子里藏着的，就是这么一片避风遮眼的**静地**。三面半环着的山影里古木盎然，苍苍的树影仿佛是被岁月刻意修饰过的，<u>有一种像是在某本明清古书里见过的、烟火绵延而久有居人的山中旧地的气息。</u>（苏炜，2006：46）

Here Mudkettle Creek came to an end, trailing off into a necklace of shallow, pebble-bottomed pools. Later Lu Beiping would learn that the actual source of the creek was higher up, behind the shoulder of the mountain, a deep spring-fed pond that the **driftfolk** called the Sea's Eye and said bubbled up from the ocean itself. **The hollow** was a half bowl cut into the mountainside, hidden from sight and sheltered from wind, and the blusff that Lu Beiping had seen rising above the creek was one of its walls, seen from the back. Its inside slopes were crowded with trees whose gnarled figures looked like they'd been carved by the passage of centuries. <u>The place was like a scene from a Ming novel: an exile's hiding place, a mountain sanctuary.</u> (Su, 2018: 56)

这片"避风遮眼的静地"就是上下文称为"碗角背"的流散户栖居之地。"碗角背"这个名字起得很形象，但是，如果保留这个"碗"的意象，却很难翻译出什么像样的英语地名。*The Invisible Valley* 没有出现"碗角背"的译名，而是直接以 hollow（洞穴）称之，甚至第六章标题"寨子"也被翻译为 The hollow。"碗角背"是《迷谷》中流散户的居所，也是路北平无意中闯入的世外桃源，在整个故事中具有极其重要的"家"的象征的意味。"一场'五号台风',让整个农垦兵团都乱了分寸"(苏炜,2006:190),到处都是劫后废墟,可是"碗角背"这里"棚屋井然,一片鸡鸣狗吠,仿佛成了台风眼中不惊不扰的避风窝子"(苏炜,2006:156)。非但自然灾害伤不了"碗角背",连"高举革命火炬"、手持"红宝书"、入山挑事的班长,也被八哥一正一邪的"红头文件"和"露种"之举弄得"阵脚大乱"(苏炜,2006:250–254)。"碗角背"的神奇,再加上居住在这里的流散人口(driftfolk)是"没户口没口粮的'黑人黑户'"(苏炜,2006:34),他们的"流动性"几乎消解了这一地名的实指。温侯廷略去了"碗角背"这一专名,而以普通名词 hollow 取而代之,这一做法看似大胆,实则把握住了"碗角背"这一地名的精神特质。Hollow 一词语义韵(semantic prosody)中的"空虚"的意涵以及与传说(如 The Legend of Sleepy Hollow)相互勾连的神秘色彩,使得没有看过"明清古书"的英语读者,也能想象出这片奇妙的"静地"。

如果说译者对"母瑞山"采取了"音译",对"巴灶山""巴掌溪"采取了"意译",对"碗角背"采取了"略译"的策略,文中另一处特殊的地名"倒米谷"的翻译,则更加凸显出译者的创作才华:

> 哗!你一定是迷入了那个"**倒米谷**"里去了吧! ⋯⋯除非是误打误撞,多少人是烧了香、做了法,才能寻得见它的入口处呢!"倒米"就是粤语里"倒霉"的意思,粤俗里求神做法都得撒白米,恐怕"倒米"之谓也与此相关吧。(苏炜,2006:16)
>
> Friend, that was it—you found **the baleglen**. ... One

couldn't set out to find it, only hope to stumble into it by accident. Many had burned incense, prayed and cast hexes in hopes of divining the next appearance of the baleglen—so called because of the bales it inflicted on the land, or the many bales' worth of rice that had been scattered in such spell-casting attempts. (Su, 2018: 21)

原作说明"倒米谷"的来历,一是粤语发音"倒米"和"倒霉"之相似,二是粤俗"撒白米"求神的做法。译者将"倒米谷"翻译为 the baleglen,可谓神来之笔。glen 在英语中指狭长的山谷,bale 既有"大包",又有"灾难"的意思,the baleglen 的翻译,保留了原作对粤语发音和粤俗撒米的解释,译文既流畅可读,又保留源语文化意涵。

葛浩文曾经谈到过翻译中国作品中的专名时,译者必须考虑作者选词是否表示特定的意义:"是我们日常使用的套语,还是只有在这个语境中才使用的?如果是后者,译者就需要多花心思找到最合适的表达方式。"(李文静,2012:58)《迷谷》中的人名、地名,表面看起来是一个个普通的词汇,实则组合成独特的语境。翻译人名、地名的时候,译者不但要读懂其所处的语境,还要花心思重塑一个对等的语境。温侯廷的翻译不从"单词"(word)出发,不纠结字字对应,也不强求所谓异域风情,而是从这些专名所处的那个亦真亦幻的"世界"(world)出发,设身处地读懂了这些人和地背后的语境,再用英语构建起一个平行空间,"音译""意译""略译"或是"创译"都成为译者空间重构与雕琢的手段。

3.2.3　在"异化"与"归化"之外

一个文化语境中长期沉淀下来的共识与习尚，在另一个语境中很可能难以得到理解和共鸣。除了人名、地名等专有名词，《迷谷》中许多地域文化元素，例如，鬼婚的习俗、鬼神崇拜、阴阳秩序、"文革"生活场景等，对英语读者而言，都是陌生的、奇特的，有些甚至是难以置信、无法理解的。传统翻译研究认为，在处理涉及文化专有元素的翻译时，译者可以采取"归化"（domestication）或"异化"（foreignization）两种不同的策略，前者在翻译中采用透明、流畅的风格（transparent, fluent style），最大限度地淡化原文的陌生感（strangeness），后者在一定程度上不受目标语习惯的限制，刻意保留原文的异域性（foreignness）（Shuttleworth & Cowie, 1997：59）。落到实践中，"异化"与"归化"并不是二元对立的，译者始终需要平衡可读性和异国情调这两种考虑。

《迷谷》中不少人物的对话中出现方言土语和政治套话，这些又与讲话场合及讲话人的身份密切相关，塑造出了活灵活现的人物形象。地球姆见到路北平捡了红纸帖子，拍着巴掌说"大吉大利，大吉大利呀"（苏炜，2006：3）；老女工阿彩撞见身不由己结了阴亲的路北平，会说"无阴功啊无阴功"（苏炜，2006：28）；老牛倌看到阿娴的木头墓碑，大叫"撞鬼呀撞鬼呀真的撞鬼呀！"（苏炜，2006：129）；阿木带着口音抱怨生活艰辛"食西北风都无够饱"（苏炜，2006：124）。温侯廷的翻译对大多方言土语的表达都做了"归化"的处理，把"大吉大利"翻译为 bounty and bliss（Su, 2018：3）、把"无阴功"翻译为 Mercy me（Su, 2018：35）、"撞鬼"翻译为 Ruin and balefire（Su, 2018：159）、"食西北风都无够饱"翻译为 Nay thing in the super bowls but northwest wind（Su，2018：152）。温侯廷认为，原文中方言土语的使用是自然的、流畅的、活灵活现的，译文也应该争取实现同样的效果，塑造出可信的人物形象，而不应该让读者觉得说话人好像"机器人"一样古怪。[①]

在翻译政治套话的时候，温侯廷的翻译策略则以"异化"为主。例如，把"最新指示"翻译为"Orders From the Top"，"誓师会"翻译为"Champion Tapper Competition"，"广阔天地，大有作为"翻译为"Wide Horizons，Bigger Dreams！"（Su，2018：97－98）等，均以原文表述为指向，准确把握了特定时代政治套话带来的陌生感和荒谬感。小说中，政治套话翻译得最为出彩的一处在第三章，路北平对阿秋说：

> 一帮一，一对红，三要三不要，一斗二批三改四化五整六通七荤八素什么的，我一听就脑袋疼，记不住，每次时事测验都不及格。（苏炜，2006：54）
>
> Rectify Ideological Outlook. Never Forget Class Struggle. Venerate，Emulate，Integrate，Participate，Evaluate，Interrogate，Repudiate，Annihilate. That stuff gave me a headache. I failed every current events test.（Su，2018：64）

这段文字的翻译，很难再用"归化"和"异化"截然区分的二元对立去解释。原作中的这些冠冕堂皇的话语体系早已固化于特定历史时期，当今的中国读者也未必看得明白。能指与所指的确定联系在源语中已经断裂，"归化"与"异

---

① 引自本文作者与温侯廷的通信。

化"都无法转译出原文的意义。因此，翻译之"信"不再
受制于原文的意思（meaning），而体现在对原文的意指方式
（mode of signification）的忠实。在温侯廷的译文中，原作那
种机械的重复、短促的节奏，以及革命口号背后那些模糊的
意思，得到了忠实而富有创意的再现，读者和主人公路北平
一样"一听就脑袋疼"，什么也记不住，但却都读懂了那个
荒谬年代，也读懂了小说主人公的无奈。

《迷谷》的地域特质不只体现在方言土语和政治套话的
使用，在叙事的层面上，更见于作者对民俗、神话的转写。
温侯廷阅读过大量魔幻小说，对魔幻文学作品有相当仔细的
研究和独到的理解。他认为，《迷谷》中的神话书写与莫言、
阎连科等人作品中的魔幻现实主义手法并不相同。《迷谷》
的独特性在于作者构建出的那个"碗角背"里龙神蛇怪的传
说、阴阳秩序的象征，对于置身事外的人来说，也许是魔幻
的，但是对于故事里的人物、生活在"碗角背"的人们，这
些元素是实实在在的生活。而对读者而言，他们可以选择相
信这些只是迷信，也可以选择相信这些就是现实的人事。来
自山外世界的路北平，在经历了许多匪夷所思的事件之后，
也曾发出感慨："八哥满口阴阳八卦的，其中倒是透着一种
世事通明、人情练达。"（苏炜，2006：258）作为译者的温
侯廷，也希望让英语读者有机会感受到"阴阳八卦"，同时
也希望他们读得出"世事通明、人情练达"。如何翻译好统
贯整个故事的"阴""阳"这两个概念，便成为他一个相当
重要的课题。

中国的"阴""阳"也许是最为西方人所熟悉的中国传
统文化核心词，英语中也一直接受了它们的音译 yin 和 yang。
《迷谷》中，碗角背的流散户所奉行的阴阳秩序虽然和传统
文化中的阴阳观念相关，但并非等同。温侯廷用 Kingfisher's

crude，backward mysticism（朴素、原始的神秘主义）（Su，2018：326）翻译八哥的"阴阳八卦"，表面看来是一种归化的翻译，实则准确把握了"阴阳"在碗角背的特定意义。这种朴素、原始的神秘主义对"阴""阳"的理解，源自最直观的自然现象：黑暗与光明，生养与死亡。温侯廷将全书中的"阴"翻译为 shadow（阴影），"阳"翻译为 light（光）、brightness（明亮），用最普通的用词，翻译出了山里人那种朴素、原始的神秘主义。下文便是其中最为突出的几个例子：

> 人是日月生养的，不露阳就少了**阳气**，那些阴气重的蛇虫鼠蚁，就要随身上啰。都说你四眼这大热天衣衫密实的，困着**一身阴**，要招鬼招祸的呢。（苏炜，2006：70）
>
> Man's child of the sun，if he hides from the sun he'll lose his **brightness**，his light air，and that means shadowy things like bugs and snakes'll glom on to him. Going around in high summer with every inch of your body covered will turn you into **a big sack of shadow**.（Su，2018：84）

> 人生就是**阳**，死亡就是**阴**，只有生养才能**壮阳**，压住山里的**阴煞之气**。（苏炜，2006：127）
>
> Life is **light**；death is **shadow**. Only through sowing life can we **make the light** grow，**push back the** mountain's **shadows**.（Su，2018：242）

> 这**阴阳一失调**，什么天崩地裂的阴功事，都变得出来呀！（苏炜，2006：12）

When we lose the balance, **when light and shadow get tipped out of true**, then god knows the kind of awful things that'll start taking shape around us, god knows what kind of calamity'll descend on our heads. (Su, 2018: 304)

这一个"好"字，不就是一女一子、**一阴一阳**化合出来的吗？天底下诸般"好"，不都是由这个"好"字生养出来的吗？（苏炜，2006：296）

You are thinking, even the figure for "good" is made up of mother and son, woman and man, **shadow and light**. Every good thing under the sun's born out of that goodness. (Su, 2018: 376)

温侯廷采取的翻译策略，显然已经超出了"归化""异化"之争的范围。一贯主张直译、声称译文"宁信而不顺"的鲁迅先生，被翻译界推崇为"异化"的代表人物。其实鲁迅先生也强调："凡是翻译，必须兼顾着两面，一面当然力求其易解，一则保存着原作的丰姿，但这保存，却又常常和易懂相矛盾：看不惯了。不过它原是洋鬼子，当然谁也看不惯，为比较的顺眼起见，只能改换他的衣裳，却不该削低他的鼻子，剜掉他的眼睛。"（鲁迅，1984：301）温侯廷为"阴阳"穿上了 shadow and light 这件衣裳，不但比 yin and yang 更让英语读者觉得顺眼，而且也将八哥、阿佩、阿秋等人的形象衬托更加清晰动人了。如果把流散户口中的"阴""阳"翻译成 yin 和 yang，反而会让英语读者觉得这些人不像是居于蛮荒之地的流散户，倒像是道骨仙风的中国风水先生。温侯廷以流畅的、本土化的英文表达，准确把握住了异域朴素而原始的文化。他笔下的"阴""阳"不只是属于中国的阴阳，而且更精准定位于《迷谷》中巴灶山碗角背八哥定下的规矩。

3.2.4 "心智融合"的翻译探险

苏炜 1993 年开始创作《迷谷》，1998 年定稿。苏炜的学生温侯廷翻译 The Invisible Valley，前后用了近七年。温侯廷曾说，"开始翻译的时候，我想，既然可以直接与作者交流，我应该能够感知到作者创作的火花，并据此来让我的英文译本栩栩如生。我把这个翻译办法叫做'心智融合'（Vulcan Mind Meld）"。翻译完成后，温侯廷笑谈这个"心智融合"的办法似乎起效果了，他不但和苏炜成为朋友，苏炜也带他走进了《迷谷》中的世界，那里的一草一木都历历在目，每一个人物自己都早已熟悉。

The Invisible Valley 出版不到 5 个月，就收到来自各界的好评，在全球最大的在线读书社区 Goodreads 上评分高达 4.05（满分为 5 分）。① 著名作家哈金、Patrick McGrath，学者 Perry Link 等人对该书给予极高评价，盛赞该书对南中国热带雨林自然环境和神秘蛮荒的描绘，对于人物和叙事产生的冲力。有书评人注意到温侯廷对地域文化的成功再现，评价在《迷谷》的翻译中，"译者采用了类似马克·吐温的《哈克贝利·费恩历险记》中当地土语的特点，将流散户的方言原汁原味地翻译出来，而这样朴实平白的方言，也非常直观地塑造出《迷谷》中那些非主流的人物形象"②。也有

---

① https：// www. goodreads. com/book/show/37790204 – the-invisible-valley.

② https：// ceas. yale. edu/news/invisible-valley-novel-su-wei.

评论家通过阅读译本而直接感受到《迷谷》中地域书写的魅力，"这部作品具有拓宽现实的力量，让我们重新审视自己周围的人和地（landscape）"①。

2018 年，《人民文学》曾举办过一次有关地域书写的讨论。在讨论的总结词中，梁豪指出，"最上乘的地域书写，想必是让再优秀的翻译家也犯难抓狂的范本。它对语体的重新锻造、对语境的别致经营和对笔下故事的妙想新编，理当让任何他方文字及其语法力不从心，凿枘难合，暴露它们在支撑文学丰富性上的局限和单薄"②。温侯廷以他对《迷谷》的翻译，挑战了"地域文化不可译"之成见。在他的笔下，翻译已然超越"归化"和"异化"之争，每一个语词都成为打开新世界的密匙，每一个英语读者对《迷谷》的阅读都会是语言丛林中的一次探险，都将重构起一个南中国热带雨林中的奇观。

3.3　中国声音与世界故事

"讲故事"是一种最古老的人类认识自我与世界的方式，也是一种与他人分享并沟通自己理解的一种方式。中国儿童文学作家曹文轩和巴西插画师罗杰·米罗（Roger Mello）共同创作的绘本《羽毛》，讲述了一片迷失的羽毛反复追问自己的来历而最终获得归属感的故事。2015 年，中国少年儿童出版社曾推出过该书英语译本。2017 年，这个故事再次由美国作家/译者克洛伊·加西亚·罗伯茨（Chloe Garcia

---

① http://www.sfintranslation.com/? p=4206.

② 《地域写作：开阔地抑或窄门》，http://www.chinawriter.com.cn/n1/2018/0322/c404030-29882658.html.

Roberts）翻译，由 Elsewhere Editions 出版。这个版本推出后，得到各大报刊书评人的盛赞，于 2018 年荣获国际儿童读物联盟美国分会（United States Board on Books for Young People，简称 USBBY）颁发的"国际杰出童书奖"（Outstanding International Books List，简称 OIB）。

曹文轩的原著、米罗的插画、翻译者的诠释与重写等一系列有意图的符号组合，在跨越文化及语言的隔阂过程中，延展出多元立体的审美空间，并蕴含复杂可能性的文本意义。下文将通过对原著、插画与翻译的梳理，追溯这片"羽毛"的越洋之旅，辨认这一过程中独特的中国声音以及多能指的符号文本最终建构而成的世界故事。

3.3.1 一个不同寻常的故事

在《羽毛》中，曹文轩用诗意的语言，讲述了一片孤单的羽毛御风而行的寻根之旅。这片羽毛想弄清自己到底来自何处，在风中飘荡，遇到了翠鸟、布谷、苍鹭、大雁、孔雀、喜鹊、天鹅、野鸭、琴鸟、百灵、云雀，还有鹰，她反复向不同的鸟儿追问同一个问题："我是你的吗?"可是鸟儿们大多各自忙碌，在羽毛耐心等待之后，得到的总是令她失望的答案："不是"。寻根的旅程充满艰辛，虽偶有温馨的时刻，但羽毛也承受了忽略、嘲讽，甚至是残忍的打击。就在她几乎完全放弃希望的时候，羽毛却似乎在无意间找到了自己真正的归属。

《羽毛》的叙事结构相当简单；将复杂的意涵压缩或隐藏在单一的叙事结构中，恰是优秀的儿童文学作品的特点。第一次读到《羽毛》的中国读者可能会联想到《小蝌蚪找妈妈》，而英语世界的读者也很容易想起美国作家 P. D. Eastman 于创作 1960 年的经典作品《你是我的妈妈

172

吗？》（*Are You My Mother?*）。《羽毛》虽然采用了与这些经典作品相似的简单叙事结构，但希望表达的意涵更偏于哲理化。羽毛的追问不只表达出孩童寻找母亲的本能，更在普遍意义上象征着人类对一种理想的、自适的生存状态的渴望。

曹文轩曾谈及自己创作《羽毛》的缘起。他在风中看到一根飘摇而上的羽毛，禁不住心中追问它来自何处，去往哪里，属于谁。这三个问题看似简单，却也是哲学的终极命题。曹文轩在羽毛身上，看出了"一种淡定与自由"，也看出了"一种飘摇与无奈"，这恰是尘世间匆匆而过的普通人面对命运的无常和生活的跌宕时最普遍心态的真实写照。对曹文轩而言，这一片羽毛的故事，讲述了每个普通人不得不思考的生命主题：

> 羽毛的御风之旅、追问之旅，其实就是人类追求归属感的旅程。
>
> In fact, Feather's journey of riding the wind, her journey of questioning, is really the human journey of searching for a sense of belonging. （Roberts 译本）

在一个讲给孩子听的故事中融入如此沉甸甸的话题，不是一件容易的事情。曹文轩以举重若轻的笔触，将深邃的哲思织入了每一帧故事的画面，让读者顺着羽毛的飘行遇到不同的鸟儿。对年幼的读者而言，这是一个识鸟认字的过程；对更成熟一些的读者来说，则可能从鸟儿身上觉察出人世间生活的百态：有的终日辛劳觅食，有的为了生计奔波迁徙，在庸常劳碌的生活里，难免滋生出麻木和冷漠，所幸依然有温和的善意留存着。例如，领头的大雁忙于飞行，完全无视羽毛的存在，飞在最后的大雁却报之以温柔的回答："孩子，

173

你不是我们大雁的羽毛。"

故事里鸟儿一个接一个出现，但给人留下的印象大多模糊不清，作者没有使用任何形容词去描绘它们，唯有孔雀（"漂亮的"）、云雀（"好心的"）和鹰（"威猛的"）是例外。它们带来了故事里最大的几次情绪波折：孔雀的嘲讽让羽毛深切感到自卑与难过；云雀让羽毛高飞的梦想成真，飞到比云更高的地方；羽毛满心崇拜着鹰，但鹰却毫不留情地杀死了云雀，这让羽毛彻底心碎。就在羽毛因此坠入意义的深渊，几乎放弃所有希望，"什么也不想，一躺就是好几天"的时候，却意外地在阳光下遇见了欢喜、自由以及归属感。

> 羽毛落在了田野上。
>
> 她躺在草丛里，什么也不想，一躺就是好几天。
>
> 灿烂的阳光下，一只母鸡带着一群小鸡，正在觅食。
>
> 一家子欢欢喜喜，自由自在。
>
> 羽毛想：其实，不飞到天空，就在大地上走着，也很好呀！
>
> 她多么想问母鸡："我是你的吗？"但她已经没有勇气了。
>
> 温暖的阳光下，母鸡展开了双翅——
>
> 啊，好像缺一根羽毛呢！

皆大欢喜的结局，在儿童文学的创作中几乎是一个规定性的要求，但与一般的喜剧相比，《羽毛》的结尾显然有更丰富细腻的文本质地。曹文轩自己曾多次表达过对儿童文学中一味强调"快乐主义"的反对。他说：

> 几乎所有的人都认为，儿童文学是让儿童快乐的一种文学。我一开始就不赞成这种看法。快乐并不是一个人的最佳品质。并且，一味地快乐，会使一个人滑向轻浮与轻飘，失去应有的庄严与深刻。（曹文轩，2014：187）

羽毛最后与母鸡的相遇，虽然也让读者感到欣慰，但与"小蝌蚪找到妈妈了！"那种母子相认的热烈欢呼比起来，这个结尾的情绪显得相当平淡、犹豫，甚至带着不知因何而起的忧伤，因为梦想与现实、命运与奋斗、自由与归属的界限，似乎都在结尾那"温暖的阳光"中变得模糊而湿润了。尤其是羽毛身世揭晓前的那句话——"但她已经没有勇气了"——更让羽毛的故事跳出了常见的儿童文学中成长/冒险故事的叙事逻辑。

在东西方文化中，勇气都是备受推崇的美德，人类必须具有这样积极的心理品质，才能面对命运中的无常与冲突，不断抗争以追求卓越。《中庸》有云："知、仁、勇，三者天下之达德也。"柏拉图在《理想国》中，将勇气（andreia）看作是和节制（sophrosune）、智慧（sophia）、正义（dikaisune）并列的四大核心美德。民间传说的传统中，从格林兄弟的《勇敢的小裁缝》到卡尔维诺的《勇敢的小约翰》，勇气一直是被反复赞颂的母题。美国教育家露丝·科恩（Ruth Cohn）认为，"勇气是日常生活中最珍贵的能力之一"，因此，在儿童教育中"我们当然要确保帮助培养（孩子们的）勇气"（Cohn，1957）。大多数儿童文学的成长故事往往会遵循角色"怯弱—勇敢—成长/成功"的发展路线，以勇气的获得作为角色成长的关键因素。例如，《绿野仙踪》中，胆小的狮子表现出勇敢的力量，为保护多萝茜而与敌人决斗，最终成了真正的"森林之王"；马其塞特的《红斗篷》中，娜蒂尔与外婆一起将野狼制伏，逐渐变得勇敢起来；《小布头历险记》中的怯弱的小布头通过自己的努力和胆量，最终脱险回家。

《羽毛》却完全颠覆了这一叙事逻辑。最初，羽毛决定追寻自己起源，曾满怀高远的理想："如果我能属于一只鸟，会飞得更高啊！""她多么渴望天空，多么渴望飞翔！"那时候，羽毛是勇敢的，她坚韧地追寻自己的梦想，面对冷遇和嘲弄，却始终百折不挠。但云雀之死带来的巨大创伤，使羽毛不再留恋天空，转而接受更踏实、更现实的生活："其实，不飞到天空，就在大地上走着，也很好呀！"她甚至没有勇气去向母鸡询问那个自己已经重复过无数遍的问题："我是你的吗？"然而，偏偏在她放弃梦想、失去勇气甚至停止尝试的时候，似乎就得到了命运的青睐而如愿以偿了。

曹文轩曾说过，自己倾向于"无为""疏朗""淡泊""超然""宁静"的生活态度（曹文轩，2014：194）。人们通常容易看到主动的努力、前进的轨迹和刚强的效用，却很容易忽视被动的等待、曲折的过程和柔弱的力量；而实际上，后者在事物的发展中可能比前者更重要。《羽毛》希望告诉孩子们的，可能并不（只）是雄心壮志、坚韧勇敢、百折不挠、永不言弃的可贵，更有安然若素、随遇而安、宁静致远、无为而为的智慧。正是因为这样，《羽毛》是一个看似简单却不同寻常的故事。

3.3.2 从文字到图像：羽毛、鸟和青花瓷

曹文轩创作的这个故事，交由巴西著名画家罗杰·米罗（Roger Mello）配图。2013 年 9 月，中国少年儿童出版社（以下简称 CCPPG）出版了《羽毛》一书。关于这本由中巴

两国作家、画家合作完成的绘本，李敬泽认为，"在中国图画书出版、中外版权合作等领域都有里程碑的意义"①。

　　绘本是一种特殊而迷人的艺术创作，需要用图画和文字共同完成故事的叙述。有的时候，故事是由画家和作者合作构思完成的，但更多情况下，可能先有文学脚本的创作，然后画家再根据文本将其转化为图像。曹文轩曾在意大利博洛尼亚国际童书展被德国插画家索尼娅·达诺夫斯基的作品深深吸引，并萌生为自己的作品寻找高品质插图的想法。虽然一开始这样国际合作的沟通管道并不通畅，但很快 CCPPG 就找到了突破口。曹文轩回忆说：

　　　　中少社的编辑对我说，他们已经通过各种管道找到了一些著名的国外插画家。而且，他们很快将我的作品译成英语，送到了这些画家手上，看他们是否愿意为这样的作品做插图。很快就有了反馈：他们对我的文字不仅很感兴趣，而且十分欣赏，表示非常愿意为它们插图。事情的顺利远超预料。工作很快就开始了。（曹文轩，2016：序）

　　《羽毛》这本书的第一个英译本是 CCPPG 完成的，最初英译的动机，很可能就是为了联系相关的画家，看他们是否喜欢这样的作品，愿意为之配图。米罗后来为《羽毛》所写的序言中，提到自己从张明舟和艾哈迈德·雷萨斯处得到《羽毛》后，就"爱上了曹文轩的故事"（I fell in love with Cao Wenxuan's story.），"感到自己要用图画来诠释字里行间

————————

　　① 《曹文轩新绘本联手巴西画家》，载《新京报》2013 年 9 月 18 日，C14 版。

的哲学意义"（I realized that I was supposed to illustrate the philosophy in between the words.）。

米罗所说的"字里行间的哲学意义"，让我们不禁联想起《易传》中的"书不尽言，言不尽意"，或是《庄子》里的"意之所随着，不可以以言传也"，又或是刘勰所云"意翻空而易奇，言征实而难巧"。语言文字在表意中的相对的确定性，使得事物与概念经由"言"的表达，往往将幽微难明的意义简化为排他的、单向度的理解。面对"言不尽意"的困境，我们常求助于"象"，因为和语言相比，图画将现实的时间与空间纬度以浓缩的方式呈现，比语言文字更概括，又更复杂。图像与文字之间的呼应与合奏，可以营造出直观的场景，渲染出引人入胜的故事，将阅读视角从平面、线性变为立体、多维，让读者在虚实相生中窥见隐幽的难尽之意。

也许正是意识到了"尽意莫若象，尽象莫若言"这微妙的关联，曹文轩认为，"图画书是最接近哲学的"（曹文轩，2014：417）。《羽毛》的插画家米罗也是一位擅长以图像表达哲思的艺术家。他曾于2014年荣获国际安徒生奖（Hans Christian Andersen Awards），颁奖词中提到，米罗的插画融合了象征与描述的元素，并通过仪式性、象征性的色彩运用，使作品气势非凡。这让米罗在用插图去表达意义的时候，能够从显见上升到超越的层面。[①]米罗为《羽毛》绘制的配图，无论是构图、配色还是风格，都相当大胆。《纽约时报书评》（The New York Times Book Review）在对这本书的评价中说："米罗的艺术令人震撼，每一页的色彩都明亮鲜

---

① "Presentation of the Hans Christian Andersen Awards 2014" https://www. ibby. org/subnavigation/archives/hans-christian-andersen-awards/2014/maria-jesus-gil + &cd = 1&hl = zh-CN&ct = clnk&gl = jp.

艳，对每一只鸟的描绘都带来令人回味的意外。"（Mello's striking art makes each page a bright color, each avian portrait an evocative surprise.）《羽毛》中出现了很多鸟，作为一本针对儿童的绘本，米罗对鸟类形态的描绘在一定程度上是写实的，他会将它们最特别的部分凸显出来，例如，翠鸟的颜色、布谷鸟的羽毛、苍鹭弯曲的脖子、大雁红红的脚蹼、孔雀的尾巴、雄鹰的利爪等等。但在描述的元素之外，米罗也为读者呈现了"令人回味的意外"。

　　故事的背景发生在大自然中，但米罗的插图没有轻易地采用"重现式"的手法去描摹自然，而是以"瓷器"（china）这一在英语中与"中国"（China）相同的单词，作为隐喻的符号，去建构这个故事发生的景观。曹文轩笔下，翠鸟在水边捕鱼，但在米罗的图中，则面对着一排排整齐的、游着红色锦鲤的鱼缸发呆；原文里飞来飞去的布谷鸟，站立在一个红色的陶碗上，周围还有各种形状的陶瓷器皿；孔雀躲在顶天立地的一排双耳尖底陶罐的背后，只有仔细辨认，才能从陶罐间隙中看到它羽毛细腻的华彩；大雁、喜鹊、天鹅、野鸭和百灵鸟，则定格为各式青花——如梅瓶、玉壶春瓶、执壶等瓷器上面的纹饰。尤其值得玩味的是，原著中的"野鸭"，对应在画面中是一只美丽的"鸳鸯"（英语中鸳鸯叫做 Chinese Duck，直译为"中国鸭子"），被绘制在一只相当精致的葫芦形执壶上。弯弧形长柄、长流、盖上饰花蕾形钮，壶上缠枝花纹，颇有明永乐瓷器的感觉。曹文轩承认，米罗绘本中的瓷器/中国元素让他感到惊喜：

　　　　记得在和巴西画家米罗先生对话我们共同完成的绘本《羽毛》时，我指出了他的画中一些让人意想不到的元素，比如他对中国青花瓷的情有独钟。因为我们总是与青花瓷相遇，渐渐地感觉钝化了、无动于衷了；而对于他而言，青花瓷就是中国，感觉十分新鲜，因此他将他的画大量画在了一只一只青花瓷的瓷瓶上，从而出现了不在我们想象世界中的画面。这些画面十分精彩，并意味深长。它带给《羽毛》的价值，非同小可。（曹文轩，2016：序）

米罗笔下的陶瓷器皿带给《羽毛》的价值，除了凸显故事的"中国"起源之外，还承担了另一重含蓄的叙事功能：瓶瓶罐罐的重量，在视觉上烘托出羽毛之轻盈；瓷器的易碎与优美，也象征了生命的须臾与可贵。这一切都暗示着读者，应该以更抽象而非直观的方式，去看待故事中的每一个角色与情节。

米罗作品背后的驱动力，是与原著的叙事声音相互应和，构成和谐的复调，而并不希望在故事之外，强加给读者任何说教。因而，除了在鸟儿身上可以看到奢华的、颇有南美编织风格的羽毛花纹之外，整个绘本的背景设计极其简约，除了零散的瓷器、抽象的树枝与小山之外，更多是大片的留白，上面甚至并无文字，仅填充以鲜明的色彩。贯穿全书的，是坚定立于双数页面右侧的半根羽毛。在她放弃身份的追寻之后，这片羽毛完整而孤单地回到画面中央，显得十分巨大，柔软地延展在两个完整开阔的棕色页面上。最后一页，羽毛又缩得很小很小，依然是孤单的，飘在绿色的空白背景中。好的绘本，图画和文字间有极佳的默契，但却不会简单重复再现彼此的信息，否则图文的组合就会变得冗余而无趣。"图与文必须要在相互填补空隙之余，还要能够留白，让读者有参与想象的余地。"（林真美，2010：1949）值得一提的是，在原著文字描绘最具体、最有画面感的时刻，米罗的图像往往是沉默的。例如，鹰向云雀扑过去的那一瞬间，是全文叙事声音最尖利、色彩最刺眼的时刻："羽毛听到了空中的一声尖叫，她甚至看到有一滴鲜红的血珠，亮晶晶地从空中滴落下来。"再如，全文结尾羽毛终于找归属感的那一刻："温暖的阳光下，母鸡展开了双翅——啊，好像缺一根羽毛呢!"米罗的笔下，既没有画出那一滴鲜红的血珠，也没有画出母鸡在阳光下展开的翅膀，甚至连母鸡的形象，也仅抽象为一个小小的黑色剪影。母鸡甚至是全书唯一没有细致描画其羽毛的鸟儿，因为任何色彩、花纹或形态，都不可能完整地、令人满意地呈现羽毛最终找到的理想状态。如果说，从画面上抹去那滴血，部分可能是因为儿童文学插画的自我审查，那么，全书最后一帧画面则表明，插画师确实具有相当高明的审美眼光，懂得点到即止的叙事技巧，以及如何在"言"与"象"之外，以留白呈现不可道之道的理想。

3.3.3 以诗意回归童真:《羽毛》 的越洋之旅

上文提到，CCPPG 为了为《羽毛》寻找国际合作的画家，曾将这个故事翻译为英语。2015 年，CCPPG 采用了米罗的插图，出版了第一个英译绘本 *Feather*（《羽毛》），但当时并没有广泛发行。2017 年，美国作家/译者克洛伊·加西亚·罗伯茨（Chloe Garcia Roberts）重新翻译了曹文轩的故事，这次由 Elsewhere Editions 出版，企鹅兰登书屋（Penguin Random House）负责分销。这个版本推出后，得到各大报刊书评人的盛赞，并夺得多项童书大奖。至此，《羽毛》才真正成为英语世界读者们所熟知的一部作品。

与 2015 年 CCPPG 的英译本相比，2017 年 *Feather* 的出

版阵容更强大。Elsewhere Editions 是美国群岛出版社（Archipelago Books）下属的少儿图书出版品牌。群岛出版社一直致力于出翻译文学作品，其工作理念根植于对不同文化间的艺术及文学交流的期待，以及对文学化解成见、揭示共同人性的信心。全球化时代世界文学的生产一直存在相当令人担忧的问题，如文化资本垄断、语言霸权，以及翻译作品在英美文化中的边缘地位，等等。当前，美国每年新出版的文学作品，仅有 3% 来自英美文化以外的国家与地区。群岛出版社表示"正在尽其所能，希望通过出版多样化的、创新的文学翻译作品，改变这种可悲的状况，并扩大美国文学的版图"①。作为群岛公司下属的童书出版专线，Elsewhere Editions 的运营理念，也充满了对多元文化的追求，他们翻译并出版来自世界各地的绘本，希望以此"丰富孩子们的想象力，培养他们对其他文化的好奇心，并以幽默，艺术和有趣的精神，传播欢乐"②。作为一家专注于出版翻译图书的公司，群岛出版社相当重视翻译的质量，其出版项目从获得版权到最终出版，一般耗时 1～3 年，其中绝大部分时间都

---

① "By publishing diverse and innovative literary translations we are doing what we can to change this lamentable circumstance and to broaden the American literary landscape", see "About". https：// archipelagobooks. org/ about/.

② "Elsewhere Editions is a children's imprint from Archipelago Books, devoted to translating imaginative picture books from around the world. We hope that these titles will enrich children's imaginations and cultivate curiosity about other cultures, as well as delight with their humor, art, and playful spirit. " "About Elsewhere Editions", https：//elsewhereeditions. org/about-us/.

花在了复杂的翻译工作上。① 为了翻译《羽毛》一书，群岛的编辑肯德尔·斯托里（Kendall Story）找到了克洛伊·加西亚·罗伯茨（Chloe Garcia Roberts）。和插画家米罗一样，这位译者读到原著的第一反应也是"立刻爱上了"这部作品（I fell in love with it immediately.）。②

　　罗伯茨是一个对语言尤其敏感的译者。曹文轩在前言中明确表达了哲学与儿童文学的关联，罗伯茨因此将哲学看作自己翻译的透镜（the lens that I would translate through）③，原著通过这一透镜，折射到原文上的第一道印记便是"羽毛"。罗伯茨在翻译中区分了普通名词"feather"与专有名词"Feather"。后者既是故事主人公的身份，也是她的名字，这使得她不同于任何一片普通的、现实的羽毛，而是升腾为抽象的、概念上的存在。专有名词是以命名对象的唯一性为前提的，只能指称而不能描写它的所指，不能表示任何意义。这一命名的行为，在符号的层面，将 Feather 对意义和归属的探寻前景化，使之成为一项必要而迫切的使命。

　　罗伯茨的敏感还源自她作为一个诗人对语言声音的执着。她曾获得 2013 年美国笔会翻译奖的资助，翻译出版过

---

① Craig Hubert. "Literary Expansion：Gowanus-Based Archipelago Books Travels the World for Titles". https：//www. brownstoner. com/brooklyn-life/brooklyn-publisher-archipelago-books-global-literature-jill-schoolman-nonprofit-press-232 – 3rd-street/.

② "Interview with Chloe Garcia Roberts", https：// chinesebooksfor youngreaders. wordpress. com/2018/01/25/interview-with-chloe-garcia-roberts-translator-of-the-picture-book-feather-by-cao-wenxuan-and-roger-mello/.

③ "Interview with Chloe Garcia Roberts", https：// chinesebooksfor youngreaders. wordpress. com/2018/01/25/interview-with-chloe-garcia-roberts-translator-of-the-picture-book-feather-by-cao-wenxuan-and-roger-mello/.

李商隐的诗集《我同代人的曲折：杂记》（*Derangements of My Contemporaries：Miscellaneous Notes*，2014），也出版过自己的诗集《启示录》（*The Reveal*，2015）。她认为，诗歌与儿童文学之间是有共通之处的："两者都要以新颖的、令人兴奋的方式展示主题，并且听起来都应该是优美的"。[①] 她的翻译致力于以诗意的语言，将深奥的哲理转变为儿童能听懂的、优美的声音。《羽毛》原著中羽毛与鸟儿的问答，有大量重复的话语，这既是儿童文学的特点，也包括了对"归属"这一核心议题的反复追问："我是你的吗?"罗伯茨在翻译这句话的时候，尝试过许多不同的译法，而最终确定为"Am I yours?"因为这句话"不但听起来效果最好，而且能与曹文轩原文中关于人类寻求理解的重复话语发生共鸣"[②]。这句话中三个英语单词，"Am—I—yours"简单到极致，年龄再小的读者也会觉得熟悉，感觉自己也曾经说过很多次；同时，这三个单词都是单音节词，和一般英语句子自然呈现轻重交替的抑扬调不同，这是一个所有字都必须重读的问句，读起来自然会发出热切而郑重的音调。

原著中还有一处相当重要的重复，是关于羽毛随风飘落在不同地点的场面切换。例如：

　　　　她落在了水边的一棵树上

---

① "Interview with Chloe Garcia Roberts", https：// chinesebooksfor youngreaders. wordpress. com/2018/01/25/interview-with-chloe-garcia-roberts-translator-of-the-picture-book-feather-by-cao-wenxuan-and-roger-mello/.

② "Interview with Chloe Garcia Roberts", https：// chinesebooksfor youngreaders. wordpress. com/2018/01/25/interview-with-chloe-garcia-roberts-translator-of-the-picture-book-feather-by-cao-wenxuan-and-roger-mello/.

羽毛落在了水塘边
羽毛落在了一片草地上
羽毛落在了一座山上
羽毛落在了田野上

以下是 CCPPG 和罗伯茨两个英译本对这些句子的翻译
对比：

The feather landed in a tree on the shore of a lake
The feather landed on the shore of a pond
The feather landed on a lawn
The feather landed on a mountain
The feather landed in a field　　　（CCPPG 译本）

Feather drifted down onto a tree by the waterside.
Feather drifted down by the side of a pond.
Feather drifted down into a wide grassy meadow.
Feather drifted down on top of a mountain peak.
Feather drifted down into a field.　（Roberts 译本）

忽略细微处的选词偏好，原文中的核心动词"落在了"在两
个译本的处理有明显的差别。CCPPG 将其译为"land"，凸
显的是"落地"之确定；而罗伯茨的笔下则译为"drift
down"，更曲折表达出"飘落"时的无奈。后者不但在意义
上比前者多出一种羽毛在空中飞舞的视觉感受，音效上的摩
擦音也更让读者容易联想到风的声音，另外节奏上也更多一
重抑扬，无形中对应了羽毛命运的跌宕。这些短句貌似是无
关紧要的细节和插曲，但它们其实点缀了羽毛旅程的各个阶

段，通过相似的语词，相互之间形成应和，回荡出诗意的回响。

虽然在《羽毛》之前，罗伯茨从来不曾涉猎过儿童文学的翻译，但作为一个六岁儿子和一个两岁女儿的母亲，她对这一作品的理解，也为她的翻译带来了另一层特殊的"敏感"：她会更关注年幼读者的心理感受。故事中的鸟儿们因为各自忙碌，一开始都无暇顾及羽毛，但羽毛耐心等待后，它们都会"看了看"羽毛，然后再告诉她，"不是"。这个场景对于年幼的读者来说，很可能会产生强烈的代入感。平时，如果孩子们向忙碌的成年人询问，常常也需要等待好一阵子，才能得到关注。这个"看了看"的动作，在 CCPPG的译本中被直译为普通的"look at"（看）或是漫不经心的"glance down"（扫了一眼）。但罗伯茨将所有鸟儿的"看了看"，都翻译成"take a long look at"（看了好一会儿），表示所有的鸟儿在回答羽毛的问题之前，都非常认真仔细地端详过羽毛。这个细节的翻译，或者会让那些习惯于等待的孩子们心里好受些，也与米罗图画中布谷鸟歪着头严肃的表情、苍鹭抬起细长的腿去触碰羽毛的动作呼应起来，为这个故事蒙上了一层原著可能并没有设计的暖意。

当被问到自己最喜欢《羽毛》哪一个段落的时候，罗伯茨的回答不是最后羽毛找到归属的那一刻，而是和云雀在天空最高处的飞翔：

> In terms of the text, I loved Feather's time with the kind-hearted skylark. Those moments in the book channeled a pure and present joy, a kind of reveling in journey, that I

really appreciated. [①]（从文本来看，我最喜欢读羽毛与好心的云雀的相处。书中的那些瞬间，传递出一种纯粹而又当下的快乐，一种旅途中的狂欢，我非常欣赏这一点。）

曹文轩曾说过"图画书最具有流通于世界的能力"，因为"在所有的文学门类里，图画书是最接近哲学的，而哲学的精神是普世的"（曹文轩，2014：417）。实际上，曹文轩在《羽毛》中所向往的那种淡泊无为的人生哲学，却未必是普世的。"静定生慧""无为而为"经过中国文人的世代经营，已达美学境界，对于中国读者无疑有极大的魅力，但对于大多数西方读者，依然是很难完全认同的理想。与哲学相比，经得起讲述的故事本身，可能才是真正普世的。西方读者更愿意讲给孩子们听的《羽毛》，依然是一个关于雄心壮志、勇气、奋斗，以及最终如愿以偿的故事。但中西趣味的差异，并不妨碍英语读者们接受、喜爱，哪怕是断章取义地理解甚至是曲解这片漂洋过海的羽毛。从这个角度来看，《纽约时报书评》对《羽毛》的评价——"一个可爱而深刻的故事"（a lovely and profound tale）——确实再精准不过了。如果那些"深刻"的哲思难以完全跨域语言和文化的障碍，那么暂且用优美的声音、诗意的文字、鲜明的色彩与画面，去讲述一个"可爱"的、所有孩子们都喜欢听的故事，又何尝不可呢？

---

① "Interview with Chloe Garcia Roberts", https://chinesebooksfor youngreaders. wordpress. com/2018/01/25/interview-with-chloe-garcia-roberts-translator-of-the-picture-book-feather-by-cao-wenxuan-and-roger-mello/.

3.3.4 "讲故事"与东方文明的智慧

"讲故事"是一种古老的人类活动,每种文化、每个时代、每个地方都有自己纷繁复杂的叙事传统。早在文字出现以前,人们就聆听、分享和创作故事,通过情感和身体的依恋来体验故事,通过故事来娱乐、想象,形成族群,告知并传递文化传统和价值观念。故事以口述、文字、画面、手势等方式,存在于神话、传说、寓言、童话等无数媒介中,从夏威夷土著作为语言继承的"moólelo",到犹太人逾越节家宴讲述的《出埃及记》,从西非文化中的游吟诗人和国王的顾问,到凯尔特的说唱音乐人,讲故事的传统无所不在。罗兰·巴特(Roland Barthes)曾说,叙事"总是超越国家、历史、文化存在着,如同生活一样"(Barthes,1977:79),A. S. 拜厄特(A. S. Byatt)则更为感性地声称,"故事就和呼吸与血液的流动一样,是人类本性的一部分"(Byatt,2001:66)。

一个好的故事应当允许有不同的解读,留下足够多的空间让不同的读者参与意义的建构。曹文轩的文本以简约的语言、常见的结构,围绕"归属"这一不同文化叙事传统中永恒而古老的主题,讲述了一个不同寻常的故事,用一片羽毛意想不到的经历,彰显出东方的审美与"弃动择静"的人生态度。插画家米罗在绘本的前言中,以另一种东方文明的智慧表达出相似的观点:

> 在古埃及的《死亡之书》中,人们会通过比较心脏和羽毛的重量,来衡量一个人的人格。因为他必须既柔软又强大,就像一首优美的诗,就像一个很好的故事。

正因为懂得"柔软又强大"的力量，米罗在插画中将南美热情奔放的色彩与奢华的纹饰与东方宁静淡泊的气质相结合，以纯色的背景与抽象的线条，对应原著简约的语言，并以象征的文化符号，将原本的中国故事凝固成图画。这一汇聚了浓郁南美风情与东方元素的绘本，在英译本中又增添了额外的文本质地，那便是读给孩子们听的、温暖的、诗的声音。追溯《羽毛》的越洋之旅，梳理曹文轩原著、插画、译文之间的互文与变化，不但帮助我们辨认出这一故事背后独特的中国声音，也让我们看到，多能指的符号文本在跨越语言与文化的过程中，能延展出更加多元立体的审美空间与文本意义，并在符码转换的多模态书写与讲述中，真正成为一个走向世界的、"可爱而深刻"的故事。

第4章 对话作为方法

　　无论是"学术派"译者的专业眼光，还是"创意派"译者的生花妙笔，对中国当代文学外译的事业的持续推进而言，都各有长处与贡献。学术派与创意派的合力不但推进了中国文学的域外译介与传播，他们的实际翻译工作，为我们在源本拣选、制定翻译策略、解决翻译困难等方面积累了宝贵经验，也为翻译学界研究影响翻译的外部因素、分析读者接受心态乃至建构文学译介的复杂评价系统奠定了基础。许钧指出，在当前中国文学外译事业已经取得重要成果的新形势下，中国文学外译研究还应该从以下三个维度深入开展：一是对文学译介与生成全过程的系统研究，二是对翻译家研究与翻译主体性探索，三是对翻译中语言与审美维度的研究。关于文学翻译中的语言问题，许钧认为，"中国文学外译中，译者对原作的语言特质的识别与处理值得特别关注"，他还将文学翻译的语言问题与审美的问题结合起来，提醒我们注意，"大到中国文学作品的整体叙事与修辞，小到作品中的一个词语、一个句式，是从审美的维度去加以体会与再现，还是从认知的角度去加以解释与处理，其译介的结果会大相径庭"（许钧，2021：71）。

文学作品审美价值的翻译，既有赖于译者对原作的语言特质的识别，"包括对原作风格的识别、对原作审美价值的领悟，甚至对作品所蕴涵的细微意义也要有着细腻的体味"（许钧、宋学智，2007：32），同时也取决于译者目标语表达水平的高低，只有译者本人也是一位同样高明的作者，才可能将源文本中内容形式浑然一体的意境重新再造出来。懂汉语并不代表就真正理解汉语表达精微细腻之处的动人，以英语作为母语，也不必然保证这个译者就具有与原作者旗鼓相当的写作与表达能力。以英语为母语的译者在翻译中国当代文学作品的时候，如何避免以流畅、通顺、便于读者理解的名义抹杀原作语言的特质，而以相应的英语重现原文的文本特质，既是译者们需要反思的话题，也是值得翻译研究者关注的议题。

本章中，我们将以"对话"作为方法，走进几位中国当代文学外国译者的翻译世界。他们中有些人长期从事中国问题研究，也对中国当代文学作品有较为独到而深刻的理解，可以被视为具备学院派背景的学者型译者；有些人则更加年轻，可以被视为以文学翻译和创作为志业的创意派译者，他们的译作正在益发得到西方读者的欢迎。但我们并不打算给他们简单地贴上任何固定的标签。这种悬置（suspend）种种预设与成见的做法，恰是现象学中所强调的研究态度。这种态度让我们有可能在对话中全神贯注地去感受他们作为译者的各个侧面，以渐进聚焦（progressive focusing）的对话方式从认知角度追溯这些中国当代文学译者语言学习、文化接触以及从事中国文学翻译的背景和动因，理解他们作为译者的身份及惯习的成型，聆听他们的自我定位与省察。所谓"渐进聚焦"的对话方式，指的是"从一般化的兴趣领域入手，逐渐发现被访者的兴趣点，然后再集中展开。因为在访谈中，被访者会对他自己感兴趣的话题有更多的叙述和表达"（杨善华、孙飞宇，2005：57）。这一译后对话诱发的反思及讨论，也将从文本理解、转换技巧、读者接受等视角，与译者一同对当代中国话语元素的理解、转译过程中遇到的翻译困难以及做出相关翻译决策的成因开展互动式反思。

4.1 "在河边"：多元的故事

罗福林（Charles A. Laughlin），1964 年生于美国明尼苏达州。1988 年获美国明尼苏达大学中国语言文学学士学位，1996 年获哥伦比亚大学中国文学博士学位。1996—2006 年任教于耶鲁大学，讲授中国现代文学课程。现任美国弗吉尼亚大学东亚语言文学系教授、东亚中心主任。研究方向为中国现代文学、非虚构文学、独立纪录片、革命与社会主义文化。著作包括《报告文学：历史经验的美学》（2002）、《休闲文学与中国现代性》（2008）等。

2016 年 11 月，罗福林与刘洪涛、石江山（Jonathan Stalling）共同主编的 *By the River：Seven Contemporary Chinese Novellas* 由俄克拉荷马大学出版社（Oklahoma University Press）出版。该书是中美合作、在美国出版的第一部中国当代中篇小说英译选集，收录了 7 篇能够代表当代中国中篇小说创作风貌的作品，分别是：蒋韵的《心爱的树》、李铁的《安全简报》、徐则臣的《苍声》、方方的《有爱无爱都是铭心刻骨》、迟子建的《福翩翩》、韩少功的《天上山歌来》、王安忆的《骄傲的皮匠》，罗福林本人翻译了其中蒋韵的《心爱的树》、李铁的《安全简报》、徐则臣的《苍声》。

2016 年底罗福林教授访问中山大学期间，本研究团队与罗福林教授就 *By the River：Seven Contemporary Chinese Novellas*

一书编撰及翻译的过程展开访谈，探讨了当代中国文学作品在向世界讲述中国故事中发挥的作用，反思了文学翻译中的挑战及对策，并展望了当代中国文学作品外译的发展前景和机遇。

【访谈】

问：非常感谢罗福林教授接受这个访谈。在开始讨论刚刚出版的 *By the River*：*Seven Contemporary Chinese Novellas* 之前，是否可以请你和我们分享一下学习汉语和中国文学的经历？

答：我成长的过程中，身边一直都有亚洲文化的元素。我的父亲是工业设计师，曾在印度、缅甸、日本等国家工作，为家中带来不少亚洲的收藏品和书籍。我的母亲喜欢各种不同文化的食物，我们小时候常去亚洲食品店。美国当地的美术馆、博物馆时不时也有关于亚洲文化的展出。另外，我有一个学习日本剑道的朋友，他的日本老师介绍他阅读一些佛教作品，我通过他接触到了一些东方典籍。20世纪60年代，美国有一些学者热心推广东方古典思想，认为它们是对西方基督教和现代哲学的补充。生活中这些点滴小事，都是我对中国产生兴趣的原因。后来在大学里，我最初并不确定自己要选择什么专业。一开始我修读了一些政治学、东亚学的课程，但最终打动我的是中国文学。Victoria Cass 教授的中国文学通史给我的印象很深，我觉得自己终于找到了真正的兴趣，因此后来就决定以中文为专业。本科期间，我1985年参加了南开大学的一个暑期班，1986—1987年在南开大学做交换生。在中国学习的经历对我的语言能

力很有帮助，后来申请读博士的时候，中文成为我的一
大优势。毕竟80年代美国学生中文水平比较好的还为
数不多。1988年秋天，我开始在哥伦比亚大学读中国文
学的博士。

问： 在哥伦比亚大学，你师从夏志清和王德威教授。这两位
是学养深厚、中国文学研究造诣很高的学者。你在相关
领域的研究也颇有独到的见解和体悟。我想请问你对中
国文学，尤其是中国当代文学有什么大致的印象？

答： 这是我第一次遇上这样的问题，让我仔细想一想。（思
索片刻）应该说，我一直对中国当代文学很感兴趣，但
并没有合适的机会去深入思考，因此很难对这个话题作
一个宏观的概括。20世纪80年代我大学毕业的时候，
中国当代文学作品英译的数目还比较少。我们课堂上主
要学习的是中国古代典籍，也有部分民国时期和现当代
的名家作品。夏志清教授讲过一些当代中国作品，但采
用的文本都来自中国台湾地区作家。回想起来，这是很
奇怪的事情，似乎几千年的文学传统在中国大陆就停止
在1949年，之后都是空白了。我知道事实绝非如此。
在南开我接触过不少中国当代文学作品，南开的老师也
推荐了不少小说给我看。当时王安忆、余华、莫言等作
家刚崭露头角，其他例如张洁、张贤亮等作家的名气还
更大些。回国之前，我购买了不少当时中国出版的小
说。回到哥大之后，我曾经构想做中国当代小说的研
究，但是我的导师不建议这么做，因为他认为没有历史
距离，就做不出有价值的研究。后来我自己的博士研究
主要是关于民国以来的报告文学，因此也就没有持续关
注中国当代文学的发展和动向。现在通过翻译，又把之
前这方面的兴趣续上了。

问：翻译成了一个难得的契机，让你重新拾起对当代中国文学的兴趣，这真是件好事。当代文学作品确实有一个特点，就是它是正在发生的、尚未有历史定论的。从研究的角度来说，它也许不一定是最佳选题；但是从翻译的角度来看，却是极为必要的，因为毕竟讲述的是当下中国发生的故事，也是西方读者了解当代中国的重要窗口。很可惜，和典籍翻译相比，目前中国当代作品的翻译开展得还并不充分。你参与翻译和编撰的 *By the River*，填补了中国当代中篇小说英译的空白。你可以介绍一下这本书的缘起吗？

答：2010 年，北京师范大学文学院与美国俄克拉荷马大学孔子学院合作推进"中国文学海外传播工程"，中国国家汉语国际推广领导小组办公室（以下简称"中国国家汉办"）为这个项目提供了支持。我们计划由俄克拉荷马大学出版 10 卷本"今日中国文学丛书"（The Chinese Literature Today Book Series），我参与的 *By the River*：*Seven Contemporary Chinese Novellas* 就是其中的一卷。我手头上还在编辑中国当代诗歌卷和戏剧卷，也会陆续推出。

问：中国国家汉办作为赞助人的中美学界的合作，具体是以什么方式开展的？作为编辑，你对这样的合作方式持什么态度？

答：总的来说，我们双方的合作很愉快。在原文的遴选方面，我几乎没有参与，这方面的工作主要由北京师范大学的刘洪涛教授负责。除了这一本书以外，这个系列中有好几本文集的选材都是中方在做。

问：其中有一本 *Chutzpah！New Voices from China*，主编是欧宁和 Austin Woerner。据我的了解，选材主要是由 Austin

Woerner 来决定的。他曾经是现代传播旗下文学季刊《天南》（*Chutzpah！*）的英文编辑，负责每期英文版刊中刊 *Peregrine*。这本书集中了 12 篇他认为翻译得最好、也最能代表《天南》特点的作品。

答： 是的。*Chutzpah！* 这本短篇小说集比较特别，它是《天南》杂志的精选集。但是我参与翻译编辑的这本中篇小说集，以及正在做的中国当代诗歌、当代戏剧作品集，选材都是由中国学者来定的。对这样的合作方式，有些西方译者也许会质疑，认为译成英文的出版物，应该由西方译者自己来选择文本。对此，我的观点不太一样。我之前也提到，与对中国古代和近代作品的研究相比，西方汉学界对当代中国文学的研究并不深入。有些学者或译者也许对某个或某些中国作家比较熟悉，但总的来说，很少有人会阅读足够数目的中国当代文学作品，从而有能力从宏观上把握其整体脉络。相比之下，中国相关领域的学者有更为广泛的、全面的阅读体验。他们的选材也许不一定完全符合西方的趣味或期待，但是在我看来，依然是更合适的决定。另外还有一点值得注意，这些作品大多在中国获得过各种类型的文学奖，例如鲁迅文学奖、茅盾文学奖。得到官方认可这一点或许会被某些人看做是一个值得警惕的信号。我的看法是，官方认可也好，获奖也好，都不是坏事。让西方个别译者单凭自己兴趣挑选出来的文本，就一定比获得主流奖项的作品更好吗？应该不是。毕竟，中国文学批评界选出来的、从大量当代文学作品中脱颖而出的优秀作品，一定有值得我们去了解和翻译的地方。

问： 你说到的这个文集编撰中的选材问题，实际上是文学史书写中的一个重要话题。毕竟，中国当代文学数量庞大，如何从浩如烟海、难以穷尽的文本库中挑选合适作品，翻译成英文，从某种程度上也是文学经典化进程中的一个组成部分。你刚才提到，西方读者乃至学界对中国当代文学的了解有可能并不太全面，这本文集的问世就显得更加有意义了。要了解中国当代文学的风貌，只读一个作家的作品，哪怕是诺贝尔文学奖得主莫言的作品，显然还是不够的。这本文集的优势之一，是一次性提供了七位不同作者的风格迥异的作品，其中既包括王安忆、韩少功等老牌作家，也有池子建、徐则臣这些近年才开始引起西方读者注意的作家，同时也包括方方、李铁、蒋韵等在中国已广为人知，但在西方知名度还不太高的作者。

答： 是的。中国有很多优秀的中篇小说家，西方读者所熟悉的也许只有几个。刘洪涛教授说过他选材过程中一个重要的想法。他发现许多被翻译成外文的、有影响力的中国小说中，充满对遥远过去的迷恋，对农村、土地的迷恋，甚至是对残忍的暴力的迷恋。他希望挑选出一些没那么夸张的作品，更加符合实际，更加贴近当今生活的作品，为西方读者呈现另一种对当代中国的诠释。根据最初的计划，本来我们选了 8 篇。非常可惜，最后叶广芩的《豆汁记》这一篇，没有找到合适的译者。这个背后的原因是多方面的，你提到的知名度也是一个因素。刘洪涛教授选定文本之后，主要由我来联系译者。这个过程中，我发现愿意翻译王安忆和韩少功的英语译者非常多，而对目前在西方知名度没有那么高的作者，愿意翻译他们作品的译者相对少一些。当然叶广芩的《豆汁记》找不到合适译者，更重要的原因也许是因为她作品的口语化特点，贯穿全文的京味儿的确比较难，有译者不愿意翻译，不一定是觉得作者不够有名，而是因为觉得翻译不出原作的那种味道。文学翻译和创作一样，这个是没办法指定谁、委派谁去做的。后来这篇就没有翻译出来，实在是很遗憾。本书最终收录了 7 篇中篇小说，其中我自己翻译了 3 篇。一开始我计划是翻译两篇，但是过程中有一位译者临时退出了，我就多翻译了一篇。其他译者的译稿我也会修改、润色。出版社有专门的责任编辑（copy editor），我和他在译文修订方面有许多交流。另外，有件很有趣的事情也值得一提。我在弗吉尼亚大学一直开设一门翻译课，我的课堂上有许多来自中国和其他国家的学生。上学期编写这本书的过程中，我会把自己的译稿拿到课堂上去和大家讨论，我的学生提出的一些想法，对我也很有启发。

问：一部作品出版，成为作为文学物质载体的书籍，除了文本的挑选和翻译，书名、封面、扉页、前言后记等副文本，也同样会参与意义的制造与撒播。这本文集的名字叫做 *By the River*；配上封面灯火迷离的河景，给人非常多的联想。当时为什么会用这个题目，有什么特别的寓意？

答：这个书名是我起的，也是这本书让我感到最为得意的地方。封面是出版社根据我的书名制作的，我很喜欢。*By the River* 收录了 7 篇中篇小说，都是非常不一样的故事。7 个中篇小说简直就是 7 篇世界，它们之间缺乏显而易见的关联。在翻译和编辑的过程里，我发现这些不同世界之间有一个共同的意象，那就是河流，这使得这些故事的组合出现了意想不到的连贯。蒋韵的《心爱的树》里边描绘了一个女人沿河而上去寻找母亲的旅程；方方的《有爱无爱都铭心刻骨》里边，一次沿河的远足渲染了女主角和她已故未婚夫之间的"真爱";李铁《安全简报》的主要背景虽然是一个发电厂的工业景观,但一个主人翁之间的关键对话也是发生在河边。在所有故事里,河流的意象反复出现,这不是巧合,而是一个深层的叙事元素,符合中篇小说的审美特点。

问: 你能具体阐释一下,什么是中篇小说特有的审美特点吗?

答: 中国的中篇小说翻译成英文出版的不多,*By the River* 有可能是第一个英译中篇小说集。目前在英语世界,得到最多关注的中国当代文学作品是长篇小说,讲述的故事大多浩浩荡荡、惊心动魄。事实上,当代中国也有许多日常的、没那么戏剧化的、但同时又是值得我们去聆听的故事。中篇小说这种特殊的体裁,无需给出长篇小说那样全景化的宏大叙事,因此更加即兴、更为开放,也可以更为寻常。同时,中篇小说又会比短篇小说更加深入关注各种微妙的细节。河流作为一种叙事元素的审美特点在这个意义上得到凸显。从人类学的视角出发,河流是族群的生命线,家乡和外面的世界在这里交汇,普通人的日常生活——洗衣、沐浴、煮饭——在这里展开,人们相聚、别离,各种变化也会在这里发生。本书各个故事中所描绘的河流大多是无名的,河边并没有发生什么惊心动魄的大事,然而在日常琐事里,你会发现故事的意蕴正在不动声色地聚集起来,以至于动人心弦。这就是我说的,中篇小说特有的审美。

问: 的确,惊心动魄的大事固然精彩,但生活的日常也可以有深入人心的力量。我们也许可以把这个书名中的"河流"看做是当代中国普通人的经验的河流(river of experience),看似波澜不惊,实质静水深流。顺流而下，读者看到了不同的、多元的沿河景观和风土人情，也感受到了这条"经验之河"的丰富和深邃。我们以本书开篇蒋韵的《心爱的树》为例，看看这篇作品讲述了怎样的故事。你在翻译之前，知道这是第四届鲁迅文学奖中篇小说奖的获奖作品吗？

答：我知道，也不意外。但我并没有了解过具体的官方评价。

问：当时的颁奖词是这样的："十六岁的你，收藏在我心里，走过四十多年风雨……这就是儒雅君子大先生之爱，痴情的爱。爱情、亲情，凝结成这一篇诗的小说。"你认同这个评价吗？

答：这个评价有道理，但我不完全认同。《心爱的树》是一个非常温情的小说。大先生原先的妻子梅巧生育了四个子女之后，和他的学生私奔。长女凌香一直在寻找梅巧，并最终和母亲相见。后来的灾荒岁月里，已至暮年的丈夫大先生通过凌香暗中接济梅巧，最后这个女儿也促成了大先生和梅巧的重逢与和解。情节看似不复杂，但并非循单一的线索发展。在我看来，《心爱的树》并不只是"儒雅君子大先生"的故事。大先生当然是非常重要的人物，他代表着中国传统的美德：谦和、仁慈、英勇。但是在我看来，《心爱的树》也是梅巧的故事，也是凌香的故事。好几个不同的线索都被编织在一起了，是一种复调的叙事，实验性的、生成性的叙事，因为从每个人角度看出去，发生的事情都有不一样的解释。

问：中国文学作品外译工程中，"讲好中国故事"是一个重要的方面。我很高兴听到你作为译者，对原作有这样深入的解读，从中看到了不同的故事。在我看来，大先生是代表传统美德的谦谦君子，梅巧是一个试图通过与传统决裂而获得自由的形象，而她实际上并没有成功。而在凌香身上，我们则惊喜地看到传统和现代归于统一，现代性走出冲突，归于和谐。《心爱的树》也许并不是颁奖词里描写的那样提供了单一叙事，而是构建出多元、丰富而又共生的鲜活形象，并且以极其优美的语言讲述了他们的故事。颁奖词说这是一篇"诗的小说"，你在翻译的时候，注意到原作语言的诗化特点吗？

答：我翻译的时候，并没有把它看作是诗。现在想来，我会认为如果它是诗，诗意也并不体现在韵律、节奏等诗体形式上，而是体现在其意象化的努力。小说的意象和诗歌意象有共通之处，通过象征的方式来表意，超越常规的写实原则，可以从单调的生活模拟走向多维的诗意空间。原文的第四章《花儿酒，柿子树和其他》显然是诗意盎然的。从民俗、传说到神话，再到梦幻与现实的交织，人世的琐事被点染上了传奇的色彩，原始的底色为这个发生在现代的故事营造了非常动人的诗意。

问：文学翻译中，诗意是翻译的一大难点。在处理这些段落的时候，你的翻译策略是什么呢？

答：翻译的时候，我不太喜欢固定的规则：只应该这样做，不应该那样做。文学翻译，特别是诗意的翻译，往往不是字面意义的翻译。译者要看到作者的意象，听到作者的声音，再去找到译入语表达的声音，把那个声音表演出来。我自己也好像一个表演者。有些地方我成功地找到了那种声音，译文就从我的笔下流畅地涌出来。例如，原文第四章有一段描写一夜间漫山遍野的柿子树的果实都落了下来，让整个山岭成了一片血海。这段描写特别震撼，我对自己的译文也比较满意。

问：In one night, the fallen red persimmons turned Emei Ridge into a sea of blood. Immediately thereafter, a vast blue fog swallowed the whole of Emei Ridge in one gulp. In an instant, the bright sky became dark, and the darkness was blacker than hell, so that if a person held out his arm, he could not see his own fingers. . . This great fog lingered for three days and three nights, and on the fourth day the sky cleared and the sun came out. The sun shone down a plain of tragedy: as far as the eye could see, every single fallen persimmon had rotted to bursting—they had all committed suicide under the cover of fog. The whole of Emei Ridge, hundreds of square of miles, was littered with the sleeping souls of those fallen heroes. 这段译文的确非常动人。

答：这应该归功于原作。原作呈现的画面非常有视觉冲击力，隐喻的表达也极富感染力。同时，意象的生成、切换与推进又非常自然，几乎没有任何突兀。因此，跟随原作者的表述是译者最好的选择。

问：我发现你译文尽可能忠实于原作的修辞和意象，虽然个别字词未必完全对应，例如最后一句原文是"峨嵋岭上，方圆几百里横尸遍野，密匝匝睡了一地的英灵"。译文里边就没有直接翻译"横尸遍野""密匝匝"，但是却通过选用 litter 这个动词，勾画了漫山遍野撒满英魂的意象。

答：是的，我的翻译尽可能接近原文，但是也要考虑英语表述的流畅，毕竟翻译的忠实不意味着抠字眼。

问：说到这一点，我倒忍不住要提一个"抠字眼"的问题。文中主人翁"大先生"，你为什么会翻译为 Sir?

答：这个是个非常需要斟酌的字眼，因为这是主人翁的称呼。它的翻译困扰了我很久，我以前没有在其他作品中读过这样的称呼，英文并没有现成的对应词，如果直译为 great teacher 似乎并不合适。一开始我考虑过翻译为 Mr. Elderly，但后来写信给作者询问"大先生"有什么特殊的含义或者典故，蒋韵非常耐心地回信，解释了这里的"大"不是年长的意思，而是一种尊称，一种谦谦君子的意味。最后我决定翻译为 Sir，其实是因为一个偶然的联想。我想到 20 世纪 60 年代末的一部脍炙人口的电影 *To Sir, with Love*。这部电影的主人翁是一名中学教师，应聘到伦敦的公学任教，学生都是喜欢惹事生非的顽劣青年，他用自己的魅力感化这群坏学生，赢得了应有的尊敬。其中有个细节就是，他会要求学生一定要称呼他为 Sir。看过这个电影的美国读者，应该会联想到 Sir 是一种尊称。这里我看重的也不是字面的意义，而是这些字词背后蕴含的深意，是否可能通过翻译在目标读者那里得到唤起。

问：蒋韵的原文里有许多文化典故，这些字词背后的深意，对英语读者来说是非常难懂的。例如形容梅巧聪明，做数学题的时候"总能像刘备胯下的'的卢'一样在最后关头越过檀溪"，你的翻译是"Like Liu Bei's jinxed horse, at the moment of truth she would leap across the Tan river."。另外在文后还附上了注解，说明刘备"的卢"马的来历。这样的例子还有很多，例如"饿死不食周粟""救人一命胜造七级浮屠"等表达，轩辕、黄帝、刘彻、康有为等人名，在翻译里面也都直译出来了。对于期待流畅阅读体验的英语读者而言，这样的译文挑战会不会太大？

答：我的译文保留了蒋韵原文中所有的典故。我在文后还加上了 11 个注释，列出了部分在译文里难以厘清的、复杂的背景资料。一般情况下我并不喜欢翻译加注，这本书里面我翻译的另外两篇小说——徐则臣的《苍声》和李铁的《安全简报》——都没有加任何注释。但是在蒋韵这个作品里的这些典故，我不舍得丢掉。从历史和文本的呼应里产生的意义层次，构成了原作文本特有的质地（textuality）。我忍不住要告诉读者，希望他们理解尽可能多的层次，在关键的地方，希望他们能把每一个字都弄明白。这大概是因为我是一个老师吧？（笑）我还记得自己在读书的时候，非常喜欢霍克斯翻译的《红楼梦》，其中有一个很重要的原因就是霍克斯的译文中保留了许多文化的细节，他还为译文增加了几十页注释。王际真节译本的《红楼梦》保留了故事梗概，我总觉得那是不够的。当然，我这样的想法也许会过于书生气了，但是我毕竟是一个学院派的译者呀。

问： 学院派这个概念，是和其他什么派相对而言的呢？学院派的翻译有什么特点？

答： 我说的"学院派"译者，指的是在大学工作，从事有关汉学研究的研究者来做翻译。在很长一段时间里，他们是翻译中国文学作品的主力军。有很多像我这样喜爱中国文学的研究者，阅读过某些作品，也曾经被某些作品打动过，主观上非常愿意把这些作品翻译成英语，和更多英语世界的读者分享我们的感动。但是，在学术界翻译并不是一个得到承认的研究成果。对一个年轻学者而言，在学术生涯中有很长一段时间，尤其是没有得到终身教职之前，是很难把主要精力投入到翻译上去的。葛浩文也是在得到终身教职之后，才专门从事中国文学翻译的。当然，并不是所有的汉学研究者都会成为文学翻译，因为会做研究的学者并不一定就能写出好东西，因为我们毕竟不是作家，没有受过专门的文学训练。所以，有些文学教授翻译出来的中国文学作品，译文水平也是让人遗憾的。20 世纪 90 年代以来，对文学翻译的艺术要求越来越高，更多接受过文学和创意写作训练的译者加入翻译的队伍，这是一个非常好的趋势。中国文学翻译工作光靠学院派的教授来做，肯定是不够的，必须有这些"创意派"译者的加盟，才能一起推动这个事情。

问：你编辑的这本中篇小说集，既有来自"学院派"译者的翻译，也有来自"创意派"译者的翻译，对吗？

答：我也并不是要把"学院派"和"创意派"做一个截然不同的区分。这本书里，除了我自己翻译的三篇小说之外，Lucas Klein 翻译了韩少功的《天上山歌来》，Eleanor Goodman 翻译了迟子建的《福翩翩》和方方的《有爱无爱都是铭心刻骨》，Andrea Lingenfelter 翻译了王安忆的《骄傲的皮匠》。另外这三位译者比我的翻译经验要丰富得多，他们接受过专门的写作方面的训练，也曾得到过各种翻译的奖项。这些文笔有才华、中文水平也很高的年轻译者，会给当代中国文学作品翻译带来新的发展契机。

问：有你和石江山这样的"学院派"译者孜孜不断地努力，又有才华横溢的年轻译者的加盟，希望今后看到更多这样的连珠合璧的译作文集的出版。感谢你接受我们今天的访谈，分享中国当代中篇小说英译选集 By the River 翻译及编撰始末。你对于中篇小说特点以及选材过程的解释，让我们更好地理解了这本小说选集所讲述的、多元化的中国故事；而你对于翻译方法，尤其是诗意翻译的理解，让我们看到当代中国文学作品的外译的文学性、艺术性正在得到西方学界和读者的兴趣和重视。这对于当代中国文学外译工作来说，提出了更高的要求。非常感谢你一直以来为中国文学翻译所做的努力！谢谢！

4.2 "漂流到火星"：异乡的故乡

顾爱玲（Eleanor Goodman），美国当代诗人、翻译家，毕业于波士顿大学创意写作专业，一直在美国从事中国诗歌翻译工作。她翻译的第一本中国当代诗歌集是 20 世纪 80 年代中国朦胧诗代表人物之一王小妮的诗集《有什么在我心里一过》。这本诗集（*Something Crosses My Mind*）在翻译过程中得到了国际笔会/海姆翻译项目基金（PEN/Heim Translation Grant）的资助，2013 年诗集出版之后，还获得了美国文学翻译协会卢西恩·斯泰克奖。这一奖项以美国著名译者、诗人 Lucien Stryk 命名，自 2009 年创办以来，每年颁发一次，旨在提高文学翻译质量，鼓励亚洲文学作品英语翻译，促进英语诗歌的多元。此外，这一翻译诗集还入围国际诗坛影响力很大的加拿大格里芬诗歌奖（Griffin Poetry Prize）。在接受《文汇报》记者采访的时候，顾爱玲曾谈到自己对王小妮诗歌的喜爱。她说："王小妮的诗歌，从语言上看是简单的，她会写普通家庭妇女做的工作，洗衣服做饭，她能够把这些琐碎的日常作为诗歌的话题或者说主题，很了不起。在翻译她的诗歌过程中，我会觉得她的诗歌有很多层面。她写诗时非常小心，她用的一个词可能有三个意思，她是利用这些含义表达自己内心的感受，或者更深刻的东西，我非常佩服和喜欢。我选择翻译她的诗歌的另一个原因是，我在寻找一个翻译成英文能够吸引西方读者的诗人。"

2016 年年底，顾爱玲应邀访问中山大学，其间，本研究团队与她就 *Something Crosses My Mind* 一书的翻译过程展开访谈，探讨了诗歌翻译中的妥协与牺牲，并从诗歌和语言出发，探讨中国故事的另一种讲述方式。

【访谈】

问：非常感谢顾爱玲研究员接受这个访谈。在开始讨论你翻译的王小妮的诗集《有什么在我心里一过》之前，是否可以请你和我们分享一下学习汉语和中国文学的经历？

答：人们经常问我为什么选择中文，我的回答总是，并不是我选择了中文，而是中文选择了我。我还小的时候，大概五六岁，我遇到了一个来自北京的男孩。他当时比我大一些，大概十岁。他是随着父亲来到美国的。他的父亲当时在德克萨斯大学教授物理，也是我祖父的同事。我们两个小孩子常常在一起玩儿。他的英语不是很好，常常会用中文和我说话。当然，一开始我一个字也不懂，可是我很喜欢中文的声调，喜欢听他说中文。不知不觉间，我就学会了一些最简单的词语和句子。我还记得，我学过的第一个汉语句子是：我是猫。

问：和大多数汉学家在学院环境中接触中文不一样，你是在生活里遇到了中文，这是一种与我们母语习得相似的"非正规学习"（informal learning）或"本能学习"（natural learning），在日常轻松、愉快的交际中，通过对语言的理解和使用学习第二语言，而且不需要母语作中介。

答：是的，我想，人的大脑在那个非常年轻、稚嫩的年龄是很容易学习新东西、记住新事物并且建立新联系的。我慢慢听懂中文之后，从这个小男孩的描述中，我听到了许多生动有趣的中国故事，比如骑着自行车，穿过北京的胡同，寻找各式各样的小吃。他描述的是 20 世纪 70 年代的中国，而我当时听得那么入迷，就决定以后有一天，我一定会亲自去那个国家看看。

问：后来你是什么时候第一次来到中国的呢？

答：2001 年，我大学毕业之后就来到了上海。我想，我很小的时候就能听懂中文了，去中国生活能有多困难呢？可是我错了。我到了上海之后，周围的人常常说上海话，我一个字也听不明白。我会说一点中文，可是阅读能力没有那么好，走在路上时不时会迷路，也不认识路边商店的标志牌。

问：语言的障碍往往会带来交流的困难，有些人甚至会因此而陷入沉默，甚至失语。你在上海的时候，也感受过这样的焦虑么？

答：我初到上海的感受是震惊，因为发现自己竟然什么都不懂。但我认为，这也是我一生中最激动人心的一个时期，因为我惊喜地发现，自己又一次重新开始了语言的学习。我的大脑开始产生联想——和小的时候一样，我听到一个词，然后一遍又一遍地听到同一个语词，于是我开始尝试理解它，猜测它大概表达了什么意思。隔一段时间，也许我在另一个情境中遇到这个词，于是再次确定，"对，就是这样，这就是它的意思"。

问：这听上去不是一种正式的语言学习，却是一种语言的体验与习得。

答：是的。我不但体验着中文这门语言，更重要的是我也体验着在中国的生活方式。当时我才 22 岁，在一所私立学校教书，而我的学生们都比我年纪还大，他们学习英语大多是因为工作的需要，或者有计划想要出国。我的学生们来自不同的社会背景，其中不乏颇有成就的专业人士，在很多方面的知识和能力都比我更强，而我成为他们老师的唯一原因，是英语是我的母语。我的学生们对我很友好，很愿意和我交谈，邀请我去各种聚会，这也让我有机会接触到中国文化的不同方面。我迷上了我所看到的中国，虽然中国和美国之间有巨大的文化差异，但是从那以后，我一直在美国和中国之间、在两种语言之间来回穿梭。能够做我所想做的事情，我感到无比幸运。

问：我们知道，在两种语言来回穿梭，是一样极其困难而又具有无限诗意的生存方式。你是如何从对中文的日常喜爱，逐渐发展到对汉语诗歌的喜爱，而最终走上诗歌翻译道路的呢？

答：其实我学中文的经历和进入中国诗歌的道路并不是同步的。也许有一点我应该事先说明，那就是我从来没有正式地学过中文，也没有得到过中文学位。现在想来，这一点还是让我觉得有些惭愧，也多少有些后悔，因为我始终认为，对一门语言文学及文化的专业学习，会构建起一个较为系统完整的知识框架，而这一方面恰是我比较欠缺的。我对于诗歌的兴趣，并不是在日常的汉语学习中被激发的。在波士顿大学攻读创意写作专业硕士的时候，我们有一门课专门学习翻译，授课老师是罗莎娜·沃伦（Rosanna Warren）。沃伦教授是非常著名的学者，也是一个卓越的诗人。第一次给我们上翻译课的时候，她交给我们一首古希腊语的诗，要求大家来翻译这首诗。我们都目瞪口呆，因为根本没有人懂古希腊语。沃伦教授交给我们一个与原文字字对应的英语版本，这些字符都是分开的，并不是一个连贯的文本，读起来意思也并不明确。沃伦教授要求我们运用自己的创造力，根据自己看到这些字符的感受来翻译。我觉得这样做太有意思了，因为整个过程所强调的并不是原作的意义，而是一个译者是否能够运用特定的语词作为材料，来创造出属于自己的诗歌。在这门课程的学习中，每个学生都要选自己喜爱的一个诗人，翻译出大约30首诗。我以前曾学过法语，一开始就准备选择一个法国诗人来做这个课程项目。可是沃伦教授不同意。她说："你不是刚刚从上海搬回美国吗，选一个中国诗人吧！"

问：原来你是"被迫"走上了阅读中国诗歌的道路啊！

答：谈不上"被迫"，可是我当时的确没有接触过太多中国诗歌，所以就从英语世界的读者较为熟悉的中国古代诗人中选了王维。可是阅读王维的诗歌却让我觉得很苦恼，虽然我觉得他的诗句很美，可是始终完全读不懂。我告诉沃伦教授，王维的作品对我来说太困难了，于是她建议我去和哈金老师谈一谈。

问：就是曾经获得美国国家图书奖的华人作家哈金？

答：是的。哈金老师也是波士顿大学攻读创意写作专业的老师。我去找了哈金老师，他非常友好，也愿意帮助我。我们每周见一次面，我将自己事先准备的译稿交给他读，他给了我很多鼓励，也给我的译稿提出修改建议。在与哈金老师的交谈中，我学到了很多东西，尤其是对中国诗歌的理解和感觉。这门课的作业交上去之后，沃伦教授说："你做的非常好！虽然我也看不懂中文，无法判断译文是否准确，但是这些英语诗歌本身写得都非常棒！"她将我的几首译诗推荐给一个文学杂志的编辑，很快就被发表了。当时我心里有一种难以置信的感觉，不相信翻译可以这样简单；同时也觉得有些说不出的慌张，觉得自己并没有做一个翻译家的资格和经验，这样翻译王维的诗作，是不是有点欺骗了读者呢？过了很多年，回头看自己当年发表的这些译作，我还是觉得非常忐忑，有许多地方与原文的差别太大了。

问：你说的这种翻译方法，让我想起了庞德（Ezra Pound）翻译《华夏集》时的做法。庞德的中文可能比你差多了，他虽然不识汉字，但借助费诺罗萨笔记中字字对应的译释，充分发挥想象力，将汉字的空间形象思维融汇进自己的翻译策略，以得"意"忘"形"的方法，翻译出了非常特别的英语诗歌。著名的翻译学者苏珊·巴斯奈特（Susan Bassnett）曾指出，庞德的译诗并不在意诗歌形式，因为"形式在跨语言的文学翻译中绝对无法对等"，所以他转而强调译诗的美学追求（2001：64）。应该说，你翻译的王维虽然没有实现传统意义上的忠实，但在另一个角度看，是诗意的移植与创作。

答：我完全同意。而且庞德也曾说过，对诗人来说，翻译可能是一种很好的训练。对我来说，翻译也是一种学习语言、锤炼语言的方式。从波士顿大学拿到硕士学位之后，我就开始有意识地从事中英翻译，其中有一个原因就是觉得回到美国之后，自己的中文开始走下坡路了，我不希望自己的中文退步，于是就有意识地用翻译来训练自己。在这个过程中，我非常幸运地认识了一个中国诗人王敖。王敖当时在美国耶鲁大学念博士，他知道我对中国诗歌感兴趣，但是我从来没有接触过中国当代诗歌，也不敢贸然翻译当代诗歌。于是王敖建议我们一起合作来翻译。

问：中外合作翻译是中国文学外译的比较理想的模式，两人可以取长补短。中国外文局副局长兼总编辑黄友义先生曾说，"中译外绝对不能一个人译，一定要有中外合作。如果中译外译者是中国人，深谙中国文化，就需要请外国学者在语言上帮助理顺润色；如果中译外译者是研究中国问题的外国人，是汉学家或者是学中文的人，就要搭配一个对中国文化非常了解、外文基础又好的中国人。只靠中国人或外国人翻译我认为都不保险。"听起来，你和王敖的合作大致可以算第一种，他负责对中国文本和文化的诠释，你负责语言的润色？

答： 翻译的过程涉及对原文本的理解和译文的建构，然而两者其实并不能完全分开，对诗歌的处理尤其如此。我和王敖是 2007 年开始合作的，他先把中文诗歌翻译成与原文字字对应的英语版本，就像我在创意写作的翻译课堂上的做法一样。然后我根据这个直译的版本来反复修改，写作，在这个过程中我们又不断商量、讨论。这对我来说是一个十分关键的学习过程。2008 年左右，我有机会去北京待了三个月左右的时间。王敖将他的诗人朋友们介绍给我认识，并且告诉大家我是个翻译家。他这样说的时候，我心里还是有点慌张的，毕竟我当时并没有翻译过任何中国当代诗人的作品。王敖介绍我认识了胡旭东、臧棣、冷霜等人，可能是因为他们都是王敖的朋友，所以他们对我都很和善，也自然地信任我是一个"翻译家"。就这样，突然间，我发现自己以一个"翻译家"的身份走进了中国当代诗歌圈。当时我自己其实主要忙于丹麦诗歌的翻译。丹麦有很多优秀的诗人和作品，但非常可惜，这些作品很少被翻译为英文。美国翻译丹麦诗歌的人不多，可能只有不到二十个译者会关注丹麦诗歌，这一情形和中国当代诗歌有点相似。翻译实在是太值得做的工作了。

问：的确，翻译是一项特别值得去做的工作。有很多中国当代诗人的作品也非常优秀。你曾说过，王小妮的诗歌语言独一无二，朴实中传递着巨大的野心。你是不是也被王小妮的诗歌打动，所以决定要翻译她的作品？

答：我 2012 年左右开始翻译王小妮的诗歌。当时我并不认识王小妮，也从来没有见过她，只是偶然读到她的一些诗歌，非常喜欢，于是就去一首一首找来读，发现自己对每一首都有很亲近的感觉。当时我已经发表了不少翻译作品，零星散落在不同的期刊杂志上，但还没有出版过译作单行本。我非常希望将一个优秀诗人的作品翻译为英语，集结出版；同时，我隐约希望自己能找一个女诗人的作品来翻译，部分原因是我自己是一个女性，常常在阅读中感到女性的作品与自己的趣味更投契，同时，也因为目前西方所了解和接受的中国诗人大部分是男性，我希望能平衡这种现状。读到王小妮的诗歌，我觉得非常惊喜，不但能读懂、读进去，而且觉得自己有翻译她的诗歌的能力。我当时才二十几岁，还没有出版过任何书，可能是初生牛犊不怕虎，我居然直接给王小妮老师写邮件，自我介绍，说，"我是顾爱玲，是一位英语译者，我们互不相识，但是我很喜欢你的诗歌，我希望能够翻译你的作品"。

问：你就这样直接写信联系王小妮？那她当时怎么回应？

答：是啊，现在想起来，觉得自己当时真是非常唐突。放到今天，我可能不会这样做了，可是当时年轻，也没有多想，就直接写信过去了。王小妮老师很快回答我，说，可以，没问题，你翻译吧。后来，我在深圳飞地书局主办的一个活动中遇到了王小妮。我忍不住问她，当时为什么会信任我，同意我翻译你的作品呢？王小妮的回答很有意思。她说："我不认识你，也不知道你是谁，但我觉得你是个很可爱的年轻人，我很希望支持年轻人的发展，所以就同意让你来试一试。至于你翻译得好不好，那其实并不太重要，我愿意帮助年轻人发展自己。"到今天回想起这一切，我依然心怀感激。

问：听上去王小妮对你非常友好，对年轻人非常关爱。

答：王小妮曾经在大学教书，我一直觉得她是一个真正的老师，爱护学生，提携年轻人，并且她也一直关心未来，心念中国的未来。尽管王小妮最出名的是她的诗歌，但她也是一个犀利的散文家和小说家，她写过两本《上课记》，以旁观者的身份，冷静、理性、细致地记录了学生们的大学生活以及他们毕业后的成长。她不但记录了年轻人的理想和激情，也记录了他们的迷茫、无奈甚至愤怒，更深入他们生长的现实环境去反思，对所谓的"公认智慧"（received wisdom）展开有力而微妙的挑战。我也曾翻译过《上课记》的片段，刊登在美国文学翻译期刊《异声》（Glossolalia）上。

问：王小妮是一个非常勇敢的作者，无论是诗歌还是散文，她似乎都会勇敢地直面最重要的话题，提出自己的观点。

答：我想补充一点。在我看来，王小妮的写作是有野心的，但却从来没有个人的野心。作为译者，我翻译她的作品，希望将她的作品带给更多的美国读者，但对于王小妮来说，是不是会更加出名、能不能得到美国读者的认同，这些完全不是她关心的问题。她从来没有参加过任何一个为自己增添名利的机构或组织，也完全不在意自己是否会得到主流的文学奖项或认可。她写作的野心在于诗人对生活本身的把控，这一点是通过敏锐的洞察力以及对生活感受极其细致的记录来实现的。

问：这就是你所说的"朴实中传递出巨大野心"吧？刘瑜曾评价王小妮的诗，语言轻得像雪花，故事却重得像岩石。你刚才提到，读王小妮的诗歌，觉得能读懂、读进去，是不是也因为她的诗歌语言朴实无华，比较简单？

答：我不认为王小妮老师的诗歌是简单的。我能够能读懂、读进去，是因为我在阅读中很容易与她的诗歌发生共鸣。当然，她的语言和某些当代汉语诗人相比，的确显得比较简单。例如，欧阳江河的诗歌就非常复杂晦涩，其中有许多哲学意味与典故，一般读者是很难读懂的。而王小妮的诗对我来说，每首都在讲述一个普通生活中的小故事，很容易让读者接近。

问：王小妮擅长还原生活，但却总能凡中出奇，不流于世俗。日常随处可见的事物，在她的笔下也能够获得非同寻常的艺术价值。让我们来读一读《有什么在我心里一过》中的《看到土豆》这首诗吧。毕竟，还有什么比土豆这样食物更寻常，更让人觉得容易接近呢？

答：《看到土豆》是一首很有意思的小诗，这首诗的背后，是完全地道的东北话。王小妮老师很有意思，她平时说话的时候没有口音，可是一读诗的时候，口音就出来了。她是一个非常地道的北方人，但是很早就移居南方，用她自己的话说，是被"放逐"在深圳。作为一个身处南方的东北人，她在生活中很容易体会到一种距离感和深刻的陌生感。这既是空间的设定，也是自我的设定。从东北搬到深圳之后，生活方方面面的细节——食物、植物、气候——这一切都会发生巨大的变化。我认为王小妮一直保持着对这一变化的敏锐体验和精确洞察。更多的时候，她在诗歌中保持着一种观察者的身份，而并不急于参加与评论。这种"我生活在这里，但我依然站在外面观察自己的生活"的态度，对于很多英语读者来说，是非常容易产生共鸣的。我认为，《看到土豆》就是这样一种表现了陌生与熟悉纠缠、距离与身份交织的作品。

问：在《看到土豆》的一开头，王小妮这样写道："看到一筐土豆／心里跟撞上鬼魂一样高兴／高兴成了一个头脑发热的东北人。"你的译文是这样的："Seeing a basket of potatoes／I was thrilled as if I encountered ghost.／So thrilled that I became a feverish northeasterner."这里有几处翻译的选词，我们不妨切磋一下。一是中文里"撞"这个动词，展现偶遇的欣喜，又有广东话"撞鬼"的幽默，二是"高兴"这个词，重复了两遍，是诗人为整个诗歌定下情绪主调的词语，另外这个情绪又和"头脑发热"一词联系在一起，构成了一个情绪的推进。你在处理这些细节的时候，是如何考虑英语选词的呢？

答：我没有特意去翻译"撞"这个动词，而直接采用了诗歌标题中的"看见"来作为第一句的开头。这样也比较符合英语诗歌的习惯。对于"高兴"这个词，我是仔细斟酌过的。"高兴"是"撞上鬼魂"后的心情，所以应该是矛盾的。一方面有一点害怕的情绪，毕竟谁看到鬼都会怕，不是吗？但是这个"鬼魂"不是一般的鬼，而是代表着故乡之魅，代表着挥之不去的回忆，是一个在新的地方很少遇见的熟悉的过往。所以我认为这里的"高兴"，并不是一般意义上的"快乐""激动""兴奋"，所以简单翻译为 glad、happy、excited 都不足以表达这样的复杂情绪。因此我最后选用了 thrilled——因为这个

216

单词更能传达出既怕又爱的那种复杂而浓烈的情绪。王
小妮的诗歌中，到处都有这样的词义丰富的表达。你所
提出的"头脑发热"，也是这样一个形容词。我将它翻
译为 feverish。在复旦大学和一些老师交流的时候，他
们曾表示不满意这一处的翻译，觉得 feverish 更多表达
了"狂热的"情绪，并不是原诗中希望呈现的东北人形
象。其实我曾经考虑过不同的选词，但"头脑发热"到
底是什么意思，并没有人能够说得清楚。难道理解为
"头脑简单的"（simple-minded）或者"脾气暴躁的"
（short-tempered）就更合理么？我选择 feverish 是因为它
可以表示极其兴奋与激动，同时也因为其字面含义与
"发热"直接对应。我认为，诗歌中意义含混的语词，
其实召唤出一个特定的"翻译的时刻"，译者只能从不
同的意义中选择一个，在译文中锚定下来。当我回头看
的时候，会承认自己做的还不够好，因为语言和翻译本
身具有难以置信的灵活性，一个译本从任何角度来看，
似乎都是不充分的。我在翻译中试图捕捉的，是原诗的
味道，那种不仅留存在文字中，更产生于读者阅读过程
中的情感状态。有些时候我可能失败的，但有些地方，
我觉得自己还是成功的。例如这首诗中，我对自己下一
句的翻译就比较满意。

问：“我要紧盯着它们的五官／把发生过的事情找出来。”你
的翻译是：“I wanted to stare into their eyes/ to find out all
they'd been through.”。

答：对。就是这一句。咋一看，你也许觉得我的翻译并不忠
实。原文是将土豆比作人或是鬼魂，长着一张脸，有眼
睛、鼻子、耳朵和嘴。我为什么要盯着它的五官？因为
我想"把发生过的事情找出来"，想知道所有的感官曾

经感受到的东西。但是在英语中，没有一个词可以直接
对应"五官"。当然我可以翻译为 face（面孔），但是我
反复思考之后，还是选择了"五官"中的 eyes（眼
睛）。你想要了解一个人，就必须盯着他/她的眼睛，这
暗示了一种亲密，更保证了 种诚实，让我们有理由相
信对方会告诉我他/她的经历和体验，给我讲述那些
"发生过的事情"。另一个理由是，英语中土豆确实是有
"眼睛"的：土豆上的小坑儿，用英语表达就是 potato
eyes。于是，这句诗带上了意想不到的幽默感。这也许
并非是王小妮原作的意图，但《看见土豆》本身确实是
一首极具冷幽默的短诗。很多英语读者都告诉我，他们
很喜欢"I wanted to stare into their eyes/ to find out all
they'd been through."这句诗。在我看来，这句诗中的
eyes，是一次难得的机会，译入语巧合地再现了多层的
意义与趣味。这样的巧合并不总会出现，作为一名翻译
应该有能力辨识这样的机会，并努力捕捉住它。

问：接下来的这个诗节也非常有意思。"偏偏是/ 那种昂贵
的感情/ 迎面拦截我。/ 偏偏是那种不敢深看的光/ 一
层层降临。"前三句截断为短句，表现出诗人看到土豆
时那种惊讶而复杂的心情；后两句的意象又很特别，甚
至带着一点神秘主义的色彩。全诗的最后，诗人也感慨
了"可是今天/ 我偏偏会见了土豆"。在这首短诗中，
"偏偏是"重复了三次，凸显出诗人在直面往事时的错
愕与难以置信。但是我们注意到，在你的翻译里，你并
没有刻意重复出这样的惊讶情绪，而只翻译出一次
unexpectedly。

答：王小妮并不是一个喜欢滥用重复的诗人。这首诗里"偏
偏是"出现了三次，显然是诗人对意外和偶然的强调。

但是在英语中，我们处理重复的修辞要格外小心，因为不想让读者感到过于生硬或无聊。我只有一处将"偏偏是"直译为 unexpectedly，就是它独立成行的这一句。这个词占据了一整行，本身就是一个无法忽视的存在，所以这一处一定要翻译出来，而且要让人过目不忘。unexpectedly 看起来并不长，但有五个音节，读起来非常拗口，足以强调接下来发生事件的突然甚至尴尬。但是我译诗中并没有将这个词机械地重复三遍，因为它是一个副词，英语中用副词来描述一种状态，是一种相当简单、粗暴、直接的写法，甚至可以说是不太高明的写作方法。我更希望读者能够体会到，有一种意想不到或是难以置信的情绪伴随着整首诗的叙事，而并不是在旁边反复提醒他们注意这一点。

问：的确。原诗对这一情绪的渲染，也并不只是通过简单地重复"偏偏是"。有时候就是通过异常平静的口吻，写出了一种日常的荒诞。例如："没有什么打击／能超过一筐土豆的打击。"

答：这是我最喜欢的一句："Nothing can attack you ／ like a basket of potatoes."不需要太多的修辞，这句话就特别能抓住读者。既荒诞，又幽默；既愕然，又自嘲。这里的潜台词其实也有一个"偏偏是"——在一地鸡毛的日常生活里，有那么多会让我们感到无助和绝望的可能性，但这一刻击中我们的，"偏偏是"一筐土豆。但诗人不需要重复，因为难以预料的情绪已经得到非常有力的表达。

问：句式之外，我们再追究一下用词吧？"昂贵的情绪"，你为什么会想到用"unreasonable"去翻译"昂贵"呢？

答：我如果反问你，"昂贵"这个词，你第一反应会翻译成

什么英语呢？你也许会说 expensive、precious、rich 等
等。其实这一系列语词我都曾推敲过。expensive 太普通
了，完全没有诗意；precious 听起来过于多愁善感；
costly 用来形容感情，侧重的是代价高昂，听起来非常
消极；rich 是可以修饰感情的，但这个用法太陈词滥调
了。我最终跳出了字典的框架，去思考诗人到底想表达
怎样的情绪。unreasonable 是一个很特别的词，里面有
reason（理性），表达出一种没有理性、不合逻辑的感
情，它还有一个双关的联想，你可以说价格不合理，因
此也很容易想到"昂贵"。作为一个译者，我非常看重
最终译文的效果是否自然，是否深刻，是否有多义的
潜力。

问：的确。翻译的工作并不是从字典里挑对应词，而是应该
在语境里选择最合适的表达，"昂贵"和 unreasonable
所表达的意义之间，的确可以发生千丝万缕的勾连。但
是下面一句"偏偏是那种不敢深看的光/一层层降临"
所表达的意象，似乎在英语中发生了比较大的偏离："a
timid superficial light/ fell layer upon layer."英文用胆怯、
肤浅去形容"光"，而中文给我的感受却恰恰相反。那
道光是深邃而神秘的，让观看者感到胆怯。

答：我认为，出现这种偏差的原因之一是中英文句法的差
别。"那种不敢深看的光"，是"我"不敢深看的光。
中文中无需将主体"我"点明，但如果保留这个表述，
英文必须要说清楚，不敢凝视这道光的人，到底是谁。
但我不希望在译文里贸然植入这个施动者。之所以最终
用 timid（胆怯的）与 superficial（肤浅的）这两个形容
词去修饰"光"，是因为我觉得如果人们没有足够的胆
量去凝视光，那么事实上，它在人们的经验中就是"肤

浅的"。相比之下，"胆怯的"可能更容易引起争议，因为原诗表达的是人在胆怯，而非光在胆怯。但如果翻译为"a intimidating superficial light"会让读者觉得，这道光是个非常可怕的东西，这并不是中文希望实现的意象效果。你可以批评我的翻译不够准确，但是正如我一再强调的，翻译并非企图替代或完全映射原文，而是要创造一个新的东西，用原文的语词和材料，去创造去一个产生相似感觉或经验的东西。

问：如果说，你在翻译中以再现阅读的感受或经验作为标准，那么我是否能对本诗最后一节的翻译提出疑问呢？这一节有三句话，分为六行："回到过去／等于凭双脚漂流到木星。／可是今天／我偏偏会见了土豆。／我一下子踩到了／木星着了火的光环。"作为母语读者，我觉得这个诗节很难理解或体验。尤其是第一句，"凭双脚漂流到木星"，脚是用来走路的，如何漂流呢？

答：最后的这一段，我阅读的时候也觉得真的蛮难懂。尤其是第一句，"回到过去／等于凭双脚漂流到木星"，这句话本身就是悖论嵌套着悖论，是一个超现实的描述。任何人都不可能回到过去，所以你不可能凭双脚漂流到木星。然而这个不可能真实出现的场景本身，是有切实意义的，因为后面所说的见到土豆，是一个真实发生的事件。而在这亦真亦幻的张力下，最后一句话的效果就更复杂了。"踩"这个动作可以是真实的，尤其是"一下子踩到"表现出动静之间很有张力的对比，但是"踩"出来的效果，是"木星着了火的光环"，这个意象又变得很超现实了。所以我觉得对这一节诗歌的理解和翻译，必须从真实和虚幻相交接的界面入手，而我翻译的时候，是从真实的这一面切入的。我首先确定了"踩"

这个动词的翻译：stepping。这是一个非常有力而写实的动词。

问： 我们不妨对照一下另外一位译者 Michael M. Day（戴迈河）的翻译："Return to the past / like drifting to Jupiter on a pair of feet. / But today I saw potatoes. / In a trice I tread / Jupiter's burning rings of light." 他将"踩"翻译为 tread。相比较而言，可能 tread 更加小心翼翼一点。

答： 不同的译者，对同一个语词或意象，可能有完全不一样的理解。戴迈河在翻译"凭双脚去漂流"的时候，完全采用了直译。但我则将这一奇幻的表述完全删除了，取而代之以非常普通的动词 walking。其实在翻译的时候，我也考虑过 drift、float、sashay、roam 等单词，但最终弃而不用的原因是我认为这样翻译出来的英语诗句，读起来要么很奇怪，要么过于浪漫，要么显得漫无目的。我不希望这个漂移的动作本身过于抢眼，以至于影响读者去关注最重要的意象，也就是木星以及木星着火的光环。这才是全诗最终的归宿。

问： 为什么是木星？木星着火的光环代表了什么？是不是一种神秘的归宿，如同诗中提到的"那种不敢深看的"而又"一层层降临"的光。只不过经过漫长的、奇幻的、几乎完全不可能的漂流，我们直接到达了光源正中。

答： 这不是译者能够解答的问题，也许诗人本人也未必能说清楚。这恰是留给读者去回味的。作为译者，我也希望我的译文带给英语读者同样的思索。总体上我的翻译理念还是希望能够尽可能靠近原文。和我读创意写作的时候不一样，我并没有将王小妮的诗歌看做是一种灵感或材料的源头，而是希望能再现原作给我带来的情绪与冲击。我完成第一遍译稿之后，就会放在一边，有时候放很长时间，几个月甚至一年之后再来，不断对照原文重读与修改。但最终一步，我还是会将原文放下，只看译文本身是不是一首好的诗歌，有没有奇怪的、别扭的表述，有没有尽可能丰富多层的意涵，能否让读者阅读译作的时候，得到与我阅读原作相似的体验。

问：你所说的翻译理念，与以读者的反应为依据的翻译理论有相似之处。奈达（Eugene A. Nida）提出的"动态对等"（dynamic equivalence）强调"接受者对转达到接受者语言中的原文信息的反应，大体上应与原文接受者的反应一样"。他后来还据此进一步提出了"功能对等"（functional equivalence）的概念，再次强调理想的翻译，应该能够让译文读者基本上以原文读者理解和欣赏原文的方式来理解和欣赏译文。但是，现实中翻译其实不可能充分实现这一等效原则，不但因为不同语言无法获得等效，而且译文对读者产生的效果也是很难确定的。

答：是的，但恰是因为这一切困难，或者是不可能，诗歌翻译才更加值得我们去努力。在翻译活动中，我有一个深刻的感触，就是语言的灵活与多义虽然为翻译带来了极其困难的挑战，但同时也开启了珍贵的机会与巧遇。这些机遇往往藏在语词中，译者需要有这样的眼光与耐心，在语词的密林中寻找"一层层降临"的那种光，同时也要相信你的读者会以同样的眼光与耐心去捕捉这道光。

问：这也许就是本雅明所说的"纯语言之光"？本雅明有一个耐人寻味的比喻："如果句子是挡在原文语言前面的墙，逐字的直译就是拱廊。"拱廊在支撑意义的同时让光线通过，于是原文得以显现出来。

答：我不敢说我的翻译成功筑成了拱廊。在翻译中，译者能够再现原文的难度，不啻于"回到过去"；语言的转换与文本的流传，不啻于"凭双脚漂流到木星"。作为译者，我愿意邀请有心的读者和我一起走上这一次奇幻的漂流之旅，去做一个头脑发热的东北人，去看到土豆，去仰望木星，去阅读王小妮的诗集《有什么在我心里一过》，去记录下那些在自己心头掠过的那些东西。

（统筹整理：王岫庐
提问人：王岫庐　邓妮）

4.3　"文字中的乡愁"：诗学的游戏

黄运特，学者、书评人、诗人、译者，古根海姆奖（Guggenheim Fellowship）获得者，2006年至今任加州大学圣巴巴拉分校英文系教授，兼任香港岭南大学英文讲席教授。他的学术著作、诗歌翻译和文学创作都颇有影响。他的学术著作包括《跨太平洋想象》（*Transpacific Imaginations*：*History*，*Literature*，*Counterpoetics*，2008）、《跨太平洋位移》（*Transpacific Displacement*：*Ethnography*，*Translation*，*and Intertextual Travel in Twentieth-Century American Literature*，2002）、《诗：一种对中国诗歌的根本性解读》（*Shi*：*A Radical Reading of Chinese Poetry*，1997）等。在学术研究之外，黄运特的两部非虚构作品《陈查理传奇》（*Charlie Chan*：*The Untold Story of the Honorable Detective and His Rendezvous with American History*，2011）和《连体一生》（*Inseparable*：*The Original Siamese Twins and Their Rendezvous with American History*，2018）也在美国文坛上引起了高度关注。其中《陈查理传奇》荣获美国爱伦·坡文学奖，入围美

国国家书评奖、美国国际笔会文学奖等多项重大奖项，被《纽约时报》等主流报刊评为年度最佳书籍之一；《连体一生》则入围国家书评人协会奖（传记），国家公共广播电台年度优秀读物、《新闻周刊》年度最佳非虚构图书推荐书单。

2019 年，黄运特出版了《无诗歌：车前子诗选英译》（*No Poetry: Selected Poems by Che Qianzi*）。这本诗集入围2000 年度美国文学翻译家协会的卢西恩·斯泰克亚洲翻译奖（Lucien Stryk Asian Translation Prize）提名。正如这本诗集的古怪的名字一样，它可能会打破大多数人对诗歌的期待。在车前子的笔下，诗句和句子以狂野的形式呈现出来，而更重要的是每个汉字本身：诗意必须追溯到古代象形文字，回到文字遥远的源头再将它们带回来。在文字演变和转化的仪式中，车前子把象形的汉字写得栩栩如生，以罗兰·巴特式的"视觉的不确定性"创造出一种可以理解，但却似乎又无法述诸言语的艺术构思。诗人的意图也许就是让读者去阅读而非阐释这些诗句，希望读者将每个字符看作是有生命的东西，让符号的自指性闪闪发光。如果说"无诗歌"的意思，是对传统诗意的挑战，把读者的关注从情感、意义、思想等方面拉回语言符号本身，那么不难想象，翻译反而成为一项极其在场、极其有存在感的工作。显然，中文和英文是两种大相径庭的语言。《无诗歌》中，前景化了的中文的象形文字、语言结构以及声音特征与英语有很大的不同。不难想象，车前子诗歌中的许多形式与技术性的元素在英语并没有现成的对应物。如何通过字母的编排重塑文字的空间感，如何以一种可理解的方式为读者和诗人的现实搭建桥梁，如何用英语反映原诗汉语的声音和视觉元素，如何在译诗中形成一种令人愉快的实验性和特异性的效果，这一切都让翻译《无诗歌》成为一项特别困难而迷人的尝试。

2019 年 12 月，黄运特应邀访问中山大学期间，本研究团队与他就《无诗歌：车前子诗选英译》一书的翻译的过程及翻译中涉及的诗学问题展开访谈。黄运特称，翻译车前子的诗歌，"前后陆续延续了长达 20 多年"。这个漫长的过程，与其说是翻译，毋宁说是译者和诗人一同完成的、是其所是的语言游戏。

【访谈】

问：2019 年，你翻译出版了中国诗人车前子的诗选《无诗歌：车前子诗选英译》(*No Poetry：Selected Poems by Che Qianzi*)，该书于 2019 年 10 月由美国 Polymorph 出版社出版。首先祝贺你这本诗集入围 2020 年度美国文学翻译家协会的卢西恩·斯泰克亚洲翻译奖（Lucien Stryk Asian Translation Prize）提名。也希望你能介绍一下这本诗集翻译的始末。

答：我以前就做过诗歌翻译，将中国古典诗歌翻译成英文，把庞德的诗歌翻译为中文。说句玩笑话，我是温州人，温州人擅长做生意，转手买卖商品，我也有这个本事，能在中美文化之间"倒来倒去"地搬货。

问：文化研究里也常常将在不同文化身份群体之间进行调解的人称为"文化经纪人"，或是"文化掮客"（cultural broker），也有很多翻译学者认为，我们可以使用这个术语来描述文学翻译者的工作。我想，你的确也是一位游走在中国文化和美国文化之间的"文化经纪人"。我们想知道，车前子的诗歌有什么特点，如此吸引你呢？

答：车前子本名顾盼，是苏州人。他的作品非常具有先锋性，是我最想翻译的中国当代诗人。我翻译的这本诗集是他的第一本中英双语诗选，但我很早就开始编译他的诗作，中间有间断，但前后差不多跨越了近 20 年。我先介绍一下诗人的背景吧。车前子没有读过大学，曾在南京大学作家班进修，20 世纪 90 年代，他与一群诗友建立了"原样派"诗歌（Original Poetry），希望回复汉语诗歌的原初状态，就是回到文字本身。有人读车前子的作品，觉得他不能算是个诗人，于是我干脆将这本诗集的英语命名为《无诗歌》——no poetry。就让读者去判断，其中到底有没有诗。

问：我们可能很熟悉浪漫主义诗人威廉·华兹华斯的话：诗是强烈情感的自然流露（poetry is the spontaneous overflow of powerful feelings），将诗歌的源头追溯到我们自然流露的情感。

答：是的。但我必须提醒读者注意，车前子的诗意可能并不是浪漫派，而是原样派的诗意。原样派的诗人认为诗歌的源头不是人的情感，而是文字本身。有些学者将"原样派"和美国的语言诗派运动（language poetry movement）做比较，因为两者都看重语言和文字本身。

问：你可以给我们介绍一下美国的语言诗派么？

问：语言诗派是一种先锋诗歌运动，始于 20 世纪 70 年代，是对美国传统诗歌和形式的回应。语言诗并非强调传统的诗歌技巧，而是认为语言决定意义，将读者的注意力吸引到诗歌中有助于创造意义的语言的使用上，要求读者找到一种新的方式来接近文本，并与之互动。语言诗派的重要诗人包括查尔斯·伯恩斯坦（Charles Bernstein）、巴雷特·瓦滕（Barrett Watten）、鲍勃·佩雷尔曼（Bob Perelman）、布鲁斯·安德鲁斯（Bruce Andrews）等人。他们的作品主要发表在 *This*、*Hills*、

Tottels、*L* = *A* = *N* = *G* = *U* = *A* = *G* = *E* 和 *Tuumba Press* 等期刊上。对于语言和诗歌的关系，其实我们可以在爱默生（Ralph Waldo Emerson）那里读出相似的理解。爱默生说："Language is fossil poetry. Language is made up of images, or tropes, which now, in their secondary use, have long ceased to remind us of their poetic origin. " 语言是诗歌化石。这个比喻让我们想到中国的甲骨文，就是这样的化石，每一个字都凝聚了仓颉造字的意象感。语言是由意象或比喻组成的，而这些意象或比喻如今通过语言被重复使用，早已不再提醒我们它们的诗意来源。然而，对于一个好奇的、敏感的、具有想象力的人来说，很简单的词语也有启示力，哪怕从一个购物清单也能读出盎然诗意。这一点和现代艺术或者有相似的地方，杜尚（Marcel Duchamp）能将便池变成艺术，不是么？

问：然而，我们无论从阅读传统、知识训练，还是审美直觉上，都难以接受语词的简单排列就足以被称为诗歌。

答：爱默生提出语言是诗歌化石，但这也未必意味着任何字词的简单排列都是诗。也许威廉·卡洛斯·威廉斯（William Carlos Williams）所说的客体主义，能够让我们对这个问题有更好的理解："to recognize a poetry apart from its meaning, but as an object as such"。一首诗之所以被指认为诗，并不完全因为其内在的意义，而是要看到诗本身也是一个客体，一个语言的存在物。我们都知道威廉斯的名作《红色手推车》（"The Red Wheelbarrow"），其实这首诗刚出版的时候，是没有标题的，之所以加个标题是为了方便读者去理解。为什么不能用最后一句的意象——白鸡来命名呢？或者用第一句诗行来命名呢？其实都可以。而这首诗表达了什么"意思"？大家有很多说法，但你也可以说，这首诗没有表达什么极其重大的意义。但有一点，我们不应该忽视，就是这首诗的形式本身是非常整齐、抢眼的，令人过目不忘。它以三个字、一个字构成一个诗节，四个整体的诗节好像一个挂幅，有一个视觉的整体性（visual integrity）。有一些文学选本因为排版的原因，将这首诗截成两段放在两页上，这样的做法在我看来大错特错了。和散文、小说、戏剧等文体不一样，诗歌有内在的整体性，而这首诗尤其具有视觉上不可分割的特点。在教学生的时候，遇到这样的诗歌，我会建议他们先不急着读懂或理解，而是应该将整首诗作为一个"客体"去观察一下，去看一看。另一个大家很熟悉的例子是庞德（Ezra Pound）的《在地铁站》（"In the Station of the Metro"）："The apparition of these faces in the crowd：/ Petals on a wet, black bough." 就这短短的两句，很多人都会背诵，但也许并不是所有人都知道，庞德最初的诗句，每句留有三块很大空白，中间的标点符号是冒号。每个空白在视觉上形成了间断，让每句话都好像是蒙太奇的剪接，阅读是有动态的。很多书包括教材，在排版过程中将庞德原诗的空白都去除了。这就是没有尊重诗歌文本作为"客体"的独立性。

问：中国古代曾有人评吴文英的词，"如七宝楼台，眩人眼目，碎拆下来，不成片段"，同样强调了诗歌的整体性，但侧重的是主题、情感的完整，和我们现在讨论"视觉整体性"还不太一样。你是否可以再从车前子的诗歌中举一些例子，说明视觉的整体性，或者说，客体主义的诗学特征？

答：车前子有很多诗歌都是这样例子。例如《编织车间》，整首诗都是一个"人"字的排列，看起来的视觉效果就像我们织毛衣的编织效果一样。还有《左边加一撇》，诗的上下部分各九行，上半部分每一行都是"下"字，每一行少一个字，而最后一行，"下"字左边加一撇变成了"不"字；下半诗节由下而上，每行多一个"上"字，到最上面那行只有一个字"止"。你也许会觉得这只是文字游戏，然而如果仔细看看，你会发现一个"不"字本身，就有很浓郁的诗意。和英语里那个"no"的意思有距离。汉字的"不"字，从字源的角度去看，上面一横是天空，下面是飞翔的鸟，拼命向上飞，飞"不"到天上去。

问：这样看来的确很有意思。诗歌的下半段同样也是，好像爬楼梯一样，但最后戛然而"止"。整首诗形状凸显了"不"与"止"，也可以有很多方式去理解诗人想表达的意义。但意义似乎是作为背景若隐若现，语言本身的形态被突出了。

答：我一直对车前子的诗歌感兴趣，就是因为他所做的这些诗歌实验，如果放在世界的文学图景中，其实是非常普遍的文学现象。在庞德的意象派原则中，在巴西坎波斯（Campos）兄弟等人具象诗歌（concrete poetry）的理念中，在威廉斯的客体主义中，都能看出来。关于语言和诗本体的想法，并不是一个历史的进化，而是散播在文学史不同诗段的思想种子。

问：庞德的意象派主张，在很大程度上也是受了中国汉字的启发。

答：庞德和厄内斯特·弗诺罗塞（Ernest Fenollosa）都认为汉字是一种诗歌媒介。庞德很喜欢的一个中文字体是

"东"字。你看这个字的繁体字写法，就是太阳在树木的后面，这便是对东方的一种充满诗意的描写。这个字难道不是一个"诗歌化石"么？在美国教书的时候，我的学生们会问，为什么不是"西"呢？太阳落山也会躲到树木后面去。我就告诉他们，我们中国人对"西"有另一种诗意的描写，甲骨文的"西"字是一个鸟巢，鸟儿回巢栖息时，就是日落西山之时。

问：你将车前子"原样派"诗歌实验，放在世界的诗歌图景中，让我们对"原样派"的诗歌主张有了更清晰的了解。以往传统的诗歌研究将重点放在对诗歌整体的思想、主题的分析与把握，但原样派和语言诗派的出发点则是诗歌的建构材料，也就是语词。如何分解，如何整合。

答：车前子身上有中国传统文人的幽默感。他写的诗歌强调了汉字本身的具象，并充满游戏的精神。有一首三字诗最后，他写道："这些都汉字在连环画上"。原本应该是名词的"汉字"被用作了动词。熟悉费诺罗沙（Ernest Fenollosa）的读者可能知道，费诺罗沙写过《作为诗的表现媒介的汉字》（*The Chinese Written Character as a Medium for Poetry*）一书，在书中，费诺罗沙曾指出汉字多带有动词的性质，而兼含名词与形容词的作用，汉语则"靠着动词使所有言辞变成富戏剧性的诗"。"这些都汉字在连环画上"，就是用了一个奇异的动词，让这句话富有戏剧性。翻译这句话的时候，我将它译为"All these are Chinese charactered on the comic strips."，我只能生造了一个词"charactered"去表现原文名词转用为动词的游戏。

问：这个翻译很高明。翻译的不是原诗的意义，而是原诗的符号意指方式。车前子有不少诗歌，以奇特的排版和视觉效果让人过目不忘。你翻译的时候，我注意到基本也保留了这样的视觉效果。

答：是的。车前子的诗歌创作总体上是实验性的，但他也有一些更符合我们传统对"诗"的期待的作品，其中也并不乏游戏的元素。比如这首《新骑手与马》："火一样地奔驰／最先烧掉的是骑手的脑袋／接下来是肩／接下来是胳膊／接下来是胸／接下来是肚皮／接下来是腰／接下来是臀／接下来是腿／再接下来是马鞍／再接下来是马的身体／碧绿的鬃毛／和马的脑袋／最后，是马的腿／什么都烧掉了／它们就跑得更快"。

问：这首诗你的翻译和原文几乎完全一致："Galloping like fire/Burnt off first is the rider's head/And then his shoulders/And then his arms/And then his chest/And then his belly/And then his waist/And then his buttocks/And then his legs/And then the saddle/And then the horse's body/The green mane/And the head/Finally, the horse's legs/When everything is burnt off/They run much faster." 曾获得普利策诗歌奖的 Forrest Gander 将车前子的诗评价为"hilariously understated acts of sabotage"（搞笑低调的破坏行为），这首诗就是一首有些搞笑的破坏性诗歌吧？

答：是的，没错。我们平时会说写作是一种搬砖，是一种建构的行为，越写越长，字数越写越多。但这首诗不同，其实是一首做减法的诗。虽然字数越来越长，但意象却越来越少。到最后火焰与速度都还在，可实体——也就是题目里的骑手和马——无处可寻了。这就是我所说的"无诗歌"的意思。在这里，"无"并不等同于"空"，并不意味着"不存在"，而是一个动态的"消失"的意思。你如果看繁体字"無"就会看得更清楚了，这个字表达的画面是"脚印或足迹消失在树林里"。所以"诗歌"还是在的，只是消失了，需要我们去寻找。车前子的诗歌常常这样，以名言警句的方式出场，但意义往往中途被连根拔起，半途而废，或是自我吞噬了。

问：其实我们中国古典诗学往往会表现出从无到有、无中生有的过程。可能进入现代之后，我们更需要去简化业已过于烦琐的生存。我注意到，车前子不少诗歌里出现括号的时候，往往只有半边：只有左边的括号而没有右边，这右边的括号是作者让它们"消失"了么？

答：这个问题，我还真的问过车前子本人。一般情况下，我翻译的时候会尽量避免追问原作者写作的意图，因为我其实觉得大多数时候，作者的话并不能全信，他完全可能为了自圆其说而编造出一个莫须有的解释。但关于括号有一半没一半的用法，我实在忍不住，就问过车前子。他的回答还是非常有意思的。他说，我们好不容易有一天找到点儿时间，有闲情逸致开始写诗，已经实属大幸，我们不要傲慢并愚蠢地认定，我们总有能力把这首诗写完。

问：这是一种谦卑的写作态度么？

答：其实不完全是谦卑，而是一种对诗歌、对生命的理解。弗罗斯特（Robert Frost）也说过，一首诗的写作，是需要运气的。一首诗的语言和主题，恰好对上了，天衣无缝，这首诗才能写完。"运气"（Luck）背后有深刻的哲学意义。这涉及美国实验诗派对生命的理解。人生无常，在英美诗歌里对"偶然性运作"（chance operation）的强调，那是一种"不确定的诗学"（the poetics of indeterminacy）。

问：写作是不确定的，要靠运气。翻译相对来说，倒是比较确定的工作了。你翻译车前子诗歌的时候，遵循的理念与原则是什么呢？

答：翻译是原作的转世投胎。当然，这个观点并不新奇，木雅明也说过类似的观点。我想先谈一下寒山的翻译。寒山在中国文学历史上，不算大家，最多是个小圣人。但在美国 20 世纪五六十年代，经由 Gary Snyder、Arthur Waley、Burton Watson、Red Pine 等人的译笔，寒山成了非常热门的诗人。垮掉派精神领袖格鲁亚克（Jack Kerouac）1958 年写出《得道的无家可归人》（*Dharma Bums*）一书的时候，甚至还将这本书献给寒山。寒山禅癫（Zen lunatic）的生活方式，成为一种特别酷的生活方式。

问：寒山诗歌的英译可能是中国文学、中国文化"走出去"最为成功的例子之一了。某种文学作品或文化现象，在某个特定的年代得以成功输出，有时候是努力的结果，但也有很多时候得看"运气"。你觉得你翻译车前子诗歌和寒山诗歌英译之间有相似的地方么？

答：寒山英译的方式，并不是我想翻译的方式。你可以去对照一下 Gary Snyder 翻译的寒山诗，翻译得很美。当然有些学者指出他的翻译不够忠实，但我觉得单看英文诗本身，写得算是成功的。寒山被 50 年代美国嬉皮士接受，这个过程从翻译的角度来说，不是我想做的事情。Snyder 曾区分过两种诗人：第一种诗人写诗，是为了通过语言的棱镜来展示世界，还有一种是在没有任何语言棱镜的情况下看到世界。他不喜欢语言游戏，而希望语言消失在自己的诗歌中。从翻译的角度，我质疑这一观点。热爱寒山的美国生态诗人们，歌颂自然之美，但他们可能没有意识到人类的语言是自然的一个部分。他们用自然流畅的语言去翻译寒山，语言宁静顺滑，但没有足够的噪音（noise）。

问：你的翻译，不但试图翻译出原作的声音，也力求保存原作的噪音。也许甚至还有沉默，所谓大音希声。

答：是的。我想补充一个相关的隐喻。车前子不懂外语，但很爱看外文书，有时候翻译得不好，那些句子完全都不通顺，让人看不懂，但他总看得饶有兴致，越看不懂的地方，他就越好奇。车前子热爱书法，尤擅草书，他对我说，看外国诗看不懂的地方，就让他想起草书。你不一定能认得出草书作品中每一个字到底是什么，但不要紧。这就像我们之前说的"噪音"，信号不够清晰的地方，听不清楚的时候，就好比草书中认不出的字，但你依然可以看得出那个字的风格，那个字的"气"。这就是"噪音"对于整个作品艺术的功用。

问：车前子是一位书法家，这也解释了他诗歌对文字和形式的凸显，从文字和线条中衍生出诗意。他的很多诗歌，采用的基本艺术手法是回到中国文字的源头，用"象形之像"和"象形之形"寻找诗意。我想请问你，在翻译车前子的时候，你如何翻译中国字的形体及其排列本身所带来的诗意？有没有遇到让自己特别兴奋的地方？

答：我第一部翻译作品是庞德的诗集。庞德在诗歌里用到汉字的时候，常常是不翻译的，而是加注，让中文自己表现。

问：庞德诗学的一个根基就是基于汉字的诗意。你作为一个长期生活在美国的华裔学者，是否会觉得自己特别珍惜这种与汉字相关的诗意？

答：我曾参加过一次以推动中国文化"走出去"为主题的研讨会，当时说了几句很大胆的评论。我说，作为一个诗歌翻译家，我宁可给一个外国人详细介绍一个中国字的美妙，而不是讲一个中国的故事。在我看来，故事都是一样的，是普世的。在世界的不同地方，发生着大同小异的故事，但文字能表达的微妙，是真正的中国人独有的敏感和智慧，是最具有中国价值的。当时有不少中国当代著名的小说家都在场，我原本以为这番评论会冒犯他们，因为他们都是写故事的人。可他们却都很认同我的观点。

问：你说的很有道理，但中国文学和文化"走出去"，除了汉字之外，也需要更多的载体。作为一位非常了解英美学界和读者趣味的学者，你对中国文学的外译还有什么建议么？

答：我举个例子来回答这个问题吧。几年前，我编辑出版了一部英文版的中国当代文学集，精选了 50 多位作家的代表作。做这件事的初衷，是希望为英美读者介绍我心目中最好的中国文学作品。有些选编的作品未必有合适的现成译本，而我自己既然是做翻译的，难免技痒。我印象深刻的有两首徐志摩的诗：《再别康桥》《偶遇》。我付出了很大的努力去翻译这两首诗，甚至重读了很多英国湖畔派的诗歌来酝酿英语中相对应的情绪和风格。这本书出版后，英国学者蓝诗玲（Julia Lovell）在书评里对全书总体评价不错，但专门挑出徐志摩这两首诗批评，认为这两首诗作是十分平庸的作品。她并没有说这是翻译的失败，而我自认为我翻译得不差。徐志摩在中国新诗发展中，借用了英式浪漫主义传统，一旦翻译回英语，他的诗作就逃不脱被认为是二流诗作的命运。这次吃力不讨好的经历，可能对"中国文化走出去"而言，是一个可资借鉴的教训。

问：的确，我们在输出文化和文学作品的时候，不能只是一厢情愿地输出自己认定是"好"的作品，也应该考虑世界各国文学传统和交往的历史，思考在"影响的焦虑"下，不同文化酝酿出的各自需要。非常感谢黄运特老师今天接受我们的访谈，也期待你继续在中西文化间创造、翻译出更多作品。谢谢！

4.4　"清脆的声响"：误译的价值

从 1917 年至今，中国新诗已走过了百年的历史，在诗歌的形式和内容上都进行了多方面的探索。自改革开放以来，中国当代诗坛发展迅猛，各种诗歌流派争相兴起，异彩纷呈，充满了多元共存的诗歌创作态势。近年来，中国当代诗歌英译本的出版数量呈迅速上升趋势，越来越多的国外学者和诗人参与到中国当代诗歌的译介和海外传播之中。然而，中国当代诗歌在西方世界的翻译与国际传播仍然有很多具体的现实问题亟待研究，例如，关于中国当代诗歌的内容、形式、节奏、韵律等的翻译理论和实践问题，中国当代诗歌英译的国际出版、传播和接受问题等等。美国康奈尔大学亚洲研究系（The Department of Asian Studies, Cornell University）的安敏轩教授（Nick Admussen），曾获得美国华盛顿大学英国文学和中文的双学士学位、诗歌创意写作的艺术硕士学位、美国普林斯顿大学东亚研究系的中国文学博士学位，研究方向是中国现当代诗歌和散文诗，尤其对鲁迅的散文诗集《野草》颇有研究，著有《中国当代散文诗研究》（*Recite and Refuse*：*Contemporary Chinese Prose Poetry*）和多部英诗集，曾翻译和发表了诸多中国当代诗人和作家的作品，包括诗人哑石、臧棣、根子等，多年来一直致力于中国现当代诗歌和散文诗的译介及研究。2017 年 2 月，安敏轩教授凭借翻译中国当代诗人哑石的诗歌选集《花的低语》(*Floral Mutter*) 荣获了美国笔会/海姆翻译奖 (PEN/Heim Translation Fund Grant)。2017 年 4 月初，正逢春暖花开的季节，安敏轩教授欣然接受邀请前来中国广州接受采访。在此次访谈中，安敏轩教授详细谈论了他在翻译哑石诗歌时所遇到的困难、挑战以及对策，深入地探讨了中国当代诗歌在美国的翻译和研究，对中国当代文学的海外传播研究具有重要的借鉴意义。

【访谈】

问：首先非常感谢你不远万里，亲自来广州接受此次采访。我们知道，你不仅是美国康奈尔大学的中国文学教授，同时也是一名诗人和诗歌翻译家，多年来一直致力于中国当代诗歌的译介工作。请问你是如何与中国当代诗歌翻译结缘的呢？

答：也许由于家庭影响的缘故，我自小就对语言、文字和诗歌感兴趣。我父亲曾担任美国华盛顿大学的法语教授，主要从事法国诗歌和文学的研究。我读高中的时候，曾与同学辩论中美关系，觉得中国是美国最重要的伙伴，两国关系非常重要，就这样开始了汉语学习。我在大学期间主修英语和汉语等多门课程，曾获得了英国文学和中文的双学士学位。出于对诗歌的热爱，我在华盛顿大学继续攻读诗歌创意写作的艺术硕士。毕业后，曾作为驻校诗人在那里专门从事了一年的诗歌创作。后来，我

又去了普林斯顿大学东亚研究系读博士，师从林培瑞
（Perry Link）教授，主要研究 20 世纪的中国散文诗，
获得了中国文学博士学位。在此期间，我多次来过中
国，曾在北京大学访学。我喜欢中国文学和文化，因
此，这些年我一直都在从事中国当代诗歌的翻译和
研究。

问：你荣获了 2017 年度的美国笔会／海姆翻译奖，在此恭
喜你了。我们对国际翻译奖项及其评奖机制都很感兴
趣，你能否在这里给我们稍微介绍一下美国笔会／海姆
翻译奖？

答：谢谢！我翻译的中国当代诗人哑石诗歌选集《花的低
语》能够获得美国笔会／海姆翻译奖项，真的感到非常
荣幸。美国笔会自 2003 年开始设立这一奖项，其宗旨
是"促进国际文学英译作品在美国的出版和接受"。美
国笔会每年都会根据翻译的质量以及文学作品的重要性
和原创性进行评选和颁奖，至今已有 139 部翻译作品获
此殊荣，涉及的各国语言多达 35 种。

问：作为 2017 年度美国笔会／海姆翻译奖的获得者，你能
谈一谈此次的获奖作品《花的低语》吗？请问哑石的诗
歌作品在哪些方面吸引你呢？

答：《花的低语》是中国当代诗人哑石的第一部英译诗集。
哑石作为诗人的经历是比较独特的。他出生于 20 世纪
60 年代的中国四川，早年毕业于北京大学数学系，现
在西南一所高校的经济数学学院教书。事实上，他在
1990 年才开始诗歌创作，目前已出版的诗集有《哑石
诗选》《雕虫》《丝绒地道》《风顺着自己的意思吹》
等，主要的代表作品有《四重奏》《青城诗章》《春日
十四句》《否定》《断章》等。这些年来，哑石曾获得

首届"华文青年诗人奖"(2003)、第 4 届"刘丽安诗歌奖"(2007) 等。美国笔会认为,"在当代中国诗歌受到东部中心城市深深影响的今天,哑石是内地出现的无法被模仿的独特声音"。我自己也认同这一看法。自从 2013 年以来,我将哑石的多首诗歌作品陆续翻译为英文,包括《满月之夜》《进山》《岁月》《短句》《晦涩诗》等等,先后发表在《新英格兰评论》(*New England Review*)、《国际诗歌》(*Poetry International*)、《今日中国文学》(*Chinese Literature Today*) 等各种英文刊物,现已收录成集,由西风出版社 (Zephyr Press) 出版。哑石的诗歌很有个性,而他为人又非常真诚友善,谦逊内敛,甚至有点害羞。我们俩都热爱诗歌,是认识多年的好朋友。作为译者,和他在一起面对面谈论诗歌,可以说是我在诗歌翻译过程中最快乐的时光。

问: 美国笔会的颁奖词写道,"诗人哑石用析取的意象,将语言带到荒诞的悬崖边缘,在深渊上空发声"。例如,哑石诗歌《短句》里的这一行诗:"像鲑鱼,在黑暗、涌动的水流中 / 轻轻释放出花的低语"。哑石这种富有个性的语言风格,无疑将会构成诗歌翻译中的困难和挑战。你能否举例谈谈你如何再现哑石诗歌中的独特风格和意象呢?

答: 在如今这个浮躁喧嚣的现代社会,诗人应该回归内心的本真状态,始终怀有一颗赤子之心,发出自己独特的声音,正如哑石诗歌所写的,"像鲑鱼,在黑暗、涌动的水流中 / 轻轻释放出花的低语"。我将这一行诗句翻译为: "Like a salmon in the dark and frothing water / gently releasing its floral mutter"。我的翻译诗集题名《花的低语》(*Floral Mutter*) 就是来源于此。哑石的诗歌语言很有个性和力量，充满悖论，独具特色。如何重塑原诗中的语言风格和意象，这也成了诗歌翻译中无法避免的困难和挑战。例如，哑石这首《晦涩诗》的第一句："文学讨好心脏之嘭嘭和事后青肿，／你嘭嘭嘭，我无端青肿"。我把这一句翻译为："The bang bang of the fruits of literature and the bruising after，／you bang bang bang，I bruise for no reason at all."正如瓦尔特·本雅明（Walter Benjamin）所认为的那样："译者的工作是在译作的语言里创作出原作的回声。"（本雅明，2000：205）在诗歌翻译的过程中，我尽可能保留住原诗的语言风格和意象，使其在英文中得以再现，让人们听到诗人哑石那强有力而独特的声音。

问：美国笔会对于你的诗歌翻译高度赞赏，盛誉有加，认为你的翻译"经过完美的平衡与润色，重塑了原诗，让评委久久难忘（haunting）"。你能否具体谈谈你的诗歌翻译过程、方法和策略？

答：我就以哑石的代表作《青城诗章》的翻译为例吧。《青城诗章》是一系列十四行诗歌，大约有 30 首之多。这一组诗不仅展现了青城山的自然之美，也体现了哑石那种遗世而孑然独立的诗歌理想和追求。据说，诗歌的创作灵感来自诗人在四川美丽的青城山谷中的一次长途旅行。我最初读到这一组诗时，已然觉得心里很是喜欢，就尽我所能地先将这些诗歌大致翻译为英文，形成初稿，同时也在心里积累了一大堆问题和疑惑。后来，我在 2014 年特意去了一趟四川成都，专程拜访哑石，和他坐了几个小时一起喝茶谈诗，把我心里所有的问题都问了个遍，再对诗歌翻译的初稿进行修改，一改再改。为了翻译《青城诗章》的组诗，我和哑石进行了无数次的访谈和对话。在这一过程中，虽然哑石对我的问题都非常耐心地逐一解答，但作为译者我仍然觉得压力很大。我不仅要聚精会神聆听问题的答案，而且要从他的反应中判断我是否基本掌握了这首诗的精神，是否朝着正确的方向前进。对于一些问题，他有时会问："你为什么要在意这个问题呢？"对我而言，这样的回答就意味着"你还不懂这首诗歌，重新开始"。哑石喜欢用富有音乐性的四川方言朗读自己的诗歌，这与我们平时听到的标准普通话是完全不同的。因此，哑石的诗歌形式经历了三重变化：从意大利十四行诗体到中文诗体的创造性适应和翻译；采用现代汉语写成；再用一种历史悠久的当地方言来朗读。很遗憾的是，这种多重交融的诗歌效应很难在英文版中翻译和再现出来。在诗歌翻译过程中，我一般会对自己丢失的东西有比较清醒的认识，而这无疑会影响我下一步的翻译决策。正如所有优秀的诗歌一样，哑石的诗作是无法被完全翻译出来的，还需要不断地去尝试。

问：《青城诗章》里有一首十四行诗：《满月之夜》。前四行的诗句是："现在　我不能说理解了山谷／理解了她花瓣般随风舒展的自白／月之夜　灌木丛中瓢虫飞舞／如粒粒火星　散落于山谷湿润的皱褶"。你的译诗是："Currently I cannot say that I understand the valley / understand the petal-like, windborne unfolding of her confession / full moon night in the underbrush, ladybugs flutter / like the grains of stars falling into the valley's wet creases."。我很喜欢这首诗和你的翻译。青城山谷的月夜在中英版本里都是一样的美，安详静谧，令人向往。

答：哑石曾在访谈中说，没有自己很满意的作品，只觉得有些东西尚可一读。他还开玩笑说，如有需要销毁自己的诗作，他没有什么犹豫不决，只有一件东西例外，那就是《青城诗章》。《满月之夜》是《青城诗章》组诗之一。在这首诗里，诗人既将充盈饱满的情愫宣泄流淌，又在抒情中保持了冷静和克制。因此，翻译时，我尽量保持原诗的形式和基调，让人们去感受青城山谷月夜下的自然之美。

问：《满月之夜》里有两行诗："而树枝阴影由窗口潜入 清脆地 ／ 使我珍爱的橡木书桌一点点炸裂"。你将这两行诗翻译为："And shadows of branches steal in through the window the oak desk ／ that's so fragile I am forced to love it has exploded just a little bit." 我们对此不是很理解，请问你为什么这样翻译这两行诗呢？能给我们讲讲其中缘由吗？

答：美国的《新英格兰评论》曾在 2015 年刊登了我翻译的哑石的两首诗，其中一首就是《满月之夜》。哑石的这两行诗，从字面上看就是复杂的、不可译的。例如，在诗行的中间有一个留白，造成了空白两边的语法或逻辑关系的不确定性。还有一个问题：独特的副词"清脆"，它包含了两层含义，一个是"清越"，常常用来形容音乐；另一个是"脆弱"，甚至"易碎"。如果严格遵循原诗的语序、语法和意义，翻译成英语应该是这样的：And shadows of branches steal in through the window clear and melodious ／ making my beloved oak desk explode just a little bit，或是 And shadows of branches steal in through the window fragilely ／ making my beloved oak desk explode just a little bit。我在最初的译诗里插入了整个"如此脆弱以至于我不得不爱它"（so fragile I am forced to love it）的概念，因为在翻译这两行诗时，我想起了已故的父亲曾经给我留下的一个张木书桌，不知不觉地就代入自己的主观感情了。在《满月之夜》的译诗中，我觉得自己译错了。我为此曾特地发邮件给哑石，列出了对这首诗的不同理解，询问他的想法。他回复说："清脆"一词，最好不要落实到"影子"和"橡木书桌"这两者中的任何一个物象上，而是用于整个过程的心理效果。他倾向于保留我最初的翻译，认为那两行译诗虽然与原诗句的字面意思看起来似乎不贴切，但在感受的诗意质地上，却和原诗的深层含义更接近一些。

问：原来如此，真没想到这两行诗歌的翻译背后有这样的故事。我自己很喜欢这两行最初的译诗，感觉更符合诗人的初心。这两行诗若是严格遵循原诗的语序、语法和意义去翻译，表面上看来似乎更忠实于原诗，实则不然。我记得，本雅明在《译者的任务》里曾说过："与文学作品不同的是，译作并不将自己置于语言密林的中心，而是从外而眺望林木相向的山川。译作呼唤原作但却不进入原作，它寻找的是一个独一无二的点，在这个点上，它能听见一个回声以自己的语言回荡在陌生的语言里"（本雅明，2000：205）。在我看来，你的译诗已发出了一声"清脆"的回响，萦绕在我们的耳边，久久难忘。

答：我觉得，我对哑石有一定的责任。他将自己的诗歌托付予我，我就应该尽我所能翻译好这些诗歌；其次，作为一个诗人，我认为自己能够理解语词之间或隐或现的逻辑，有时甚至不得不为之牺牲韵律和节奏。《满月之夜》的最后四行诗写道："曾经　我晾晒它　于盈盈满月下／希望它能孕育深沉的、细浪翻卷的／血液　一如我被长天唤醒的肉体／游荡于空谷　听山色暗中沛然流泄。"因此，面对曾经有过的失落和阴影，可行的解决方案并不是回避，而是孕育和重生。我希望，以后有机会能够把哑石的这首诗，还有其他诗歌的译文再做进一步的修改和润色。我会不停地去尝试。也许我一次次的误解和误译，最终将会昭明原诗。

问：除了《青城诗章》，你还翻译过哑石的一些散文诗，对中国现当代散文诗也颇有研究。你能否在这里给我们分享翻译中国散文诗的一些心得和体会呢？

答：作为诗人，我对散文诗这种兼有诗与散文特点的现代文学体裁很感兴趣。平时我自己也会用英文尝试写一些散文诗，例如，我的第一部诗集《电影情节》里面都是散文诗。前两年，我翻译了哑石的四首散文诗：《青青的耳朵和纯诗》《卡通猫与后现代诗歌》《紧身胸衣与诗的叙述性》《婚外恋与抒情诗》，发表在《今日中国文学》上。这些散文诗主要源自哑石的诗论《界线不明的诗学编组练习》，充满了悖论式的语言解构和重组，体现了哑石独特的诗学观念。例如，《青青的耳朵和纯诗》结尾处写道："不管怎样，对于青草的耳朵，我说了这么多，也没有真正说出它未来的任何一点信息，因此，谈论它将永远是一件不容易的事。因为它会随着你内心的温情而发生变化，或者更逗人喜爱，或者更让人难以捉摸，甚至隐蔽起来，变得不存在了。"我将这一段译为："In any event, I've said so much about the ear of grass, and I haven't really given any information about its future, so discussing it will forever be a difficult undertaking. Because it can change according to your inner warmth: sometimes it becomes more lovably cute, sometimes more elusive and difficult to grasp, to the point that when it is hidden, it becomes nonexistent." 谈论诗歌永远是一件不容易的事，翻译诗歌也是一样，"因为它会随着你内心的温情而发生变化，或者更逗人喜爱，或者更让人难以捉摸，甚至隐蔽起来，变得不存在了"。

问：作为四川诗人，哑石的散文诗往往会有方言俚语的介入，对语言的实验性近乎极限，例如，《青青的耳朵和纯诗》里的一行诗句："它的婴儿时代唯一逗人怜爱的地方就是总把某些词汇读成似曾相似的事物，譬如把爸爸喊成'叭、叭'，把大灰狼叫着'呆跪浪'等等"。你是怎样翻译这一句的呢？

答：与《青城诗章》的唯美十四行诗不同，哑石的散文诗巧妙地杂糅了官话与方言俚语、经验与玄思、直觉与分析，亦庄亦谐，挑战和颠覆了人们传统的诗学观念。例如，像《卡通猫与后现代诗歌》里所描述的："如果卡通猫对人间万象摹拟得更漂亮些，它就知道：有人会兴之所致地'咔嗒'一声拔掉为二维世界提供动力的电源。是的，就这样，咔嗒一下，拔掉！"《青青的耳朵和纯诗》这首散文诗也是如此。哑石是四川本地诗人，喜欢用四川话朗读自己的诗歌。我知道，诗句中的"呆跪浪"是四川方言的模仿发音。正如诗句中青青的耳朵会把大灰狼叫成"呆跪浪"，一些美国小孩子也会把 the big bad wolf 发成 the twig's sad gulf 这样不准的音。因此，在译诗中，我没有采用音译，而是尽量模仿美国小孩子说"大灰狼"的发音。

问：除了哑石的散文诗，我们知道你对鲁迅的散文诗集《野草》也颇有研究，还翻译了鲁迅的一些杂文，能否和我们谈谈你对鲁迅的散文诗集《野草》的研究？

答：鲁迅的《野草》是中国现代散文诗发展历程中具有重要
意义的作品。我对中国散文诗的兴趣始源于阅读了鲁迅
的散文诗集《野草》，它激发了我对中国散文诗的研究
兴趣，去追溯和探索中国散文诗的历史缘起、发展历程
和文体特征等。我在普林斯顿大学的博士论文就是关于
20 世纪中国散文诗的研究。2014 年，我曾在《现代中
文文学学报》（*Journal of Modern Literature in Chinese*）客
座主持了一期英文专刊"现实的层面：鲁迅的《野
草》"，汇聚了国际上一批优秀的中国现当代文学研究学
者和专家，从不同的视角探讨了鲁迅的《野草》，包括
弗吉尼亚大学罗福林教授（Charles Laughlin）的文章
《鲁迅〈野草〉的接受史及其修正》、俄勒冈大学陈江
北教授（Roy Chan）的论文《〈野草〉与现实主义的责
任》、悉尼大学陈顺妍教授（Mable Lee）的论文《〈野
草〉：鲁迅自传冲动时刻留下的见证》，等等。关于鲁迅
的《野草》，我自己也发表了一些学术论文，例如，关
于《野草》书名的翻译、《野草》之暗示章法等等。此
外，我还翻译了鲁迅的一些杂文，包括《老调子已经唱
完》《论第三种人》《男人的进化》等，均已收录在鲁
迅《灯下漫笔》（*Jottings under Lamplight*）的英文版中，
2017 年 9 月已由哈佛大学出版社出版。

问：你的专著《中国当代散文诗研究》（*Recite and Refuse*：
Contemporary Chinese Prose Poetry）已于 2016 年 10 月在
美国的夏威夷大学出版社正式出版。据了解，这是海外
学术界第一部专注于中国散文诗的文学类型学研究著
作，能否给我们介绍一下这部新著？

答：《中国当代散文诗研究》是一部我刚出版的研究著作，
主要对 20 世纪以来的中国散文诗展开了比较全面、系

统的综合研究，其中涉及了体裁研究、文学史研究、文学场域的分析，以及诗歌文本的细读，深入地探讨了一些焦点问题，例如，中国散文诗的定义、内容和形式，中国散文诗的发展历史和文体特征，"中国散文诗热"的历史时期界定和划分等等。中国散文诗是经翻译引进而不断发展起来的一种新文体，在创作内容、形式、功能和艺术特征等各方面都发生了很大的变化，例如，五四时期的散文诗与新中国的散文诗，中国的当代散文诗与西方的当代散文诗，彼此之间都存在着明显的差异和不同，这些都值得我们深入研究。

问：你的专著对中国现当代散文诗进行了多方面的深入而独到的观察和研究，获得了国外学术界的高度评价。例如，荷兰莱顿大学的柯雷教授（Maghiel van Crevel）写道，这是一部"具有原创性，令人信服、真正鼓舞人心的著作，重新书写了中国散文诗的历史"（Admussen，2016：封底）；美国加州大学的奚密教授（Michelle Yeh）赞道："这本书将深刻的分析与优美的翻译相结合，对我们理解中国散文诗做出了重要的贡献"（同上）。请问你的这部著作翻译和研究了哪些中国当代诗人的散文诗？

答：我这本书对20多首中国当代散文诗进行了文本翻译和细读分析，涉及了刘再复、欧阳江河、西川、柯蓝、郭风，以及其他一些中国当代的重要诗人。因此，在某种意义上说，这也是一部中国当代散文诗的翻译选集。其中，有很多中国当代散文诗和诗人是第一次被译介到英语世界，尤其是在美国。我之所以这么做，是因为中国当代散文诗是一种很少被翻译的文学艺术形式，目前有许多的优秀作品可供选择。而且，由于这本书采用了体

裁批评与文本细读相结合的研究方法，正好有机会对外
展现大量的中国当代散文诗英译文，同时对这些英译散
文诗进行批判性的分析和研究。

问：从 1917 年至今，中国新诗已走过了百年的历史，人们
　　对新诗的形式和内容都进行了多方面的探索。与美国的
　　当代诗歌相比，请问你如何看待这些年来中国当代诗歌
　　的发展？

答：与美国相比，中国具有非常悠久的诗歌传统。在今天的
　　美国，诗歌仍然属于比较小范围的文学爱好和兴趣，比
　　较精英，不如中国那么普及；在中国，甚至一些小朋友
　　都可以背诵中国古代的诗词。这些年来，中国当代诗歌
　　发展迅猛，各种诗歌流派争相兴起，异彩纷呈，涌现了
　　很多有影响力的诗人。例如，中国先锋诗歌中"知识分
　　子"写作的代表诗人西川，"第三代诗歌"的主要代表
　　诗人韩东，还有女性诗人代表翟永明以其独特鲜明的女
　　性立场和语言风格独树一帜；此外，还出现了一些农民
　　工诗人群体，等等。这些都使中国当代诗坛与美国一样
　　充满了多元化共存的创作态势。

问：自改革开放以来，中国当代诗歌蓬勃发展，取得了卓越
　　的成就。与此同时，国外学者和诗人也越来越多地参与
　　到中国当代诗歌的译介和传播中，中国当代诗歌英译本
　　的出版数量呈迅速上升趋势。你能否谈谈中国当代诗歌
　　在美国的译介和国际出版情况呢？

答：我翻译的哑石诗歌选集《花的低语》由西风出版社出
　　版。这家出版社的总部位于美国马萨诸塞州的波士顿，
　　非常重视中国当代诗歌的译介、传播与出版，近年来陆
　　续出版了多部当代中国重要诗人的个人诗集英译本，包
　　括欧阳江河的诗集《重影》（ *Double Shadow* ）、《凤凰》

（*Phoenix*），王小妮的诗集《有什么在我心里一过》（*Something Crosses My Mind*），翟永明的诗集《更衣室》（*The Changing Room*），柏桦的诗集《风在说》（*Wind Says*），芒克的诗集《十月的献歌》（*October Dedication*），等等。西风出版社的系列英译诗集汇聚了一大批同为诗歌爱好者的西方译者，比如说，温侯廷（Austin Woerner）、顾爱玲（Eleanor Goodman）、凌静怡（Andrea Lingenfelter）等等，在美国多次荣获各种诗歌翻译奖项，对中国当代诗坛进行了比较好的对外译介和推广宣传。此外，纽约的新方向出版社（New Directions Publishing）也出版了北岛、顾城、西川等中国当代诗人的英译诗集。

问：你曾翻译和发表了诸多中国当代诗人和作家的作品，多年来一直致力于译介中国当代诗歌。除了哑石，你还有哪些比较喜欢的中国当代诗人呢？

答：我翻译过北京诗人臧棣的一些诗歌，发表在杨炼主编的诗集《第三岸》（*The Third Shore*）里。此外，我还翻译了根子、朱岳等中国当代作家的作品，发表在《译丛》（*Renditions*）、《路灯》（*Pathlight*）等刊物。我个人比较喜欢中国当代诗人西川的诗歌。他的诗集《蚊子志》（*Notes on the Mosquito：Selected Poems by Xi Chuan*）在 2012 年由香港大学的柯夏智博士（Dr. Lucas Klein）翻译为英文，并由美国的新方向出版社出版，得到美国最佳翻译图书奖提名，还获得了卢西恩·斯泰克亚洲翻译奖。2013 年，我曾为这部英译诗集写了一篇书评，发表在《中国文学》（*Chinese Literature：Essays，Articles，Reviews*）上。我也喜欢阅读欧阳江河的诗歌。你们知道，温侯廷翻译过他的两部诗集《重影》和《凤凰》，已由西风出版社先后在 2012 年和 2014 年出版。这些英

　　译诗集都是英语世界了解中国当代诗歌的重要窗口。此
　　外，鲁迅的散文诗也让我着迷了很多年，我一直都在做
　　这方面的研究。我对于中国散文诗的热爱，一方面是研
　　究兴趣使然，另一方面则是因为我在自己的诗歌创作中
　　越来越倾向于写散文诗。

问：安教授，你不仅是一位学者，同时也是一位诗人，热爱
　　诗歌创作，曾出版了不少诗集，如《电影情节》（*Movie
　　Plots*）、《不即不离》（*Neither Nearing nor Departing*）等。
　　其中，《不即不离》这部原创诗集荣获了 2016 年的诗歌
　　奖。你能否介绍一下这部获奖诗集？请问你平时喜欢阅
　　读西方哪些当代诗人的诗歌？

答：《不即不离》这部诗集正如它的书名一样，主要是在现
　　代英语和古代汉语之间互动展开，若远若近，若即若
　　离，探讨了历史传承、人生感悟、梦幻、错觉等相关问
　　题。例如，《人物速写》（"Character Sketch"）这首诗就
　　描写了一种被动无奈的生命体验。生死、悲喜，总是在
　　我有能力去弄懂它们之前，就已经发生了，就像在梦
　　中。我喜欢阅读诗歌，就西方当代诗人而言，我经常读
　　拉塞尔·埃德森（Russell Edson）的寓言式散文诗歌作
　　品。我也喜欢英国当代诗人菲利普·拉金（Philip
　　Larkin）和美国当代诗人蒂莫西·唐纳利（Timothy
　　Donnelly）作品里的音乐与概念之间的互动，还有美国
　　诗人法兰克·比达特（Frank Bidart）的《观看春节》
　　（*Watching the Spring Festival*）里的跨文化移情因素，以
　　及德国诗人保罗·策兰（Paul Celan）的许多诗歌作品。
　　他的诗歌让我明白，即使在最令人满意的时刻，诗歌仍
　　然是一种想去言说和倾听的奋力挣扎。

问：安教授，再次感谢你接受我们的访谈，欢迎你常来中

国，期待以后有机会与你继续探讨中西方的诗歌与
翻译。

（统筹：王岫庐

录音整理：李红满）

4.5 "凤为撇，凰为捺"：现身的译者

21 世纪以来，中国文学作品的外译工作正以前所未有的
蓬勃势头展开，在系统的规划、组织和支持下，中国文学作
品外译输出的数量和质量都有了很大的提高。这些文学作品
翻译承载着如何在世界舞台上发出中国声音、建构中华文明
形象的重要使命，因此在翻译的过程中，备受关注的往往是
作品的内容或思想性，相比之下，对文学性的思考则略显不
足。加拿大汉学家杜迈克（Michael Duke）曾评论说，"多
数当代中国文学作品仍然局限在中国特殊的历史环境里，成
了西方文学批评家韦勒克所说的一种历史性文献"。如果只
用政治的意识形态的眼光去看中国文学作品，去衡量中国文
学作品，那翻译出去也只会产生满足西方人猎奇眼光或固有
的审美的误读。必须看到，文学作品在思想性之外，还有不
可忽视的文学性，对语言艺术本身的探究和尝试，为文学带
来最深重而隐性的力量。从文字和文学本身出发，对翻译策
略进行的思考，是目前当代文学外译中较为薄弱的一环。

我国著名翻译家、教育家陆谷孙教授曾经将翻译比作一
场"飞越"，从一种文字出发，"抵达"另一种文字的彼岸。
"桥梁"是一个常见的关于翻译的隐喻，人们习惯认为翻译
是架在不同语言和文化之间的桥。可是事实上，不同语言和
文化之间有可能大异其趣，其各自的奥秘"远离桥的两边，

深埋在内陆腹地"。与其把翻译看作桥梁，不如把它看作是一场飞行。显然，这场飞行想要成功，需要适宜的天气条件，也少不了飞行员过硬的飞行技术和丰富的飞行经验。在目前中国文化"走出去"的大好气候下，如何从文字和文学本身的特点去思考翻译策略的选择，就成为亟待反思的译学问题。

　　当代中国文学外译中，有一群活跃在世界各地的、年轻的英语本族语译者。他们往往带着个人的兴趣，尤其是对中国文字和文学本身的兴趣，学习中文，尝试翻译，而在翻译的过程中，越翻译才越了解，才越投入这项工作。本次访谈对象温侯廷（Austin Woerner）就是这样一位译者。他曾在耶鲁大学东亚系学习中文，为这门古老而神奇的语言折服，并因而走上翻译的道路。Austin Woerner 翻译了欧阳江河两本诗集 *Doubled Shadows*（Zephyr，2012）以及 *Phoenix*（Zephyr，2014），为英语世界了解中国当代先锋派诗歌打开了一扇重要窗口。下文访谈中，Austin Woerner 将会详细解释他翻译欧阳江河最新长诗《凤凰》的过程，尤其是从语言和文学的角度，探讨翻译当代中国诗歌的面临的挑战及其对策。

　　【访谈】

问：非常感谢 Austin Woerner 接受我们的采访。过去几个月里，我们一直在讨论关于当代中国诗歌翻译的问题，这是一个非常有趣的主题。我们今天会讨论 Austin 对欧阳江河《凤凰》一诗的翻译。在我们看这首长诗之前，我想首先请问 Austin，你愿意和我们分享一下学习中文的经历吗？尤其是你学习翻译的过程？

答：我很乐意。我对中文的兴趣，并非源自某一个明确的时间点。小时候我一点中文也不会讲，我之所以对中文开始感兴趣，一开始纯粹就是因为人们说中文很难，而我热衷于挑战。在高中的时候，我就是一个语言学习狂热者了。那时候我正在学习拉丁语和德语，在拉丁语课上，我还尝试自己发明语言。后来，在一个暑期学校我开始学习中文，发现中文确实跟英语一点都不像，非常难学。坚持下去之后，我发现了汉语的文字之美。在耶鲁学习中文的时候，我的老师苏炜会跟我说一些成语故事，比如"相濡以沫""沧海桑田"。我还记得有一个是说一个女人很美，美到鸟都会从天上落下，鱼都会沉下海底。

问：沉鱼落雁，闭月羞花。

答：对！我学会了很多很有趣的成语，每个字都有特别的意蕴。这让我看到中文有很多表达意义的方法，此后我就开始对文学翻译感兴趣了。刚开始的时候，我对中国文学和文化并没有很明确的印象，我开始做翻译是因为我的老师苏炜给我讲了很多有趣的关于中国的故事，我就开始尝试翻译他的小说。

问：可以说，你是通过翻译，逐渐加深了对中国文学的了解？在耶鲁大学，有没有关于中国文学和文学史的课程？

答：我在耶鲁大学的时候上过几门中国文学的课程，但我当时对中国现当代文学并没有具体概念。美国大学的中文课程中最多讲授的是中国古典诗歌。

问：欧阳江河是中国后朦胧诗派的代表人物之一，在当代中国诗歌界影响相当大。听说你对欧阳的作品的翻译起源于一个特别的项目？

答：是的，对欧阳作品的翻译源自一个作家营的项目。这个作家营在 Vermont，译者和作者可以互相交流，一起翻译。哥伦比亚大学的刘禾教授介绍我参加了这个活动。刘禾教授读过我以前翻译的李贺的诗，很喜欢，建议我参与他们的作家营，翻译欧阳江河的作品。她把欧阳比作是当代的李贺，两人的诗都一样奇特难懂，一样几乎没法翻译。我非常乐意接受这个挑战，我和欧阳江河在北京合作了两个星期，后来又在 Vermont 相处了两个星期。

问：你在和欧阳合作之前，对他的诗歌和诗学特点了解吗？

答：老实说，在翻译欧阳之前，我并不了解他的诗。他的作品和我本人一贯喜爱的那种澄澈透明的诗风完全不一样。欧阳的诗歌的核心并非故事或人物，而是语词，是语词的游戏，语词间的联系。我知道为了能够翻译好他的诗歌，我必须学习那种风格。为此，我大量阅读了华莱士·史蒂文森（Wallace Stevens）的诗歌，他是欧阳钟爱的英语诗人。在动笔翻译之前，我尝试学习史蒂文森的风格去写诗。虽然如今看来，当时写的那些诗都并不高明，但写作是我翻译的准备，我必须首先弄明白欧阳江河的诗歌风格，在英文里读起来应该是什么样子的，然后我才可以动笔翻译。

问：通过阅读与欧阳风格相似的英语诗作，并模仿那样的风格写作，从而进入最佳的翻译状态，这个做法听上去真的非常好。我知道，你和欧阳本人也有比较长时间的直接交流和沟通，这对于你理解他的诗学主张有帮助吗？

答：在北京的时候，欧阳曾和我一起一行一行地浏览他的诗歌。有时候我会问他："你为什么要写这个？"例如有一句，"飞起来，飞起来，该多好，但飞起来的并非都举着杯子"。我不理解为什么是"杯子"？它是怎样的杯

子？在英语中，有很多个表达杯子的单词。所以我就问
欧阳。他的回答是："你就把杯子这个单词翻译出来。"
但是我告诉他，我必须理解你为什么这样写，才能翻译
出你预期的效果，打个比方，作为译者，我的工作就是
画一幅画，描述出作者希望描绘的风景。在这幅画中有
一片森林，还有一条树丛里露出的尾巴。作为译者，我
必须知道是什么动物藏在树后，因为有太多不同种类的
动物尾巴了。欧阳拿起我的画笔，在纸上画出一条尾
巴，又立刻在上面画了一条不一样的尾巴，随即又画了
一条，最后在所有的尾巴上面又打上一个巨大的"×"，
说："这就是我想画的尾巴。"我突然明白了。这是一个
转折点，让我明白应该如何接近他的诗歌。欧阳江河希
望他的诗尽可能多地创造可能的、不同的理解，而我在
译文中的目标也是如此。我希望英语译文也可以让读者
想到不一样的可能性。也许译文读者的想象的和中国读
者所想象的不尽相同，但是这种主动的想象，这种每个
人都像照镜子一样在诗歌中得到属于他们自己的意义的
主动性——就是诗歌的精华所在。

问：这个关于"尾巴"的讨论，是关于欧阳诗学理念和你本
人的翻译理念的精妙阐述。你的翻译过程非常有意思，
能够和原作者直接合作，这似乎是每个译者都希望有的
机会。你认为这个合作方式对你的翻译有建设性的影
响吗？

答：大部分是，但并非百分之一百。一开始，我觉得能跟作
者一起工作很好，这样我就能够知道作者原本的意思是
什么，在翻译的时候就能够翻译出作者实际上想表达的
意思，而不只是翻译出字面上的意义。对于翻译欧阳江
河的作品来说，这就更重要了，因为欧阳是后朦胧派诗

人，我们很难能够洞察他真正想表达的意思。能够直接
与他对话，了解他独创的诗意，对翻译非常重要。经过
一段时间的文学和翻译实践，我目前对与作家合作的翻
译模式，有了更进一步的反思。这里有个哲理性的问
题：什么是真正好的翻译？它是要完整地反映作者原本
的所有意图吗？还是要关注读者的反应？如果这两个因
素都需要考虑，哪个比较重要？放在以前，我一定会认
为反映作者的意图更重要，但现在我不太确定。

问：这的确是翻译学中一个重要问题。德国哲学家施莱尔马
赫在 1813 年宣读的一篇论文中，讨论过翻译的两种情
况：一种是让读者靠近作者，另一种是让作者靠近读
者。后来翻译研究者们对这两种翻译进路的讨论更多从
文化、诗学和政治权力的层面展开，因此多少带上了后
殖民的色彩。但我感觉，你现在所说的作者意图和读者
解释，更加接近施莱尔马赫最初的阐释学立场，作为译
者，你希望弄明白意义所在。

答：是的。有时候我会想，如果我重译一次，我的译文会有
所不同吗？以《凤凰》的译本为例，译文看起来充满了
随机的、存在于英语语境、和中国并没有直接关联的事
物，读者也许会想，译者为什么会这样翻译？其实，每
个语词在读者那里所激发的联想都有所不同，作为译
者，我希望可以理解《凤凰》的意义，更重要的是，我
希望能够捕捉欧阳创作这些诗行背后的逻辑，并且根据
作者遣词造句的方式，在英文中选择相应的词。这样一
来，我所选择的语词并不一定在意义的层面完全和中文
原文对等。

问：这一点特别有意思。你翻译的重点不是字面意思本身，
而是这些意义的生产机制。我认为这是诗歌翻译的关键

和本质所在，因为诗歌说了什么（what is said）和怎样言说（how it is said）相比，也许后者更为重要。瓦尔特·本雅明在《译者的任务》一文中，曾指出翻译不是比原文低一级的创作，不是单纯为了复制原文，而是要能够和原文相呼应，建立与原文的"关联"，从而成为原文的"来世"。你似乎就在做这样的尝试，运用英语语词间的关联，去再现欧阳江河的意义生产机制。例如，《凤凰》第八节有一段诗行读起来非常晦涩，中文的逻辑也很难看明白，你在翻译的时候是如何处理的？

答：这一段的中文是这样的："一些我们称之为风花雪月的东西／开始漏水，漏电，／人头税也一点点往下漏，／漏出些手脚，又漏出鱼尾／和屋漏痕，／它们在鸟眼睛里，一点点聚集起来，／形成山河，鸟瞰。"这些句子读起来的确很奇怪。

问：作为以中文为母语的读者，我们对水、电、人头税、鱼尾、屋漏痕这些语词的之间的关联，也捉摸不清。有的读者也许会认为这是从具体到抽象的瓦解过程，也有读者会认为这是一幅正在融化的、超现实的、令人担忧的图景。

答：欧阳江河写的诗总能引发争论，不同的读者会读出不同的意义，这恰是诗的魅力所在。因此，在这个意义上，译者不能从读者出发来考虑问题。面对这段奇特的诗行，这一连串的名词，我会想作者为什么不选沙拉、火车、星星，而要选择水、电、人头税、鱼尾、屋漏痕？它们之间的联系是什么？这些语词如何从"风花雪月"里面"漏"出来？能够与作者合作翻译的优势在这里凸显出来。译者可以直接了解作者的创作思路。欧阳对我解释，"风花雪月"是个高高在上的意象，而他选择这个成语是对自然景象的暗指。从这个高悬的自然意象中，人造的事物掉落下来。"漏水漏电"比较容易理解，"漏税"也是中文中一个常用的搭配，在欧阳看来，"人头税"象征现代社会中每个人都无法逃避的义务。躲避纳税的方法也就意味着做"手脚"。"手脚"一词承接上文的税，是作为玩弄手段的"手脚"；而衔接下文"鱼尾"，则又是回归身体部分的"手脚"。

问：而"鱼尾"也是多重含义的，不是么？虽然有个"尾"字，但更多会让我们想到衰老，因为眼角会出现"鱼尾纹"。这在英文里面有类似的比喻吗？

答：在英语中，我们叫"鱼尾纹"为 crow's feet，也就是"乌鸦的脚"。

问："乌鸦的脚"倒是和上文的"手脚"可以关联起来。

答：可是我们不可以这样做。这是一首关于《凤凰》的诗，在诗中出现任何一种其他鸟类的意象都必须相当小心。让我解释一下我译文中的选词。水、电的处理比较简单。我分别翻译为 water、power。但是如果直译"人头税"和"手脚"，无法让英语读者像中文读者一样产生联想和引申。因此我将他们略作改动，用 intelligence、tax dollars 和 loophole 去建立关联。至于"鱼尾"我则采用了意译 wrinkle，它和上文的 loophole 以及下文的 ink 之间，都有声音的共鸣和衔接。

问：欧阳江河的书法颇有造诣，他笔下"屋漏痕"的文化含义也非常丰富，出自颜真卿与怀素的对话，特指横直划力匀而藏锋的用笔方法及艺术效果。将这个高深的艺术效果翻译为 ink 是否过于简化？

答：翻译有时候必须失去一些东西。这里欧阳所讨论的，不只是特定的笔法，而是艺术本身。这个逻辑是：从"风花雪月"的自然里，"漏"出了人间的各种"税""手脚"和代表岁月的"鱼尾"，最终到达"屋漏痕"所象征的艺术。我希望再现的，恰是"自然—人世—岁月—艺术"这个整体逻辑，从这个角度看，我认为用 ink 去象征整个艺术，是可以接受的。并且，翻译始终是有得有失的。英语是一词多义的语言。例如，power 不仅可以指电力，还能指力量，或政治上的权力。Intelligence 可以是情报，也可以指智慧。这些语词之间的关联产生的张力使读者获得不同层次的、多样化的意思，就像原文的语词在中国读者的脑海里产生的反应一样。

问：是的，原诗允许并鼓励多样化的解释，翻译的目的也并非是锚定这些词义，而是要重现语词之间的关联，以及多样化的可能性。

答：有的时候，理解的多样性会受制于语言。例如，第四节第八行："金融的面孔像雪一样落下/雪踩上去就像人脸在阳光中渐渐融化，渐渐形成寥寂"。这里"金融的面孔像雪一样落下"，说的是每一片雪花都是一张金融的面孔，还是一整张面孔铺天盖地落下来？中文没有明确的复数形式，这两种解读都是可能的。但是英文则不可以，必须在单数和复数中做出选择。

问：在你的翻译中，你采用了单数，这是为什么？

答：是因为在讨论中，欧阳告诉我那就是一张大脸。放眼整个世界——这个被雪覆盖的世界就是一张金融的面孔。但这不是读者的唯一理解。有时候，我注意到欧阳给我的解释也并不和大多读者的理解相同。

问：这回到了我们之前讨论过的问题，谁拥有诗歌意义的最终解释权？你刚刚也提到了译者的职责，它既关乎原作者，也关乎潜在读者，那么它是否还关乎译者？译者在翻译过程中，是否也有解释的权力？是否会有参与创作甚至是表达自己的冲动？

答： 关于译者本人的创作灵感所扮演的角色，我认为，译者和作品的读者一样，都在感受和想象诗歌在头脑中创造的那个真实。我在译文中要表达的不是文字本身，而是文学作品在我头脑中创造的"幻想真实"。译者不应该像一个偷渡者、一个间谍，把自己的想法塞进文本，把诗歌颠覆而变成自己的东西。在翻译《凤凰》的时候，我也创造了不少新词。例如，为翻译第四节中"吸星大法"这个词，我就用拉丁词根拼凑出了个"astropiration"，翻译第六节的"流水韵"，我也如法炮制了"mellifluidities"。这些创造源自于对原文的理解，而并不是无中生有的。我认为译者必须有这样的创造意识，随时准备突破英语本身能表达的界限，创造新词以更好地解释另一个完全不同的世界。

问： 在跨越不同语言和文化的疆界时，翻译的确会遇上许多困难。如果某个语词的意义与符号本身绑定，那就几乎是在宣告了翻译的不可能。在欧阳《凤凰》一诗的第一章，有这样的句子"人写下自己/凤为撇，凰为捺"。"人"这个字，就恰好是左撇右捺组成的，这个实在没法翻。另外，该诗中有多处用典以及和欧阳本人其他诗句的互文。作为译者，你是如何处理这些不可译元素的呢？

答： 很明显，要翻译"人写下自己，/凤为撇，凰为捺"是不可能的。只有懂"人"这个符号，才真正知道这个句子的意象。同样，典故也不可能都在译诗里体现出来。在译文最后，我附上了注释列表，对部分重要的典故和意象予以说明。这个注释虽然无法涵盖一切，但至少可以触发读者更深入的思考，接近那些无法被翻译本身俘获但却是原文希望表达的意蕴。

问：注释在翻译中是个很有趣的问题。阿皮亚等学者曾经借用人类学"深描"的概念，提出过"深度翻译"的说法，认为在翻译中应该对文本中的文化意涵进行详细说明，才能真正让读者了解他者之异。这个做法是否始终合适，这一点我尚有疑虑。目前中文版的《凤凰》一书配上了大量的注释，注释人是北京大学教授吴晓东。他和你一样，与作者本人有非常多的交流。这些注释的确有助于我们了解作者的创作思路和灵感，但是当我在kindle上买下那本诗集后，却相当不喜欢这种阅读体验。当文本和科技结合后，只需轻触屏幕，那些诗句的旁边马上就弹出注释框，告诉你某个词背后的故事。我总是无法抑制触碰屏幕的冲动，大量的注释实在是很令人分心。相比之下，我更喜欢你对注释的处理。

答：我按文中出现的顺序，将关于背景知识的注释放在诗的最后。我希望读者阅读的时候有流畅的、不受干扰的阅读体验。也许有的地方，读者会停下来问："这里发生了什么？我想知道更多！"那么，他可以自己判断是否想要翻到书背后查注释。我甚至没有在诗中加标记，因为我不想在读者阅读的时候，不断指手画脚，戳着某个词或句子，不停地提醒："喂，瞧过来，这里你还没有看懂，这里还有更多的含义！"

问：在你的序言里，你曾把诗歌比做"迷宫"。我想，要是在所有的叉路口都插上指路牌，这个迷宫也的确就没什么意思了。

答：确实如此！因为诗歌的生命其实是体现在读者的想象中的。但是我必须补充一点，作为一个母语不是中文的译者来说，在探索这个迷宫的时候我需要母语使用者的帮助。无论是作者欧阳江河，或是刘禾教授，以及其他的中国读者，他们总会从那些语词中看出更多有趣的东西，看到原文更多的可能性，给出更有创造力的解释。

问：翻译研究中，传统的看法是正向翻译（从外语译入母语）的做法更有优势，因为一般译者用母语表达会更自如。你所说的是不同的考虑，你强调的是理解过程中，母语使用者对语言的敏感也是成功翻译不可或缺的。

答：是的。如果没有与欧阳江河、刘禾的对话，我会需要和更多的中文读者交流，才有可能把握原诗语词间那些错综复杂的关系。中文对我而言始终是一门外语，和母语使用者相比，我的语感还很"幼稚"。目前我在翻译杨健的诗歌，他和欧阳不一样，他的诗歌不玩文字游戏，但有很多乡土文化的元素。有时，我会和我的中国朋友分享和讨论，他们的意见充满了对原文多维度、多角度的解读，有时候他们会把他们特定的个人经历和体验都代入理解的过程。在与他们的对话中，我也丰富了我的理解，在翻译的时候，就更清楚自己要做什么。

问：我知道你现在还在积极从事当代中国文学翻译，已经出版了两本诗集，一本小说也即将付梓。在你看来，西方读者对当代中国文学的接受度如何？

答：我的印象是美国有不少中国典籍的翻译，有很多研究者对这些感兴趣。但是对于当代中国文学作品，许多读者还是会将它们看作是一把打开现代中国神秘大门的钥匙。人们常常带着非常明确的目的，希望从中了解当代中国的经济变化和政治形势。事实上，他们往往会失望，因为其实这些作品并非总是政治寓言。我的希望是，用鲜活的英语去呈现这些作品本身，希望他们能够被作为文学而并非作为资料来阅读。就像《三体》在美国有大量读者和粉丝，我有朋友是科幻小说迷，他喜欢这本书可不是因为"这部中国科幻小说会告诉我中国现在发生了什么"，而是因为"这本书实在太酷了"！

问：让义学翻译回归文学的本质，这听起来真是令人期待和向往。非常感谢 Austin 今天接受我们的访谈，也期待你在翻译当代中国文学作品的飞行途中，看到更多的风景，经历更多有趣的故事。谢谢！

结语　文学与历史之间

本研究从一开始就拒绝将"原文中心主义"看作文学翻译的绝对律令，而将文学翻译视为源自译者对异质文化文本的个人解读，经由理解基础上的语码转换，而最终达到的概念、语言和表达的创新。在这一基本预设基础上，我们聚焦活跃在中国当代文学翻译工作中的外国译者，从译者出发，勾勒出翻译网络中诸多行动者的关联，以期对中国当代文学外译的相关动力机制与效用有更好的了解。

对中国当代文学外译及传播的探究，一方面要求我们立足事实本身，厘清"什么时候、谁、从什么语言、翻译了什么、为了谁"这些基本问题；同时，我们也应该以不同的叙述视角和阐释方式对翻译的过程与意图进行重构，解释并寻找翻译事件与政治、经济、文化、思想之间的联系：为什么在这个时候翻译（或不翻译）什么？为什么是这些人来翻译？其文化态度是创新还是保守，对中国文学的态度是友好还是敌意？译作的实际影响是什么？等等。在《翻译史研究方法》（*Method in Translation History*，1998）一书中，安东尼·皮姆（Anthony Pym）将翻译史研究分为三个领域：①翻译考古学（translation archaeology），记录与追踪翻译活动的基本史实，包括翻译活动发生的经过、时间、地点、原因以及译作的影响等；②历史批评（historical criticism），收集并分析前人对历史翻译现象的评论、思考与总结，历史性批评意味着评价一个译者的作品，必须要结合这部译作在当时所取得的社会影响，而不应该完全从当代的角度来判断译作是否有进步性；③解释（explanation），解释翻译行为在特定历史时期和特定地点出现的原因及其与社会变迁的关系。这三者是相互依存但又有一定独立性的研究领域（Pym，1998：5－6）。其中，翻译考古学和历史批评主要聚焦具体的译者与文本，而解释则涉及将翻译视为文化事件，考察其背后的动因与成效。虽然皮姆的论述是针对100多年前的翻译史而言的，但我们不难看出，这三大领域也是当代文学外译研究的版图内容。

皮姆在《翻译史研究方法》中提出译者的重要性，但他主要通过文献和书面材料做出判断，并没有谈及口述史的研究方法。在一定程度上，这是可以理解的，因为皮姆所讨论的"翻译史"是100多年前的历史，而口述史则是当代史研究才具备的优势。不可否认，我们使用"当代史"这一概念的时候，多少会有些疑虑。传统历史研究的研究对象通常是久远的过去，而并非正在发生的事件。然而近年来，越来越多的历史学家已经打破了这一成规。著名的当代史学家小亚瑟·施莱辛格（Arthur M. Schlesinger, Jr.）将"当代"称作是"刚好落在我们肩上的历史"，而当代史研究是一个激动人心而又充满风险的空间，如同翻腾浪花中间的空隙："直到我们到达下一个浪头的顶点，我们才能回过头来正确估计之前发生的事情"，因而"立足当下，不足以做出任何形式的持久判断"（Schlesinger，1957：ix－x）。确实，当代史研究的局限相当明显：一方面研究者身处其中，难见事件全貌；另一方面也由于时间段不够长久，缺乏后见之明的视角。即便如此，施莱辛格坚信当代史研究具有独特的意义、优势与乐趣，尤其让我们得到开展口述史研究的难得机会，使得原本可能湮没的信息和观点得以保留。因此，研究者完全有理由冒险去从"当代"这个"能见度不完美的区域"出发，去进行历史研究（Schlesinger，1957：ix－x）。

中国当代文学外译研究亟需这种"当代史"的意识。与传统翻译史研究最大的不同之处在于，当代文学翻译事件的各种行动者——创作原著的作者、从事翻译的译者、组织翻译的编辑乃至阅读译作的读者——均有可能为我们提供宝贵的口述材料，使得我们无须凭空纠结于某个特定译本选材或个别词句的翻译决策。翻译研究中，已经有不少学者采用口述资料为研究提供重要佐证。这些研究有的关注译者的个人生活和职业生涯（如 Whitfield，2005、2006），有的重点讨论文学翻译过程和出版者的参与（Simon，1989），或是希望彰显译者在译作中呈现的意图与策略（如 Ladouceur，2006）。我们目前的研究以中国当代文学外国译者为出发点，思考中国文学的国际译介与传播的机制与效用。在对不同外国译者的访谈中，我们遵循了现象学研究的路径，从被访译者生活中的一般领域入手，从最细微、最普通的方面去了解他们对中国语言、文学乃至翻译的兴趣缘起。译者个人的经验图式（schemes of our experience）能够为他们的翻译行为提供整体的意义脉络，因为"我们过去经验的轮廓，虽然不包括后来的经验构成过程，但却概念性地包含着后来发现的经验客体"（Schutz，1972：8）。与译者的对话，不但让我们对译者的某些翻译决策及其背后的意义脉络豁然开朗，也解开了某些译本中隐秘不宣的文本意图。

在文明交流互鉴和"一带一路"建设的时代语境下，中国当代文学的外译与传播愈益受到重视。学界目前相关研究重点关注翻译策略和技巧的探讨、文学外译合作模式、译本的传播机制与接受效果、翻译的文化政治意义等议题，在侧重文本诗学分析的内部研究与结合文化及政治视野的外部研究这两个维度都取得了一定成果。对于中国当代文学早期外译中出现的过度政治化、功利化倾向，已经有不少作家与研究者表达了不同程度的担忧与警惕。有不少学者（许钧，2021；刘云虹，2021）开始呼吁翻译界与批评界应当充分重视文学翻译的审美维度。针对中国当代文学外译中的非文学性倾向，贾平凹指出："审视中国文学时，除了要看到文学中的政治，更要看到政治中的文学。如果只用政治的意识形态的眼光去看中国文学作品，去衡量中国文学作品，那翻译出去，也只能是韦勒克所说'一种历史性文献'，而且还会诱惑了一些中国作家只注重了政治意识形态的东西，弱化了文学性。"（高方、贾平凹，2015：57）的确，文学作品保存了丰富的感性与审美体验，通过翻译将文学作品的诗学特质与审美价值在译入语中呈现、再现甚至是再创造出来，是文学外译的重要任务。因此，当代文学外译研究有必要重视语言与形式自身的意义，树立明确的审美批评意识，在充分把握原作的文本特质基础上，探究将文学审美转化为翻译审美的效果，以自觉促成中西审美期待的互通。针对目前中国文学外译以读者期待为导向的大趋势，有学者指出，翻译批评界应当重点关注翻译中的明晰化翻译倾向、归化翻译策略与变通式翻译改写，因为这些常见的翻译方法虽然可以让作品更具可读性，但也可能会造成原作的简化、通俗化甚至是平庸化的后果（刘云虹，2021：79–81）。

本书的研究显示，目前活跃在中国当代文学外译事业中的外国译者们，无论是具有汉学背景的"学术派"译者，还是有创作经历的"创意派"译者，对于中国当代文学的认知与接受立场，其实已经发生了变化。他们并没有简单将中国当代文学仅仅视为服务于政治或意识形态的文献或证词。他们从事翻译的出发点，既有对当代中国现实的真诚好奇，更有对文本的独特风格与审美特质的兴趣、对语言本身的热爱和对文学的孜孜以求。在他们的译作中，随处可见自觉保留文学语言含混性、彰显异质文化特殊性的翻译思考，甚至也不乏对原作者及其文本意图的绝对尊重，以及尽最大可能忠实再现原文意义的传统伦理考量。

当代文学翻译批评的发展路径与中国当代文学观念的演变之间存在着一定程度的呼应。两者都试图在去政治化、去意识形态化的过程中争得文学审美性的自主权。但是，我们也应该清醒地认识到，文学作品从来就不是语词构造的世外桃源，强调文学的审美性并不意味着否定文学被赋予的社会责任。有文学评论家独具慧眼地指出，我们应该回到中国自己的语境中去理解中国文学：

> "大"与"杂"而不是"纯"的艺术需求对应着这样一种人生现实：我们对文学的期待往往并不止于艺术本身，在这个时代，我们需要迫切解决的东西可能很多，现实世界需要我们回答的问题也很多，远远超过了作为语言游戏的文学艺术本身。换句话说，"纯粹"并不能满足我们，我们对现实的关怀、期待和理想都常常借助"文学"来加以阐发，加以表达，"大"与"杂"理所当然，也理直气壮。现代中国文学不就是如此吗？（李怡，2019：58）

当代文学宽广阔大的空间之中，活跃着多样而繁杂的文学品格与样式，难以也不应被简单归结为"文学性"这一空洞的标签。过去几十年中，我们见证了中国当代文学从"文以载道"的传统，走向对"纯文学"的追求，又从文学的象牙之塔重新走向社会责任的发展历程。若我们承认，一个时代有·个时代的文学，一个时代也有一个时代的审美理想，其实意味着我们也默认了审美与时代之间的有机关联。对于作家而言，"怎么写"与"写什么"之间既非二元对立的关系，也非此高彼低的等级，两者是不可分割的有机整体。对于文学译者而言，译笔的传神与译作的社会功用之间也不存在必然的取舍或妥协。在讨论文学外译的话题时，我们既不应该囿于功用化的翻译观，也无须为了摆脱政治化的阴影而一味强调翻译的审美维度。有文学评论家指出，"我们没有必要用'纯文学'的概念锁死文学，锁死文学与历史之间的多条通道"（南帆，2001：69），翻译研究同样也应该力求在最大限度上打开文学翻译与历史的通道。

在中国学术史上，文史互证是源远流长的治学方法。历史是文学的背景，文学描述的事件拼接在一起便可构拟出历史叙事而成为史传。正因为如此，李欧梵先生曾说，"文学仍然是历史的一部分（或可谓是历史的'表征'），而历史也依然蕴藏与文学之中，二者互为表里，密不可分，在中国的文化脉络中尤其如此"（李欧梵，2005：1）。英国学者迈克尔·伍德在《沉默之子：论当代小说》中曾用"对抗"一词说明文学和历史的关系："文学离历史太近了，以致无法抗拒它，有时候文学就是历史，只是披上了比喻的外衣。然而文学有着一份脆弱的自主权，一种隐私和游戏的因素，它离超越还有一大段距离，但也正因如此而更显重要。"（迈克尔·伍德，2003：19－20）随着新历史主义对文本的强调，"文本的历史性"（historicity of texts）和"历史的文本性"

（textuality of histories）已然成为当下历史研究的关键词。一方面，文本是人们了解历史的窗口，通过历史学家撰写的文献，文本成为阐释历史的媒介与依据；另一方面，文本并不总是对现实的反应或表述，文本本身也是构建历史与现实感的能动力量。这一立场迫使我们反思传统文史研究对历史确定性与文学自主性的执念："历史或为庞大的叙事符号架构，或为身体、知识与权力追逐的场域，唯有承认其神圣性的解体，才能令文学发挥以虚击实的力量，延伸其解释的权限；文学或为政治潜意识的表征，或为记忆解构、欲望掩映的所在，只有以历史的方式来检验其能动向度，才可反证出它的经验的有迹可循。"（季进，2009：193）认识到这一点，我们就能理解文学的审美性、独立性或自主性与其历史性之间并无矛盾，历史并不会狭义地决定文学，而文学也不可能完全抗拒历史。

当代文学嵌入当代的历史，中国当代文学外译是中外文学文化交往史的一部分，世界文学的格局与秩序的变更也并不完全是一个文学的命题。在冷战的历史背景下，英语世界对新中国文学的译介曾被重重烙上政治意识形态建构的印记，外国的译者一方面借助文学作品窥探新中国的政治管理与社会状况，一方面故意忽视主流作家而侧重揭露社会黑暗与弊端的作品，表现出一种潜在的敌对立场。20世纪70年代末之后，随着中国的改革开放和邓小平访美，英语世界对新中国的态度发生了重大转变，不但译介的新中国文学数量大大增加，而且反映新中国革命建设的文学也得到重视。虽然意识形态的印记尚未被完全抹去，但这一阶段"编选者更注重从文学发展轨迹及作品的审美特性出发选译作品"（姜智芹，2014：3）。新时期中国当代文学的外译，无论是译本选材还是译介主体，均呈现出更为多元的态势。

如果说，当代文学研究应当从"纯"演化为"大"与"杂"，从"审美的'小纯粹'"进入"时代的'大历史'"（李怡，2019：57），那么当代中国文学的译介研究同样不能隐退为对文字游戏或语言符号转换的沉思。弗雷德里克·詹姆逊（Fredric Jameson）是第二次世界大战以来美国最重要的马克思主义文学批评家。在《政治无意识》（*The Political Unconscious: Narrative as a Socially Symbolic Act*）一书的开端，詹姆逊喊出了一个响亮的口号："永远历史化！"（Always historicize!）受到新历史主义批评的影响，詹姆逊所说的"历史"并不是纷杂的历史事实，而是通过文本接近我们的叙述。但与新历史主义不同，詹明信并不认同"历史不过是另一种文本"，而认为历史是一种"缺席的本原"，以不在场的方式决定在场的文本，并强调"我们并没有随意构造任何历史叙事的自由"（詹姆逊，1999：4）。"永远历史化"就意味着一方面，历史是无法被直接把握的，在研究中只能以文本的形式出现；另一方面，历史不但是一切阐释的终极视域，也是我们展开任何讨论的前提。

中国当代文学外译研究有必要在政治与审美的维度之上，引入这样一种"历史化"的起点与视野。当前关于中国当代文学外国译者的研究，不啻为一次经由译者的个体经验进入翻译时代语境的尝试。通过口述证据与文献资料之间的相互甄别、相互释证、相互启发，我们希望能够重回文学、翻译以及知识生产的现场，打开足够宽广的翻译批评的空间，容纳审美、政治与功用的互动，而最终以生动而真实的笔触，参与当代文化交流史的叙述与建构。

参 考 文 献

引 论

Denton, K. A. The Columbia Companion to Modern Chinese Literature [M]. New York: Columbia University Press, 2016.

Eoyang, E. & Lin Y. F. Translating Chinese Literature [M]. Bloomington and Indianapolis: Indiana University Press, 1995.

Gu, M. D. & Schulte R. Translating China for Western Readers: Reflective, Critical, and Practical Essays [M]. Albany: SUNY Press, 2014.

Huang, Y. T. The Big Red Book of Modern Chinese Literature: Writings from the Mainland in the Long Twentieth Century [M]. New York: W. W. Norton, 2016.

Minford, J. & Lau, J. S. M. Classical Chinese Literature: From Antiquity to the Tang Dynasty [M]. Hong Kong: Chinese University Press, 2000.

Lau, J. S. M. & Goldblatt, H. The Columbia Anthology of Modern Chinese Literature [M]. New York: Columbia University

Press，1995.

Mair，V. H. The Columbia Anthology of Traditional Chinese Literature［M］. New York：Columbia University Press. 1994.

McDougall，B. S. Translation Zones in Modern China：Authoritarian Command versus Gift Exchange［M］. Amherst，NY：Cambria Press. 2011.

Nienhauser，W. H.，Jr.，Hartman，C.，Ma，Y. W.，et al.（eds.）The Indiana Companion to Traditional Chinese Literature［M］. Bloomington：Indiana University Press，1986

Owen，S. An anthology of ChineseLiterature：Beginnings to 1911［M］. New York/London：W. W. Norton & Company，1996.

Venuti，L. TheTranslator's Invisibility：A History of Translation. London：Routledge，1995.

白杨，崔艳秋.英语世界里中国现当代文学研究的格局与批评范式［J］.吉林大学社会科学学报，2014，54（6）：41－48.

陈伟.中国文学外译的学科范式：软实力视角的反思［J］.清华大学学报：哲学社会科学版，2016，31（6）：14－21.

耿强.中国文学：新时期的译介与传播——熊猫丛书英译中国文学研究［M］.天津：南开大学出版社，2019.

贺崇寅.重视汉译外此其时矣［J］.中国翻译，1991（1）：39－40＋43.

胡安江.中国文学"走出去"之译者模式及翻译策略研究——以美国汉学家葛浩文为例［J］.中国翻译，2010（6）：10－16.

黄忠廉.典籍外译转换机制［J］.阅江学刊，2012，4

（4）：95 – 100.

　　刘江凯.认同与"延异"［M］.北京：北京大学出版社，2012.

　　马会娟.英语世界中国现当代文学翻译：现状与问题［J］.中国翻译，2013（1）：66 – 71 + 128.

　　莫言.当众人都哭时，应该允许有的人不哭［J］.厦门文学，2010（6）：4 – 7.

　　缪佳，汪宝荣.麦家《解密》在英美的评价与接受——基于英文书评的考察［J］.中国现代文学研究丛刊，2018，（2）：229 – 239.

　　倪秀华.建国十七年外文出版社英译中国文学作品考察［J］.中国翻译，2012（5）：25 – 30.

　　王宏印.关于中国文化典籍翻译的若干问题与思考［J］.中国文化研究，2015（2）：59 – 68.

　　王宁.翻译与文化的重新定位［J］.中国翻译，2013（2）：7 – 13，129.

　　谢刚.蝉嘒笈中：文学多元结构的生成和"走出去"路径的探讨［M］.香港：中华书局（香港）有限公司，2018.

　　谢天振.中国文学走出去：问题与实质［J］.中国比较文学，2014.1 – 10.

　　熊修雨.中国当代文学的海外影响力因素分析［J］.文学评论，2013，00（1）：131 – 138.

　　许方，许钧.翻译与创作——许钧教授谈莫言获奖及其作品的翻译［J］.小说评论，2013，00（2）：4 – 10.

　　姚建彬.中国当代文学海外传播研究［M］.北京：北京大学出版社，2016.

　　张清华.人文主义与本土经验——如何评价中国当代文学，从肖鹰对陈晓明的批评谈起［J］.文艺争鸣，2010，00

（2）：43 – 45.

周宁. 跨文化形象学的观念与方法——以西方的中国形象研究为例［J］. 东南学术，2011，（5）：4 – 20.

第 1 章

Abdallah, K. Translators in production networks reflections on agency, quality and ethics ［D］. Joensuu: University of Eastern Finland, 2012.

Abioye, J. O. The Literary Translator: A Bridge or a Guide? ［M］//Nekeman, K. (ed.) Translation, Our Future. Maastricht: Euroterm, 178 – 191.

Admussen, N. Errata ［EB/OL］. New England Review Online, 2017 – 7 – 26.

Angelelli, C. V. The Sociological Turn in Translation and Interpreting Studies ［J］. Translation & Interpreting Studies, 2012, 7 (2): 125 – 128.

Arrojo , R. The "Death" of the Author and the Limits of the Translator's Invisibility ［M］//Snell-Hornby, M. , et al. (eds.) Translation as Intercultural Communication. Amsterdam and Philadelphia: Benjamins, 1997: 21 – 32.

Augustine, S. A. City of God ［M］//Schaff, P. (ed.) St. Augustin's *City of God* and Christian Doctrine. Nicene and Post-Nicene Fathers: First Series ［C］. , 1890.

Barthes, R. The Death of the Author ［M］//Barthes, R. (ed.) Image Music Text. Trans. Stephen Heath. London: Fontana Press, 1977: 142 – 148.

Batteux, C. A Course of the Belles Letters, Or, The Principles of Literature ［M］. , 1761.

Bauer, D. J. Review of Can Xue's *Dialogues in Paradise* [J]. Asian Folklore Studies, 1990, 49 (2): 338 –339.

Bauer, D. J. Review of *Old Floating Cloud*: *Two Novellas by Can Xue* [J]. Asian Folklore Studies, 199, 52 (1): 221 –223.

Bauman, Z. Postmodern Ethics [M]. Blackwell Publishers, 1993.

Benjamin, W. The Task of the Translator [M] // Venuti, L. (ed.) *Translation Studies Reader*. Trans. H. Zohn. London & New York: Routledge, 2000: 15 –25.

Berman, A. L'epreuve de l'etranger. Culture et traduction dans l' Allemagne romantique [M]. Paris: Gallimard, 1984.

Berman, A. La Traduction et la lettre ou l'Auberge du lointain [M]. Paris: Editions du Seuil, 1999.

Berman, A. L'epreuve de l'etranger—Culture et traduction dads l'Allemagne romantique [M]. Paris: Gallimard, 1984.

Berman, A. The Experience of the Foreign: Culture and Translation in Romantic German [M]. Trans. S. Heyvaert. Albany: State University of New York Press, 1992.

Berman, A. Toward a translation Criticism: John Donne (Translated and Edited by Francoise Massardier-Kenney). Ohio: The Kent State University Press, 1995.

Bogic, Anna. Uncovering the Hidden Actors with the Help of Latour: The ' Making' of the Second Sex [J]. MonTI 2010, (2): 173 –192.

Buzelin, H. IndependentPublisher in the Networks of Translation [J]. 2006, 19 (1): 135 –173.

Buzelin, H. UnexpectedAllies: How Latour's Network Theory Could Complement Bourdieusian Analysis in Translation Studies

[J]. The Translator, 2005, 11 (2): 193 - 218.

Callon, M, Latour, B. Unscrewing the Big Leviathan: How Actors Macro-Structure Reality and How Sociologists Help Them to Do So [M] // Knorr-Cetina, K. & Cicourel A. V. Advances in Social Theory and Methodology Toward an Integration of Micro - and Macrosociologies. 1981: 277 - 303.

Callon, M. Some Elements of a Sociology of Translation: Domestication of the Scallops and the Fishermen of Saint Brieuc Bay [M] // Law, J. (ed.) Power, Action and Belief: A New Sociology of Knowledge? Sociological Review Monograph, 32. London: Routledge and Kegan Paul. 1986: 196 - 233.

Callon, M. Struggles and Negotiations to Define What Is Problematic and What Is Not: The Socio-logic of Translation [M] // Knorr, K. D. , Krohn, R. & Whitley, R. D. (eds.) The Social Process of Scientific Investigation: Sociology of the Sciences Yearbook, 4. Dordrecht and Boston, Mass.: Reidel, 1980: 197 - 219.

Can, X. & McCandlish, L. Stubbornly Illuminating "the Dirty Snow that Refuses to Melt": A Conversation with Can Xue [EB/OL]. Interviewed by Laura McCandlish. MCLC Resource Center, 2014 - 11 - 8. https: // www. u. osu. edu/mclc/online-series/mccandlish/.

Chamberlain, L. Gender and the Metaphorics of Translation [M] // Venuti, L. (ed.) Rethinking Translation: Discourse, Subjectivity, Ideology. London and New York: Roudedge, 1992.

Chesterman, A. Proposal for a Hieronymic Oath [J]. The Translator, 2001, 7 (2): 139 - 154.

Chesterman, A. Questions in the Sociology of Translation

[M] // (eds.), Translation Studies at the Interface of Disciplines. Amsterdam/Philadelphia: John Benjamins, 2006: 9 - 27.

Cicero, M. T. On Invention, The Best Kind of Orator, Topics [M] // Vol. 2 of Cicero in Twenty-Eight Volumes (Loeb Classical Library). Trans. H. M. Hubbel. Cambridge, MA/ London: Harvard University Press, 1949.

Derrida, J. Of Grammatology [M]. Trans. Spivak, G. C. Baltimore: Johns Hopkins University Press, 1976.

Domini, J. A Nightmare Circling Overhead [N]. New York Times Book Review, 1991 - 12 - 29 (8).

Dryden, J. Steering Betwixt Two Extremes (from Dedication of the Aeneis [to John, Lord Marquess of Normanby, Earl of Musgrave]) [M] // Robinson, D. Western Translation Theory from Herodotus to Nietzsche. Manchester: St. Jerome Publishing. 2002: 174 - 175.

Duke, M. S. World Literature in Review: China. Review of *Dialogues in Paradise* by Can Xue [J]. World Literature Today, 1990 (Summer): 524 - 525.

Eagleton, T. Literary Theory: An Introduction. Malden: Blackwell Publishing, 2011.

Foucault, M. The Foucault Reader [M]. Ed. Paul Rabinow. New York: Pantheon Books, 1984.

Foucault, M. The Order of Things: An Archaeology of the Human Sciences [M]. Trans. . London & New York: Routledge, 2005.

Godard, B. Éthique du traduire : Antoine Berman et le 《 virage éthique 》 en traduction [J]. Meta, 2001, 14 (2).

Goethe, J. W. The Three Epochs of Translation [M] // Lefevere, A. (ed.) Translating Literature: The German Tradition— From Luther to Rosenzweig. Assen/Amsterdam: Koninklijke Van Gorcum & Comp, 1977: 35 –37.

Guldin, R. Translation as Metaphor [M]. London& New York: Routledge, 2015.

Halverson, S. L. Cognitive Translation Studies: Developments in Theory and Method [M] // Shreve, G. M. & Angelone, E. Translation and Cognition. Amsterdam: John Benjamins, 2010: 349 –369.

Harbermas, J. Morality and Ethical Life [M] // Moral Consciousness and Communicative Action. Trans. Christian Lenhardt & Shierry Nicholsen. Cambridge: The MIT Press, 1990.

Herder, J. G. The Ideal Translator as Morning Star [M] // Robinson, D. (ed.) Western Translation Theory: From Herodotus to Nietzsche. Manchester: St. Jerome Publishing, 2002.

Horace. Satires, Epistles and Ars Poetica [M]. Trans. H. R. Fairclough. London & Cambridge Massachusetts: William Heinemann Ltd. & Harvard University Press, 1929.

Jones, F. R. EmbassyNetworks: Translating Post-war Bosnian Poetry into English [M] // Milton, J. & Bandia, P. Agents of Translation. Amsterdam: John Benjamins, 2009: 301 – 326.

Koskinen, K. Beyond Ambivalence: Postmodernity and the Ethics of Translation [M]. Tampere: Tampere University Press, 2000.

Kuhn, T. S. The Structure of Scientific Revolutions [M].

Chicago, IL: University of Chicago Press, 1963.

Kung, S.-W. C. Network &Cooperation in Translating Taiwanese Literature into English [M] // Fawcett, A., García, K. L. G. & Parker, R. H. . Translation: Theory and Practice in Dialogue. London & New York: Continuum, 2010: 164 – 180.

Kung, S.-W. C. Translation Agents and Networks: With Reference to the Translation of Contemporary Taiwanese Novels [M] // Pym, A. & Perekrestenko, A. (eds.) Translation Research Projects 2. Tarragona: Intercultural Studies Group, 2009.

Latour B. OnRecalling ANT [J]. Sociological Review, 1999, 47 (S1): 15 – 25.

Latour, B. and Woolgar, S. Laboratory Life: The Social Construction of Scientific Facts [M]. Princeton: Princeton University Press, 1979.

Latour, B. Pandora's Hope: Essays on the Reality of Science Studies [M]. Cambridge, Massachusetts: Harvard University Press, 1999.

Latour, B. Reassembling the Social: An Introduction to Actor-Network Theory [M]. Oxford; Oxford University Press, 2005.

Latour, B. Science in Action: How toFollow Scientists and Engineers Through Society [M]. Milton Keynes, Bucks: Open University Press, 1987.

Laughlin, C. What Mo Yan's Detractors Get Wrong [EB/OL]. ChinaFile, 2012 – 12 – 11, http://www.chinafile.com/what-mo-yan%E2%80%99s-detractors-get-wrong.

Law, J. & Hassard, J. Actor Network Theory and After

（Sociological Review Monographs）［M］. Blackwell, 1999.
【Mass 是城市名？】

Link, P. DoesThis Writer Deserve the Prize? ［EB/OL］. New York Review of Books, 2012 - 12 - 6. http://www. nybooks. com/articles/archives/2012/dec/06/mo-yan-nobel-prize/? pagination - false#fnr - 2

Luther, M. Open Letter on Translation ［M］ // Weissbort, D. & Eysteinsson, A. (ed.) Translation: Theory and Practice, A Historical Reader. Oxford University Press, 2006.

Nida, E. A. A Framework for the Analysis and Evaluation of Theories of Translation ［M］ // Brislin, R. W. (ed.) Translation: Applications and Research. New York: Gardner Press, 1976: 47 - 91.

Niranjana, T. Siting Translation: History, Post-Structuralism, and the Colonial Context ［M］. Oxford: University of California Press, 1992.

O'Brien, S. CognitiveExplorations of Translation ［M］. Continuum, 2011.

Paz, O. Translation of Literature and Letters ［M］ // Schulte, R. & Biguenet, J. (eds.) Theories of Translation from Dryden to Derrida. Chicago: Chicago University Press, 1992.

Pickering, A. FromScience as Knowledge to Science as Practice ［M］ // Pickering, A. (ed.) Science as Practice and Culture. Chicago, Illinois: University of Chicago Press, 1992: 1 - 28.

Popescu, D. Political Action in Václav Havel's Thought: The Responsibility of Resistance ［M］. Lanham, Md.: Lexington Books, 2012.

Pym, A. Method in Translation History [M]. Manchester: St Jerome, 1998.

Pym, A. Negotiating the Frontier: Translators and Intercultures in Hispanic History [M]. Manchester: St Jerome Publishing, 2000.

Pym, A. Schleiermacher and the Problem of Blendlinge [J]. Translation and Literature, 1995, 4 (1): 5 –30.

Pym, A. The Historical Failure of Brotherhood in International Cultural Regimes [J]. History of European Ideas, 1993, 16 (1 –3): 120 –130.

Pym, A. Translation and Text Transfer: An Essay on the Principles of Intercultural Communication [M]. Frankfurt: Peter Lang, 1992.

Pym, A. Twelfth-Century Toledo and Strategies of the Literalist Trojan Horse [J]. Target, 1994. 6 (1): 43 –66.

Rebenich, S. Jerome: The Early Church Fathers [M]. London and New York: Routledge, 2002.

Risku, H. & Dickinson, A. Translators as Networkers: The Role of Virtual Communities [J]. Journal of Language and Communication Studies, 2009, 42: 49 –70.

Robinson, D. Schleiermacher's Icoses: Social Ecologies of the Different Methods of Translating [M]. Bucharest: Zeta Books, 2013.

Robinson, D. Western Translation Theory: From Herodotus to Nietzsche [C]. Manchester: St. Jerome Publishing, 1997.

Salvador, D. S. Documentation as Ethics in Postcolonial Translation [J]. Translation Journal, 2006, 10 (1). URL: http://accurapid. com/journal/35documentation. htm.

Savory, T. The Art of Translation [M]. London: Jonathan Cape, 1968.

Schulte, R. & Biguenet, J. Theories of Translation: An Anthology of Essays form Dryden to Derrida [C]. Chicago and London: The University of Chicago Press, 1992.

Serres, M. Hermès III: La traduction [M]. Paris: Les éditions de minuit, 1997.

Serres, M. Hermes: Literature, Science, Philosophy [M]. Baltimore, MD: Johns Hopkins University Press, 1982.

Simon, S. Gender in Translation: Cultural Identity and the Politics of Transmission [M]. London: Routledge, 1996.

Sinclair, J. M. Shared Knowledge [M] // Alatis, J. E. (ed.) Linguistics and Language Pedagogy: The State of the Art. Georgetown University Round Table on Languages and Linguistics. Washington DC: Georgetown University Press, 1991: 489 – 500.

Spivak, G. C. Death of a Discipline [M]. New York: Columbia University Press, 2003.

Spivak, G. C. The Politics of Translation [M] // Spivak, G. C. Outside in the Teaching Machine. London and New York: Routledge, 1993. 179 – 200.

Stalling, J. Documenting Chinese Literature in Translation: A New Paradigm for Translation Studies. Working paper. 2018.

Toury, G. Descriptive Translation Studies and Beyond [M]. Amsterdam/ Philadelphia: Benjamins, 1995.

Tymoczko, M. Ideology and the Position of the Translator: In What Sense Is a Translator "In-between" [M] // Calzada Pérez, María (ed.). 2003. 181 – 201.

Tymoczko, M. Trajectories of Research in Translation Studies [J]. Meta, 2005, 50 (4). URI: http://www. erudit. org/revue/meta/2005/v50/n4/012062ar. html.

Venuti, L. The Scandals of Translation: Towards an Ethics of Difference [M]. London: Routledge, 1998.

Venuti, L. The Translation Studies Reader [M]. London: Routledge, 1993.

Venuti, L. The Translator's Invisibility: A History of Translation [M]. London: Routledge, 1995.

Von Flotow, L. Translation and Gender [M]. Manchester: St Jerome, 1997.

Wechsler, R. PerformingWithout a Stage: The Art of Literary Translation [M]. 1998.

Woodsworth, J. The role of the translator in literary translation [M] // Nekeman, K. (ed.) Translation, Our Future. Maastricht: Euroterm, 1988: 193–199.

奥古斯丁. 论灵魂及其起源 [M]. 石敏敏, 译. 北京: 中国社会科学出版社, 2004.

波德莱尔. 现代性 [M]//波德莱尔美学论文选. 郭宏安, 译. 北京: 人民文学出版社, 1987.

陈福康. 中国译学理论史稿 [M]. 上海: 上海外语教育出版社, 1992.

陈晓明. 表意的焦虑——历史祛魅与当代文学变革 [M]. 北京: 中央编译出版社, 2002.

陈玉刚. 中国翻译文学史稿 [M]. 北京: 中国对外翻译出版公司, 1989.

程文超等. 欲望的重新叙述: 20 世纪中国的文学叙事与文艺精神 [M]. 桂林: 广西师范大学出版社, 2005.

单德兴.翻译与脉络（修订版）［M］.北京：清华大学出版社，2016.

贺爱军.译者主体性的社会话语分析［M］.北京：科学出版社，2015.

胡适.什么是文学［M］//胡适文存·卷一.上海：亚东图书馆，1923.

黄德先.翻译的网络化存在［J］.上海翻译，2006（4）：6－11.

梁鸿.对"常识"的必要反对——当代文学"历史意识"的匮乏与美学误区［J］.南方文坛，2009（6）：26－30.

刘晓林.《唐律疏议》中的"情"考辨［J］，上海师范大学学报（哲学社会科学版），2017（1）：81－89.

刘勰著.王运熙、周锋撰.文心雕龙译注［M］.上海：上海古籍出版社，1998.

刘再复.莫言了不起一条游弋于中国当代文学困境的鲸鱼［M］.香港：中和出版有限公司，2013.

鲁迅.《从灵向肉和从内向灵》译者附记［M］//鲁迅全集（第10卷）.北京：人民文学出版社，1981.

鲁迅."硬译"与"文学的阶级性"［M］//鲁迅全集（第4卷）.北京：人民文学出版社，1981.

罗新璋."似"与"等"［J］.世界文学，1990（2）.

罗屿.葛浩文.美国人喜欢唱反调的作品［J］.新世纪周刊，2008（10）：120－122.

马祖毅，等.中国翻译通史（古代部分）［M］.湖北教育出版社，2006.

莫言.讲故事的人［OL］.诺贝尔基金会2012，https：//www.nobelprize.org/uploads/2018/06/yan－lecture_ ki.pdf.

钱锺书.林纾的翻译［M］//中国翻译工作者协会，翻译通讯编辑部.翻译研究论文集.北京：外语教学与研究出版社，1984.

谭载喜.西方翻译简史［M］.北京：商务印书馆，2004.

汪宝荣.葛浩文英译《红高粱》生产过程社会学分析［J］.北京第二外国语学院学报，2014，36（12）：20－30.

汪宝荣.社会翻译学学科结构与研究框架构建述评［J］.解放军外国语学院学报，2017，40（5）：110－118.

汪宝荣.中国文学译作在西方传播的社会学分析模式［J］.天津外国语大学学报，2017，24（4）：1－7.

汪宝荣.资本与行动者网路的运作：《红高粱》英译本生产及传播之社会学探析［J］.编译论丛，2014（2）：35－72.

王洪涛."社会翻译学"研究：考辨与反思［J］.中国翻译，2016（4）：6－13.

王洪涛.建构"社会翻译学"：名与实的辨析［J］.中国翻译，2011（1）：14－18.

王岫庐.行动者网络理论视角下的田汉译剧《沙乐美》研究［J］.翻译季刊，2017，85：51－70.

王寅.认知翻译研究［J］.中国翻译，2012（4）：17－23.

温侯廷，王岫庐.凤为撇，凰为捺：一次中国当代诗歌的跨文化飞行——对欧阳江河《凤凰》英译者温侯廷的访谈［J］.东方翻译，2018（2）.

吴莹，卢雨霞，陈家建，等.跟随行动者重组社会——读拉图尔的《重组社会：行动者网络理论》［J］.社会学研究，2008（2）：218－234.

谢天振.比较文学与翻译研究［M］.上海：复旦大学出版社，2011.

谢天振. 翻译文学——争取承认的文学 [J]. 探索与争鸣, 1990 (6): 56 – 60.

谢天振. 译介学 [M]. 上海: 上海外语教育出版社, 1999.

许钧. "创造性叛逆" 和翻译主体性的确立 [J]. 中国翻译, 2003 (1): 8 – 13.

许诗焱. 原文与译文之间——俄克拉荷马大学中国文学翻译档案馆简介 [J]. 翻译论坛, 2016 (4).

严复. 天演论·译例言 [M] //罗新璋. 翻译论集. 北京: 商务印书馆, 1984.

杨乃乔. 比较文学概论 [M]. 北京: 北京大学出版社, 2002.

杨四平. 海外认同与现代中国文学输出 [J]. 南方文坛, 2014 (4): 11 – 17.

张柏然, 许钧. 面向 21 世纪的译学研究 [C]. 北京: 商务印书馆, 2002.

张家山二四七号汉墓竹简整理小组. 张家山汉墓竹简 [M]. 北京: 文物出版社, 2006.

张清华. 身份困境与价值迷局: 中国当代文学的世界处境 [J]. 文艺争鸣, 2012 (8): 110 – 113.

张晓峰. 中国当代作家的 "汉学心态" [J]. 文艺争鸣, 2012 (8): 124 – 127.

周作人. 中国新文学的源流 [M]. 上海: 华东师范大学出版社, 1995.

朱光潜. 文学与人生 [M] //朱光潜全集 (第 4 卷). 合肥: 安徽教育出版社, 1987.

朱自清. 朱自清古典文学论文集 (上) [M]. 上海: 上海古籍出版社, 1981.

第 2 章

Alvstad, C. Translational Analysis and the Dynamics of Reading [M] // Gambier, Y. , Shlesinger, M. & Stolze, R. (eds.) Doubts and Directions in Translation Studies. Amsterdam: John Benjamins, 2007: 127 – 135.

deBaubeta, P. O. The Anthology in Portugal: A New Approach to the History of Portuguese Literature. The Twentieth Century [M]. Oxford: Peter Lang, 2007.

Berry, M. Communicating theCultural Richness of Finnish Hiljaisuus (Silence) [J]. Language Learning in Higher Education, 2012, 1 (2): 399 –422.

Birch, C. Reflections of a Working Translator [M] // Eoyang, E. & Lin, Y. F. (eds.) Translating Chinese Literature. Bloomington: Indiana University Press, 1995.

Bourdieu, P. The Social Conditions of the International Circulation of Ideas [M] //Shusterman, R. (ed.) Bourdieu, A Critical Reader. Oxford: Blackwell, 1999: 220 – 28.

Cook-Sather, A. Education Is Translation: A Metaphor for Change in Learning and Teaching [M]. Philadelphia: University of Pennsylvania Press, 2006.

Cronin, M. The Cracked Looking Glass of Servants: Translation and Minority Languages in a Global Age [J]. Translator, 1998, 4 (2): 145 –62.

Denton, K. The Columbia Companion to Modern Chinese Literature [M]. New York: Columbia University Press, 2016.

Even-Zohar, I. Papers in Culture Research [M]. Tel Aviv: Tel Aviv University, 2005.

Even-Zohar, I. ThePosition of Translated Literature Within the Literary Polysystem ［M］// Holmes, J. S. , Lambert, J. & van den Broeck, R. (eds.) Literature and Translation: New Perspectives in Literary Studies. Leuven: Acco, 1978: 117 – 127.

Even-Zohar, I. Culture Planning and Cultural Resistance ［J］. Sun Yat-sen Journal of Humanities, 2002, 14: 45 –52.

Frank, A. P. Anthologies of Translation ［M］// Baker, M. Encyclopaedia of Translation Studies. London: Routledge, 1998: 13 –16.

Goldblatt, H. Of Silk Purses and Sows' Ears: Features and Prospects of Contemporary Chinese Fiction in the West ［J］. Translation Review, 2000, 59: 21 –28.

Hampton W. Anarchy andPlain Bad Luck ［N］. The New York Times Book Review, 1993 –4 –18 (28).

Hegel, R. E. , Wang, D. D. -W. & Tai, J. Running Wild: New Chinese Writers ［J］. International Fiction Review, 1994, 21 (1 and 2): 101 –103.

Hopkins, D. On Anthologies Author (s) ［J］. The Cambridge Quarterly, 2008, 37 (3): 285 –304.

Hung, E. Periodicals as Anthologies: A Study of Three English-Language Journals of Chinese Literature ［M］// Kittel, H. (ed.) International Anthologies of Literature in Translation. Berlin: Erich Schmidt Verlag, 1995: 239 –250.

Updike, J. Bitter Bamboo: Two Novels from China ［ ］. New Yorker. 2005 –5 –9.

Kinkley, J. C. Reviewed Work: Red Sorghum: A Novel of China by Mo Yan, Howard Goldblatt ［J］. World Literature

Today, 1994, 68 (2): 428 –429.

Venuti, L. Translation and the Formation of Cultural Identities Cultural Functions of Translation. Multilingual Matters, 1995.

Lee, L. O-F. Introduction ［M］ // Tai, J. (trans. and ed.) Spring Bamboo: A Collection of Contemporary Chinese Short Stories. xi – xvii.

Lefevere, A. Why Waste Our Time on Rewrites? The Trouble with Interpretation and the Role of Rewriting in an Alternative Paradigm ［M］ // Herman, T. (ed.) The Manipulation of Literature: Studies in Literary Translation. London: Croom Helm, 1985: 215 –243.

Lefevere, A. Translation, Rewriting & the Manipulation of Literary Fame ［M］. London: Routledge, 1992.

Link, P. Stubborn Weeds: Popular and Controversial Chinese Literature after the Cultural Revolution ［M］. Bloomington: Indiana University Press, 1983.

Owen, S. An anthology of Chinese Literature: Beginnings to 1911. New York: Norton, 1996.

Review of Spring Bamboo, https: // www. kirkusreviews. com/ book-reviews/ a/ jeanne-ed-trans-tai/ spring-bamboo-a-collection-of-contemporary-chin/

Rojas, C. Introduction ［M］ // Rojas, C. & Bachner, A. (eds.) OxfordHandbook of Modern Chinese Literatures. Oxford UniversityPress, 2016.

Venuti, L. Translation and the Pedagogy of Literature ［J］. College English, 1996, 58 (3): 327 –44.

崔艳秋. 八十年代以来中国现当代小说在美国的译介与

传播［D］.长春：吉林大学，2014.

德里达.论文字学［M］.汪堂家，译.上海：上海译文出版社，1999.

董之林.热风时节：当代中国"十七年"小说史论（1949—1966）［M］.上海：上海书店出版社，2008.

季进.作为世界文学的中国文学［M］//彼此的视界.上海：复旦大学出版社，2014：291－303.

贾平凹.在美国美孚飞马文学奖新闻发布会上的讲话［M］//造一座房子住梦：贾平凹散文选.北京：人民日报出版社.1998.190－192

江建文.广西新时期文学之发轫［J］.南方文坛，2008（6）：78－82.

刘绍铭.入了世界文学的版图——莫言著作、葛浩文译文印象及其他［M］//杨扬.莫言研究资料.天津：天津人民出版社，2005：505－510.

任伟.译路漫漫路灯长明——对《人民文学》英文版的思考［J］.海外英语，2013（18）：142－143.

孙会军.葛浩文和他的中国文学译介［M］.上海：上海交通大学出版社，2016.

童庆炳，陶东风.文学经典的建构、解构和重构［C］.北京：北京大学出版社，2007.

谢天振.从莫言作品"外译"的成功谈起［M］//隐身与现身：从传统译论到现代译论.北京：北京大学出版社，2014.

许多.中国当代文学在西方译介与接受的障碍及其原因探析［J］.外国语（上海外国语大学学报），2017，40（4）：97－103.

一少二低三无名：中国当代文学在美国［N］.中华读书

报，2011 – 1 – 12.

杨鸥. 中国当代文学引发海外汉学研究热 [N]. 人民日报（海外版），2017 – 09 – 29（6）.

张西平. 中国文化外译的主体当是国外汉学家 [J]. 中外文化交流，2014（2）：86 – 88.

周晓梅. 试论中国文学外译中的认同焦虑问题 [J]. 外语与外语教学，2017（3）：12 – 19 + 146.

朱刚. 本原与延异：德里达对本原形而上学的解构 [M]. 上海：上海人民出版社，2006.

第3章

Abrahamsen, E. The Real Censors of China [N]. The New York Times, 2015 – 6 – 15. Available at http://www. nytimes. com/2015/06/17/opinion/the-real-censors-of-china. html? _ r = 0.

Bassnett, S. Comparative Literature：A Critical Introduction [M]. Oxford：Blackwell, 1995.

Bell, R. Translation and TranslatingTheory and Practice. London & New York：Longman, 1991.

Calvino, I. Visibility [M] // Creagh, P. (ed.) Six Memos for the Next Millennium. Cambridge, MA：Harvard University Press, 1988：81 – 100.

Crapanzano, V. Hermes Dilemma：The Masking of Subversion in Ethnographic Description [M] // Clifford, J. & Marcus, G. E. (eds.) Writing Culture：The Poetics and Politics of Ethnography. Berkeley：University of California Press, 1986：51 – 76.

Denzin, N. The Research Act：A Theoretical Introduction to Sociological Methods [M]. New Jersey：Prentice-Hall, 1989.

Geertz, C. Thick Description: Toward an Interpretive Theory of Culture [M] ∥ The Interpretation of Culture [M]. New York: Basic Books, 1973.

Grant, D. Realism [M]. London: Methuen, 1970.

Hargreaves, J. & Yan, Y. Translators' Note [M] ∥ Li, J. Winter Pasture. Trans. Jack Hargreaves & Yan Yan. Astra Books, 2021.

Harman, N. 10 Chinese Women Whose Writing Should Be Translated [EB/OL]. Literary Hub, 2016 – 5 – 25. https: ∥ lithub. com/10-chinese-women-whose-writing-should-be-translated/.

Li J. Winter Pasture. Trans. Jack Hargreaves and Yan Yan. Astra Books, 2021.

Newmark, P. A Textbook of Translation. London: Prentice Hall, 1988.

Robinson, D. WhatKind of Literature Is a Literary Translation? [J]. Target, 2017, 29 (3): 440 – 463.

Salzman, P. C. The Lone Stranger in the Heart of Darkness [M] ∥ Borofsky, R. (ed.) Assessing Cultural Anthropology. New York: McGraw-Hill, 1994: 29 – 39.

Toury, G. Descriptive Translation Studies and Beyond. Amsterdam: John Benjamins Publishing, 1995.

Toury, G. How Come the Translation of a Limerick Can Have Four Lines (Or Can It)? [M] ∥ Anderman, G. & Rogers, M. (eds.) Word, Text, Translation: Liber Amicorum for Peter Newmark. Clevedon: Multilingual Matters, 1999: 163 – 174.

班荣学, 梁婧. 从英译《道德经》看典籍翻译中的文化传真 [J]. 西北大学学报（哲学社会科学版）, 2008 (4): 162 – 166.

曹文轩.写童书养精神［M］//曹文轩论儿童文学.北京：海豚出版社，2014：187－194.

曹文轩.序［M］//草房子（世界著名插画家插图版）［M］.北京：中国少年儿童出版社，2016.

曹文轩."走向世界"的忧思［A］.曹文轩论儿童文学［C］.北京：海豚出版社，2014：417.

常青，安乐哲.安乐哲中国古代哲学典籍英译观——从《道德经》的翻译谈起［J］.中国翻译，2016，37（4）：87－92.

丁帆.中国西部新文学史［M］.北京：人民文学出版社，2019.

龚千炎.谈现代汉语的时制表示和时态表达系统［J］.中国语文，1991（4）：251－261.

何平.被劫持和征用的地方——近三十年中国文学如何叙述地方［J］.上海文学，2010（1）：90－98.

何晓明.姓名与中国文化［M］.北京：中国人民大学出版社，2008.

江少川.天涯每惜此心清——苏炜访谈录［J］.世界文学评论（高教版），2013（1）：1－8.

卷首语［J］.人民文学，2010（10）.

李娟，欧宁.没有最好的地方，也没有最坏的地方：李娟专访［OL］.2012－7－31. Available at https：//www. jintian. net/today/html/69/n－38669. html.

李娟.冬牧场［M］.北京：新星出版社，2012.

李娟.遥远的向日葵地［N］.文艺报，2018－9－19.

李娟.自序［M］//阿勒泰的角落.沈阳：万卷出版公司，2010.

李陀，苏炜［M］//新的可能性：想象力、浪漫主义、游戏性及其他——关于《迷谷》和《米调》的对话［J］. 当代作家评论，2005（3）：66 – 79.

李文静. 中国文学英译的合作、协商与文化传播——汉英翻译家葛浩文与林丽君访谈录［J］. 中国翻译，2012，33（1）：57 – 60.

梁豪. 地域写作：开阔地抑或窄门［OL］. http：// www. chinawriter. com. cn/n1/2018/0322/c404030 – 29882658. html.

梁鸿. 非虚构的真实［N］. 人民日报，2014 – 10 – 14（14）.

林真美. 绘本之眼［M］. 台北：亲子天下，2010.

刘云虹. 中国文学外译批评的审美维度［J］. 外语教学，2021，42（4）：76 – 82.

鲁迅. 且介李杂文二集 · 题未定草［M］//罗新璋. 翻译论集. 北京：商务印书馆，1984：301.

鲁迅. 鲁迅全集（第 10 卷）［M］. 北京：人民文学出版社，2005.

牛殿庆. 和谐：文学的承担——新世纪和谐文学研究［M］. 杭州：浙江大学出版社，2013.

苏炜. 迷谷［M］. 北京：作家出版社，2006.

王蒙. 葛川江的魅力［J］. 当代，1985（1）：235 – 237.

吴趼人. 吴趼人研究资料［C］. 上海：上海古籍出版社，1980.

徐杰舜. 雪球：汉民族的人类学分析［M］. 上海：上海人民出版社，1999.

徐兆奎，韩光辉. 中国地名史话［M］. 北京：商务印书馆，1997.

伊恩·P. 瓦特. 小说的兴起［M］. 高原，董红钧，译，北京：生活·读书·新知三联书店，1992.

佚名.曹文轩新绘本联手巴西画家［N］.新京报，2013 - 9 - 18，（14）.

袁丽梅.海外汉学助力中国文学"走出去"——关系分析与策略思考［J］.外语学刊，2018（5）：18 - 22.

郑一楠.宏大的包容 全新的转折——苏炜文学创作研讨会综述［J］.华文文学，2007（3）：108 - 111.

郑一楠.苏炜：我为什么写了这么多性？——我与苏炜关于〈迷谷〉中性描写的一次对话［N］.《羊城晚报》副刊，2007 - 7 - 7.

第4章

鲍晓英.中国文化"走出去"之译介模式探索：中国外文局副局长兼总编辑黄友义访谈录［J］.中国翻译，2013，（5）：43 - 45.

陈佩珍，顾爱玲.从诗歌出发走进中国故事［N］.文汇报，2017 - 12 - 29.

孙艺风.视角阐释文化——文学翻译与翻译理论［M］.北京：清华大学出版社，2004.

许钧，宋学智.20 世纪法国文学在中国的译介与接受［M］.武汉：湖北教育出版社，2007.

许钧.关于深化中国文学外译研究的几点意见［J］.外语与外语教学，2021（6）：68 - 72，148 - 149.

杨善华，孙飞宇.作为意义探究的深度访谈［J］.社会学研究，2005（9）：53 - 68.

结 语

Pym, A. Method in Translation History［M］. Manchester：St Jerome, 1998.

Schlesinger, A. M. Jr. The Crisis of the Old Order, vol. 1 of The Age of Roosevelt. Boston：Houghton Mifflin, 1957：ix－x.

Schutz, A. The Phenomenology of the Social World ［M］. London：Heinemann Educational, 1972. 高方，贾平凹．"眼光只盯着自己，那怎么走向世界?"——贾平凹先生访谈录 ［J］．中国翻译，2015 (4)：55－58.

季进．多元文学史的书写——海外中国现代文学研究论之一 ［J］．文学评论，2009 (6)：190－193.

姜智芹．中国当代文学海外传播与中国形象塑造 ［J］．小说评论，2014 (3)：4－11.

李怡．从"纯文学"到"大文学"：重述我们的"文学"传统——从一个角度看"五四"的文学取向 ［J］．文艺争鸣，2019 (5)：53－59.

刘云虹．中国文学外译批评的审美维度 ［J］．外语教学，2021，42 (4)：76－82.

迈克尔·伍德．沉默之子论当代小说 ［M］．顾钧，译，北京：三联书店，2003.

南帆．空洞的理念——"纯文学"之辩 ［J］．上海文学，2001 (6)：68－69.

许钧．关于深化中国文学外译研究的几点意见 ［J］．外语与外语教学，2021 (6)：68－72，148－149.

詹姆逊．政治无意识 ［M］．王逢振，陈永国，译，北京：中国社会科学出版社，1999.